1 Deja-vu 데
자
부

Deja-vu 데자부 1

초판 1쇄 찍은 날 | 2003년 12월 30일
초판 1쇄 펴낸 날 | 2004년 1월 8일
지은이 | 유정아(은반지)

펴낸이 | 임동선
펴낸곳 | 늘푸른소나무

등록일자 | 1997년 11월 3일
등록번호 | 제1-3112호
주소 | 서울시 마포구 서교동 353-1 서교타워 오피스텔 1007호
전화 | 02-3143-6763
팩스 | 02-3143-6762
E-mail | esonamoo@naver.com

ⓒ유정아 2003, Printed in Seoul, Korea
ISBN 89-88640-33-0 04810

1 Deja-vu

데자부

글 · 은반지

늘푸른소나무

작가의 말

순수 감성을 갖고,
속 깊은 미래를 만들어 가겠습니다

반지귀신 은반지, 벌써 세 번째 책을 펴내는군요. 부끄럽고 멋쩍습니다.

세상에 대해서 아직은 철부지에 다름없는 저의 글을, 재미있게 읽어주시는 분들께 감사드립니다.

2003년은 제게 여러 모로 뜻 깊은 해였습니다. 새로운 환경에서 본격적인 학업에 돌입한 것, 제가 중학 시절부터 써왔던 글이 소설책으로 탄생하여 독자들이 기하급수로 늘어난 짐, '반지귀신' 카페의 왕성한 활동…… 처음에는 기뻤고 그 다음에는 당황했고 그 다음에는 예기치 못한 일들이 줄줄이 일어나 충격을 받기도 했습니다.

그러나 뭐니 뭐니 해도 저를 아껴주시는 분들이 많아졌다는 것, 제 글에 대한 독자들이 많다는 점 자체에 기쁘고 들떴던 해였습니다. 따뜻한 격려와 비판의 목소리를 동시에 들으며 제 미래를 다듬어 나가는 계기가 되었던 해로 생각하며 평생을 가슴깊이 간직하겠습니다.

〈데자부〉는 2002년 말부터 2003년 여름까지 DAUM 카페 '반지귀신'에 연재했던 글입니다. 어설프게나마 사람과 사람의 사랑, 인연과 착각의 아이러니를 생각하며 제 나름대로 이야기화시킨 것이지요. 이 글을 쓰는 중간에 〈테디보이〉가 책으로 나왔고, 그것을 사랑해주신 독자들이 많아져 글에 대해 보다 신중하게 생각하던 시기의, 산고를 많이 치른 작품입니다. 학교 공부와 병행해서 작품의 질을 높이고 재미도 주기 위해 무진 애를 썼답니다. ‥

사실, 인터넷에 연재할 때의 그것과 비교해 책자로 인쇄되어 나오는 것에 대한 부담감은 갈수록 커져만 갑니다. 특히 이모티콘 사용에 대해서 많은 논란이 있었고 저는 그 부분에 대해서 고민과 갈등을 하지 않을 수 없었습니다. 인쇄책자에서는 이모티콘 사용을 하지 않겠다는 발표도 했었지요.

저는 저를 아끼는 많은 분들의 충고를 새겨듣지 않을 수 없습니다. 특히 제가 사용하는 이모티콘의 표정을 좋아하는 독자분들을 배려하지 않을 수가 없더군요. 이모티콘은, 글자로는 표현하기 애매한 (아직 덜 성숙한 점 때문일 수도 있겠지요) 또 신세대의 표현부호로서 나름의 특징이 있다고 생각합니다. 이러저러한 고민을 합리적으로 조절해 보았습니다. 이모티콘의 지나친 사용을 최대한 절제하면서 효과적인 발현을 위해 심혈을 기울였습니다. 애정을 갖고 봐주셨으면 감사하겠습니다.

또 인터넷소설에서 사용했던 것과 다르게 교정교열의 원칙에 충실하려 애썼습니다.

다만 의도적으로 철자법과 무관하게 사용한 부분들은 있습니다. 학생소설이라는 점과 애교 섞인 말투 등이 필요했기 때문이니 그에 대해서도 넓은 이해 바랍니다.

이제부터는 조금 더 성숙한 모습으로 보여야 한다는 강박관념이 늘어만 갑니다. 예전보다 학업에 더 정진해야 한다는 주변 분들의 말씀에도 더 귀를 기울이게 됩니다. 그러나 분명한 것은 제 순수 감성과 착하고 아름답게 세상을 보는 자세를 잃지 않겠다는 것입니다. 그러면서 속 깊은 학생이 되도록 정진하겠습니다. 가민과 서연처럼요. 이 책이 나오기까지 애써 주신 분들 모두에게, 또 빈지거신의 벗들에게 가슴깊이 감사의 뜻을 전합니다.

2003년을 보내며, 은반지

Deja-vu 데자부 1

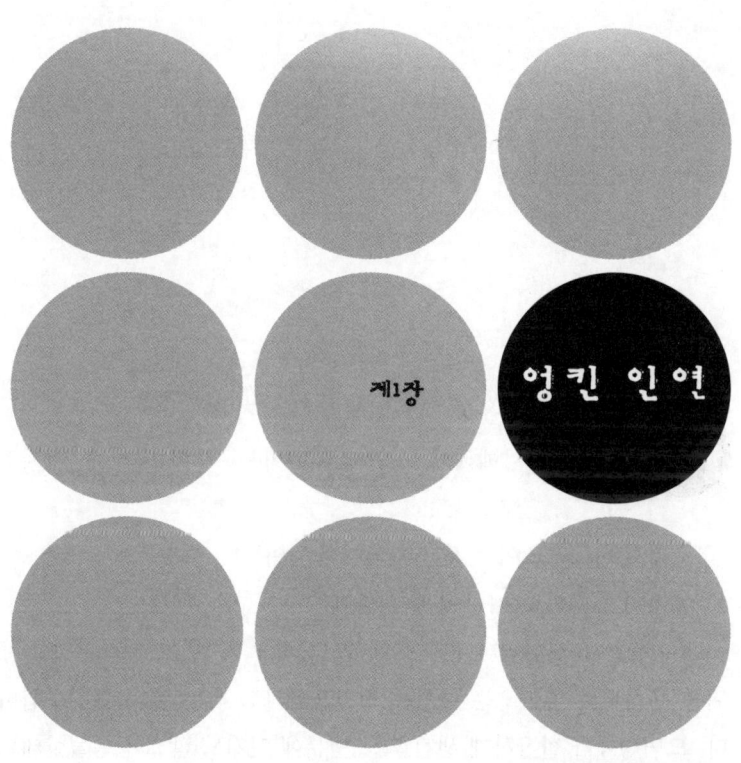

제1장 엉킨 인연

#1

"유서연! 도대체 뭐하는 거야!"

"헤헤헤. 미안해 지훈아~. 수학 숙제 좀 가지고 갈게!"

"웃기지 마! 나도 이번 시간 수학이란 말야!"

"고마워 지훈아~. 나중에 빵 사줄게!"

제 이름은 유서연입니다. ^_^ 제학고등학교 2학년이에요~. 지금 제 뒤를 무섭도록 좇아오는 녀석은 정지훈이라고 하는 제 소꿉친구입니다. 모범생에다 깔끔하게 생긴 외모 덕분에 인기도 많고 선생들한테도 이쁨을 듬뿍 받고 있죠.

저요? =_= 저는 말없이, 조용히 다니는 학생이랍니다. 다른 사람들도 저와 지훈녀석이 어울리는 게 신기하다고 갸우뚱거리곤 하지요.

"유서연! 너 또 지훈이 거 가지고 왔지?"

제 친구 박가연입니다. 저와 같은 부류지만 저보다 공부를 쬐~끔, 아주 쬐~끔 더 잘하는 친구입니다.

"정지훈도 불쌍하지……. 너 같은 친구 둔 덕분에……."

"박가연! 너 정지훈한테 흑심 있어서 나한테 잔소리하는 거지?"

"웃기지 마! 흑심?! 난 순결해!"

전 말없이 가연이를 보며 혀를 끌끌 찼습니다. 때마침 수학 선생이 들어오는 것을 보며 발악을 하고 있을 정지훈을 생각했습니다. 크헤헤헤.)▽〈

"유서연 너 또 발작 시작이냐?"

"시끄러워 박가연!"

저와 가연이는 비슷한 게 많습니다. 이름도 가연, 서연, 연 자 돌림이고 가장 좋아하는 음식도 똑같습니다. 사장면. ㅡ_ㅡ)

하지만 왜 반팅만 나가면 가연이가 몰표를 받는지…… 전 그게 늘 의문입니다.

"자! 수학숙제부터 꺼내봐!"

전 당당하게 숙제를 펼쳐놓았고, 수학 선생 곰돌이에게 칭찬까지 받았습니다. 헤헤.

이윽고 쉬는 시간. 모르는 척하고 지훈놈 반으로 갔습니다.

"지훈아~."

"저리 꺼져! =_=^ 이 배신자!"

"아이~. 지훈이 화났어!? 누님이 어떻게 달래줄까!?"

"서연아. 쏠려. 정지훈의 거북한 모습이 안 보이니?"

가연이 또 끼어듭니다. 재수없습니다. =_= 이럴 때 한마디 안 하면 사람이 아닙니다.

"시끄럽다 박가연."

가연이는 새침하게 옆으로 땋은 머리를 돌리며 반을 휘휘 둘러보았습니다.

"다들 하나씩 옆구리에 지 짝을 차고 있네. =_=^ 참나."

아 참! 저희 학교의 특이한 점이 있다면 남녀공학인데도 여자반 남자반 둘로 나뉘어져 있다는 겁니다. 1층과 2층에는 여자반이 있고, 남자반은 3층과 4층에 있습니다. 그리고 5층은 음악실, 미술실, 시청각실 등등 여러 가지 특별반들이 몰려 있습니다. 덕분에 음악시간이나 미술시간이 되면 우리 학교 5층은 폰번호를 주고받는 손길들로 정신 없이 분주해집니다.

"지훈아~. 엉덩이 맞았니? 엉덩이가 탱탱 부었구나."

"그렇게 웃으면서 계속 말해봐. 니 입에다 지우개 가루 쳐 넣을 줄 알아!"

징한 놈! 치사한 놈! =_=^

지훈놈을 살짝 째려봐주고 뒤돌아 우리 반에 가려고 하는데, 바로 앞에서 아찔할 정도의 비누향이 풍겼습니다. 두 눈을 크게 뜨고 위를 올려다보니 짙게 깔린 눈으로 저를 쳐다보는 사람이 서 있었습니다.

"형! 여기 웬일이에요?"

형?! 정지훈이 아는 형 중에 내가 모르는 사람도 있었단 말인가?

전 그 남자를 빤히 쳐다봤습니다.

그는 싱긋 웃으며 지훈이를 살짝 내려다보더니 지훈놈 머리카락을 부비적거려 주었습니다. 지훈놈은 기분이 좋은지 가만히 있더군요. 새끼 고양이처럼. 야옹야옹……. =_=;;

"정지훈. 내일 7시다."

"네. 형도 약속 꼭 지켜요!"

지훈이와 얘기를 마치고 살짝 웃으면서 가는 그의 뒷모습을 멍하니 쳐다봤습니다. 세상에나, 만상에나, 천상에나…….

"야 유서연! 너 멍하니 서서 뭐하냐!"

뒤돌아가는 그 사람의 뒷모습을 멍하니 바라보는 저를 한심한 듯 쳐다보다가 괜히 귀에다 대고 버럭 소리를 지르는 지훈놈.

"으…… 으응? 아…… 저기…… 말이지. 저 사람 누구야?"

지훈놈은 버릇대로 뒷머리를 긁석입니다.

"한가민이라고, 내가 진짜 좋아하는 친한 형이야. 왜. 관심 있냐? 관심 있어도 꺼라. 그 형은 이미 임자가 있다."

"누군데?"

"성진아 선배라고, 열라 이쁜 선배다. 너랑은 게임도 안 되니까 일찌감치 포기해라. 저 형은 그 진아 선배밖에 안 보더라."

지훈놈은 저를 마치 버림받은 아이처럼 쳐다보더군요.

"뭐…… 뭐? 누가 그 가민이란 남자 좋아한대?"

"그래? 첫눈에 반한 것처럼 보이는데?"

전 가연이를 차갑게 째려보곤 손을 잡아 끌었습니다.

"박가연. 빨리 반으로 가자."

서둘러 복도로 나오자마자 가연이는 절 쳐다보며 조용히, 단조로운 목소리로 말하더군요.

"성진아 선배 보고 싶지?"

"아니."

"에이~. 솔직히 말해봐! 보고 싶지? 보고 싶지~?"

제 어깨를 쿡쿡 찌르며 까아까아 소리를 지르는 가연이…… 전 말없이 가연이 앞에 주먹을 쓰윽 내밀었습니다.

"박가연. 지금 널 도끼로 내리치고 싶은 충동이 들었다."

가연이는 말없이 제 손을 이끌고 가더니 교실 창문 안쪽의 누군가를 가리켰습니다.

"저기 긴 생머리 선배 보이지? 저 선배가 성진아 선배야. 우리학교 선녀제에서 2년 동안 선녀 자리를 한 번도 놓치지 않았지."

아……. 1학년 학교 축제 때 선녀로 뽑혔던 선배였구나. ㅇ_ㅇ

저희 학교에는 선녀제라는 축제가 있습니다. 그때 '선녀'를 뽑는데, 성진아란 선배는 2년 동안 선녀 자리를 아무에게도 안 내주었다고 합니다.

정말…… 지훈이 말대로 난 게임도 안 되겠다. 후유. (마음속에 담아 두고 있었냐? =_=;)

"유서연, 너도 뭐……. 우리 2학년 사이에서 귀여운 애로 불리니까 이번 선녀제에 한 번 나가보는 게 어때? 한 달 뒤면 축젠데. 그런데…… 성격 때문에 안 되겠다."

"박가연. 너 지금 나 욕하는 거냐, 칭찬하는 거냐?"

"둘 다야."

씨익 웃으며 말하는 박가연의 모습이 마치 처키 같구나. 에구 제기랄. =_=^;;

전 양옆으로 땋은 머리칼을 만지작거리며 생각했습니다.

한가민. 짙은 청록색 머리카락에 렌즈를 낀 것처럼 짙은 다크 블루의 눈. 180센티미터는 넘어 보이는 키. 부드럽게 풍기는 비누 향기…… 하얀 피부…….

"유…… 유서연! 너 코피 나!"

"엉? 어어어어어!"

주르륵…… 책상에 떨어지는 핏방울. =_=.. 네, 맞군요. 코피였습니다. -_-;

순식간에 시선 집중이 집중됩니다.

젠장. 누가 보면 공부 진짜 열심히 한 줄 알겠네. 아니지 참. 우리 반 아이들은 내 실체를 잘 알지. -_-;;;;;

"유서연. 보건실 가봐라."

보건실은 5층에 있는데? ㅠ_ㅠ. 전 울며 겨자 먹기로 우선 화장실로 갔습니다.

피를 씻어야 하겠지. 물로 코를 쓰윽쓰윽 씻고 고개를 뒤로 젖힌 채 한 계단 한 계단 올라갔습니다. 한 4층쯤 올라왔을까, 갑자기 제 얼굴에 흰 손수건이 풀썩 덮이며 소리가 들려 왔습니다.

"잘~ 한다, 잘해! 코피나 흘리고 다니고!"

앗, 이…… 이 목소린! +口+

"지훈아! 나 코피 나! 으허허헝!"

지훈이에게 폭삭 안겨 주르륵 주르륵 흘러내리는 코피를, 지훈녀석 교복에 쓰윽쓰윽 닦았습니다. (一_一;)

"아악! 진짜 이게 미쳤나!"

고개를 들어 다시 손수건을 집어 흐르는 피를 꾸욱 막았습니다. 그리고 지훈놈에게 미안하다는 말을 하려고 고개를 드는 순간, 눈앞에 '한가민' 이란 명찰이 떠억 하니 보였습니다.

이런 젠장! =_=;;

"유서연! 너 정말 죽고 싶냐! 아픈 거 같아서 손수건까지 던져줬더니!"

"미…… 미안."

지훈놈은 미안하다는 말을 듣고 갑자기 저를 벙벙한 눈빛으로 쳐다보았습니다.

"니가 미안하단 말도 할 줄 아냐? 왜 그래? 코피 한번 나더니 진짜 아프냐?"

젠장젠장젠장입니다. ㅠ_ㅠ 한가민이란 미남 녀석 앞에서 이게 무슨 꼴이야! 사실 조금은 마음이 있었는데.

"보건실에 선생님 없다."

낮은 중저음 보이스가 귓가에 윙윙 맴돌았습니다. O_O..

아…… 진짜 멋있다.

전 고개를 끄덕였습니다. 그리고 피가 멈춘 듯해서 지훈놈에게 피가 잔뜩 묻은 손수건을 (호러입니다ㅡ_ㅡ;) 살포시 건네주었습니다.

"고…… 고마워 지훈아~." ^ㅇ^*

"내 거 아니고 가민형 건데……."

오 마이 갓! ㅜ_ㅜ.

"빠…… 빨아 드릴게요!"

"됐어. 그냥 줘."

전 최대한 피가 안 묻은 쪽으로 건네줬습니다. 한가민, 이 녀석은 말 없이 교복 윗도리에 손수건을 집어넣으며 말했습니다.

"앞으로 어디 아프면 지훈이랑 나 불러라."

"네. 고맙습니다."

아…… 자상도 하셔라. =_= (뭐가 ㅡ_ㅡ;)

전 고개를 끄덕이며 한가민이란 이름을 중얼거렸습니다. 좋아 좋아! 그리고 씨익 웃으며 마음속으로 생각했습니다. 이상형 발견이라고요. ^ㅇ^

#2

심장은 두근두근,
얼굴은 화끈화끈,
마음은 행복 그 자체.
- 사랑의 3가지 증상.

"유서연! 너 밥 안 먹어!? 진짜 4교시 내내 자더니 밥시간에도 안 일어나네."

가연이 목소립니다. 눈을 뜨고 제가 한마디 던졌습니다.

"억 =_= 개구리다?"

전 결국 가연이에게 한 대 맞았습니다. 가연이는 눈이 특별히 커서 얼굴을 가까이 들이대면 눈밖에 안 보일 정도입니다. 그래서 붙은 별명이 개구리입니다.

전 눈을 부비적거리며 일어났습니다. 그리고 어젯밤 죽어라 열심히 했던 '테트리스'를 오늘은 기필코 끝까지 깨리라 굳게 다짐하며 밥을 퍽퍽 퍼 먹었습니다.

"여자애가 꼭 그렇게 먹어야겠냐? =_= 좀 조신하게 먹어봐."

지훈놈이 가연이 옆에 앉으며 말을 붙입니다. 가연이는 자기 옆에 지훈놈이 앉는 것을 보고는 인상을 찌푸리며 쓰윽 -_- 제 옆으로 오더군요.

"가연아. 지훈이가 싫다는 걸 그렇게 노골적으로 표현하면 안 되지 ~."

가연이는 아무 대꾸가 없습니다. 말 없이 포크로 돈가스를 집더니 아구아구 먹더군요.

박가연, 너는 왜 정지훈 앞에만 서면 망가지는 모습을 보여주는 거야. =_=;

지훈놈, 가연이가 어떻게 하든 상관없다는 듯 밥을 먹는데, 갑자기 식당 안이 술렁이기 시작했습니다.

뭐야? 이 소리들은. =_=

"가민선배! 제 돈가스도 드세요!"

"아니에요!)0〈 제 거 먹으세요!"

참 요란합니다.

"가민형이 돈가스 먹다가 맛있다고 했나 보군."

"뭐야? 그것 때문에 이렇게 술렁이는 거야?"

"응."

지훈놈 갑자기 일어나더니 음료수랑 과자를 자기 돈으로 사오더군요. =_=;

"야. 미안하게 왜 이걸 니가 다 사와?"

그러나 우리의 미스 깡녀 박가연냥은 음료수를 경쾌하게 따며 지훈놈에게 외쳤습니다.

"선배!"

지훈놈 피식 웃더군요. 그래도 저는 지훈놈에게 미안해서 과자를 돌려주려고 했는데 가연이는 저를 보고 되려 호통을 칩니다.

"뭐 어때! 먹어먹어~. 잘사는 놈 거 얻어먹는 게 뭐 잘못이냐? 아우, 잘 먹었다 정지훈."

지훈이네 집은 제법 사는 상류층입니다. 가연이와 저희 집은 평범한 소시민이구요. 가연이 말대로 여유가 있어서인지 지훈놈은 별다른 말 없이 가연이를 쳐다보며 계속 웃더군요.

가연이가 물을 먹으려고 잠시 자리를 비운 사이 지훈놈에게 물어봤습니다.

"지훈아. =_= 너 가연이에게 관심 있니?"

지훈놈 한참을 웃다가 과자를 하나 집어먹으며 툭 내뱉습니다.

"아니. 저런 여자를 처음 봐서 그래."

"어?"

그러곤 과자를 들고 사라지더군요.

가연이가 재미있다고? 우리 미스 깡녀께서 어디가 재미있다고?

그리고 보니 물 먹으러 간다고 나간 가연이가 사라지고 없습니다. 가연이를 찾으러 온 학교를 열심히 뒤지고 다니는데 문득 어디선가 들려오는 이상한 소리…….

"하…… 한가민 선배, 좋아합니다. 제 고백을 받아주세요."

이게 뭔 소리람? =_=;; 뒤를 쳐다보았습니다.

억. 웬 주근깨 호박. -0-;; (너 자신을 알라.)

전 두 사람을 빤히 쳐다봤습니다.

"고맙다. 하지만 난 좋아하는 사람이 있어. 니 마음만은 고맙게 받을게. 미안하다."

오옷! 진짜 멋있다……. 그처럼 못생긴 여자한테도 공손하게 미안하다고 고개를 꾸벅 숙이며 말하는 녀석의 모습을 보고 전 정말 저 남자가 인기 많은 이유를 알 것 같았습니다.

저렇게 잘 생기고 저렇게 성격 착하고 저렇게 공손한데 누가 싫어해. 그 호박덩이가 -_-; 가고 나서 전 반짝반짝 모드로 한가민 녀석을 쳐다봤습니다.

아~ 빨리 이 감동스러운 일을 가연이에게 말해야 하는데……. 그때였습니다.

"스펄…… 짜증나. 얼굴도 안 되는 게."

ㅇㅁㅇ.. =_=.. 자…… 잘못 들은 걸 거야! 그래! 설마 저 한가민이란 사람이 저런 말을 할 리가 없어! 저렇게 착하고 자상하고 스마트한 사람이! 아 드디어 내 귀가 썩어가는구나. 아아…… 환청이 들리는구나 환청이……. -0-.

순간 내가 주저앉아 있는 벽에 그늘이 드리워지더니 놈이 내 앞에 쑥 모습을 드러냈습니다.

"너…… 봤냐? 젠장……. 된통 걸렸네. 야, 너 이름이 뭐냐?"

그래. =_=. 지금 난 꿈을 꾸고 있는 거야. 꿈이여 깨라! 어서 깨란 말이다!

전 교복을 마구마구 꼬집었습니다.

"너 미쳤냐? 내가 묻는 말에 대답이니 해! 봤어 안 봤어?"

차가운 눈으로 저를 일으켜 세우며 대답을 재촉하는 한가민 녀석. 그럼 도대체 아까 고백한 여자애에게 보여줬던 그 깔끔하고 자상하며 엘리트적이고 터프한 모습은 뭐야? -_-;;

"봐, 봤다면 어쩔래?"

나름대로 마음을 추스르고 말했습니다. 한가민녀석, 짜증난다는 듯 저를 쳐다보더니 툭 내뱉습니다.

"원하는 게 뭐야?"

뭐 이딴 놈이 다 있습니까! +0+;;

"원하는 게 뭐냐고!"-_-^

순간…… 왜 그런지, 저도 모르게 말이 새어 나왔습니다.

"나…… 나랑 사귀어 주면 조용히 입 다물고 있을게."

그때…… 전 미쳐 있었나 봅니다.

 "유서연! 빨리 음악실 가자구!

"어? 뭐라고?"

"몇 번을 말해! 가자고! 음악실!"

가연이가 제 머리를 잡아 뜯으며 말했습니다. 하지만 전 정확히 1시간 전에 들은 이야기 때문에 정신이 멍해져 있었습니다. "나랑 사귀어 주면 조용히 입 다물고 있을게" 했던 내 이야기를 가민녀석이 좋다고 했기 때문입니다. 그리고 오케이 사인을 한 다음 저를 쳐다보며 말했습니다.

"후회하지 마."

진짜 애 정신이 이상해졌나 봅니다.

"왜 계단에 주저앉아 있는데!"

"가연아. 너에게 말할 것이 있어……."

"뭔데? 잡소리면 넌 죽음이야."

가연이 눈에 쌍심지를 켭니다. 이미 수업종은 쳐버린 뒤입니다. 가연이는 제가 주저앉아 있는 계단 옆에 앉아 가슴까지 내려오는 긴 머리카락을 쓸어 올리며 저를 쳐다보았습니다.

"저기……." =_=..

"뭐야? 말해!"

"나…… 한가민이란 남자랑 사귀게 됐어."

손가락을 매만지며 가연이를 살며시 쳐다보니 가연이 얼굴엔 당황스러움과 황당함이 교차하더군요.

"한가민이라면 그 3학년의…… 잘 생기시고 멋있으신……."

그건 그 녀석의 실체가 아니란다, 가연아.

우리의 미스 깡녀께선 말없이 '축하한다' 고 말하고는, -_- 딱 50일까지 가는 것에 500원을 걸었습니다. 100일까지 가주마. 이 나쁜 년. -_-+

"후…… 그래. 100일까지 한번 가봐. 100일까지 가면 내가 이 세상을 떠나주마."

"좋아! 그때까지 가면 너 진짜 죽있어!"

가연이와 서로 머리카락을 쥐어뜯으며 놀고 있을 때 누군가 저와 가연이를 손으로 툭툭 쳤습니다.

"꺼져. 길 막지 말고."

헉! 도발적인 빨간색 머리카락을 위로 높게 묶으시고 빨간색 뿔테안경을 쓰신 저 여자분은 누구시래? -_-;

명찰을 보니…… 신빨강……. =_=;; 이름이 빨강이니? 왠지 진땀이 나는군요. 그런데 뿔테안경을 쓴 아이에게서 이상하게도 카리스마가 풀풀 풍겨져 나왔습니다.

그 아인 저를 빤히 보며 말을 건넸습니다.

"니가 유서연이냐? 넌 박가연이고? 2학년 간판들이잖아."

간판? =_=

가연이는 재수없다는 듯이 빨강이란 아이를 쳐다보더군요. 저도 가연이를 따라 그 아이를 째려봤는데, 빨강이란 아이는 손을 휘휘 저었습니다.

"뭐야. 같은 간판들끼리 싸우면 안 되는 거잖아? 반가워. 난 신빨강이야."

저도 모르게 풋 웃음이 나왔습니다. 그러자 그 아인 제 머리통을 콰악 쥐어박았습니다.

"웃지 마! 그래도 우리 아버지께서 한 달 동안 고심하며 만드신 이름이란 말이다!"

"으응……. 미안해."

빨강이란 애는 가연이 옆에 털썩 앉더군요. 가연이, 그 아이를 경계하는 눈치입니다.

"신빨강. 너 서연이한테 헛소리하면 죽는다."

"뭐야. 말 안 했어?"

"서연이는 빠져야 돼. 쟨 너무 머리 속이 딸려서 안 돼." =_=..

우리 미스 깡녀와 빨강냥은 서로 아는 사이였나 봅니다.

어쩐 일이지? 저는 궁금증이 가득한 눈으로 두 사람을 쳐다보았습니다. 빨강이 말했습니다.

"얘는 지가 간판인 줄도 모른단 말야!?"

"지가 간판인 줄 알면 얘 공주병 도져."

박가연……. 너 지금 무슨 말을 하고 있는 거니, 응? -_-+

저는 가연이를 쿡쿡 찌르며 물어보았습니다.

"간판이란 거, 얼굴 예쁜 애들이 하는 거지?" ^o^

가연이는 순식간에 인상을 찌푸렸습니다.

"아니~." -_-

"맞잖아~ 아까 나랑 가연이보고 간판이라고 했지!? 그렇지?"

빨강냥도 가연이를 따라서 인상을 씁니다. -_-

"글쎄……."

하지만 그 순간 제 귀에는 교실에서 공부하다가 창밖을 내다보던 4층 2학년 남학생의 외침소리가 쏙 들어왔습니다.

"2학년 간판들 다 모였다!"

번쩍! +0+

"젠장."

빨강냥은 반짝반짝 모드로 변한 제 눈을 보며 두려움의 표정을 지었고, 가연이는 어쩔 수 없다는 듯이 한숨을 내쉬었습니다. 푸히히히~.)_(*

"얘 표정이 띨구 같아."

빨강의 표정이 몹시 떨떠름하고 가연은 느긋하게 정리합니다.

"놔둬. 금방 돌아와."

박가연. 넌 역시 내 5년 친구구나! -_-!

간판이라니……. 지훈놈 반에 갈 때마다 남자애들이 날 쳐다본 이유가 그런 거였어!?

까르르륵~.

빨강냥은 저를 마치 정신병자 보듯이 쳐다보았습니다.

"그래 유서연. 오늘 각 학교 간판들이 다 나올 거야. 모임이 있거든. '하프' 라는 곳이야. 너도 5시까지 나와라."

"저기…… 빨강아. 아까 한 말 한번만 더 말해줄래?" ^o^

"으휴……. 학교 간판들이……"

샤바랴랴량~. *o_o* 학교 간판, 학교 간판, 학교 간판!)▽(*

"얘 진짜 미쳤나봐."

빨강이 매우 어이없어 하는 말투입니다.

수업의 끝을 알리는 종이 울렸습니다. 가연이는 빨강냥과 몇 마디 얘기를 하곤 저를 끌고 1층으로 내려왔습니다.

"진짜 쪽팔려! 간판이란 게 그렇게 좋나?"

"그럼 그럼~."

저를 쳐다보는 가연이의 눈, 한심하다 싶은 눈치가 확연합니다.

"그렇게 좋은 것만도 아냐. 간판들은 좋아하는 것도 맘대로 할 수 없어. 각 학교 간판끼리 좋아해야 되거든."

"뭐? 그런 법이 어딨어!"

"그래. 그런 법이 어떻게 생겼는지 나도 궁금하다."

가연이 가방을 주섬주섬 챙기며 다시 한번 못을 박았습니다.

"자, 5시까지야. 지금 벌써 4시야."

가연이 옆에 찰싹 붙어서 집에 도착했습니다.

모임이라니깐 예쁘게 하고 가야지~. ☆

저는 파우더를 바르고 최대한 예쁘게 꾸미려고 떡화장을 했습니다. 하지만 역시 무리입니다. 그냥 립글로스만 바르는 걸로 만족하기로 했습니다. =_=;

회색 정장을 걸치고 양옆으로 땋았던 머리칼을 푸니 자연스럽게 웨이브가 생기더군요. 움하하하…….

"조~ 았어!"

최대한 꾸미고 나가보니 가연이는 얌전하게 하얀색 투피스를 입고 귀엽게 한쪽으로 묶었던 머리를 정가운데로 얌전하게 모았습니다. 귀에는 링 귀고리까지 했더군요.

빨강냥은 깊게 파인 짧은 (이걸로 설명이 다 될걸요?) 옷을 입고 특유의 빨간색 머리카락을 더욱 더 높게 묶어 섹시하게 보였습니다.

저는 뭐…… 그냥 단정하게 보였습니다. =_=;;

"유서연. 너 생머리 아냐?"

"어…… 갑자기 웨이브가 생겼네~. 하하하!"

"머리를 너무 안 감아서 생긴 거야."

미스 깡녀. 두고 보자. -_-^

"그러고 보니 남자 간판들도 모이지? 우리 학교는 한가민 선배랑……."

"하…… 한가민?"

제 귀가 쫑긋 섰습니다.

"어."

한가민……. 가민녀석……. 잊고 있었다! =_=;; 하지만…… 에에…… 뭐 어때. 가민녀석에게 나의 멋진 모습을 보여주는 거야!

저는 불길한 예감을 감춘 채 당당하게 두 주먹을 꽉 쥐고 카페 '하프'로 다가갔습니다.

두근두근. 두근 반…… 세근 반…… 네근 반……. -_-;;

"너 카페 손잡이 잡고 뭐해? 안 들어가?"

가연이 재촉합니다.

"시, 심장이 떨려."

"얘 진짜 이상한 애네."

이번엔 빨강이 눈치를 줍니다.

이곳의 문을 열면 우리 학교와 옆 학교에서 가장 잘생기신 분. 멋지신 분…… 그리고 썩어 뒈져 버릴 가민녀석도 있다.

빨강냥이 하프 문을 휙 열었습니다. 순간 휘익휘익~ 하는 휘파람 소리가 들려왔습니다.

"제학 간판들이다. 곱게 모셔라!"

장난스러운 말투가 들려왔습니다. 주위를 둘러보면 볼수록 다 예쁘고 귀엽고 멋지시고 잘생기신 -_-* (이봐 -_-;) 분들밖에 없더군요.

"비어 있는 소파에 앉아 있으면 돼. 근데, 누가 와서 무슨 말을 해도 우리 학교 학생이 아니면 대답해주지 마."

가연이의 코치에 고개를 끄덕이며 가만히 차려 자세로 앉아 있었습니다. 그때 누군가 다가와 말을 걸었습니다.

"큭큭……. 이봐. 너 무슨 죄 지었어? 그냥 편하게 앉아~"

무시하자. 무시해야 돼. -_-

"어? 이번에 새로운 간판인가?"

간판~*)▽⟨* 와르르르~ (이성이 무너지는 소리입니다.)

활짝 웃으며 쳐다보려고 할 때 가연이가 제 허벅지를 꽈악 꼬집었습니다.

"어억!"

저에게 집적거렸던 남학생은 웃다가 우는 제 엽기적인 표정을 보곤 말없이 뒤돌아 가더군요. 빨강냥은 별 말 없이 앉아 체리주스 3잔을 시키곤 피식피식 웃으며 주위를 둘러보았습니다. 그러더니 우리 테이블 맞은편 테이블을 쾅쾅 두드리며 소리를 질렀습니다.

"여깁니다!"

빨강냥이 가리키는 쪽을 쳐다보다가 딱 눈이 마주친 건 바로 한가민입니다.

전 고개를 풀썩 숙었습니다. 히지만 제 옆에 있던 가연이는 어느새 사라지고 한가민 녀석이 대신 앉아 있더군요.

가연이는 빨강이 옆에 앉아 웃으며 저를 쳐다보곤 빨강이와 수군서립니다.

"형! 개 누구예요?"

지훈놈의 목소리도 들렸습니다. 저는 고개를 더욱 더 숙였고 그 순간 무덤덤하게 가민녀석의 음성이 들렸습니다.

"어. 내 여자친구."

"에에~? 진아 선배는요?"

"글쎄."

지훈놈. 저를 계속해서 뚫어져라 쳐다보더군요. 그러다가 뒷머리를 긁적이며 맞은편 테이블로 가는데, 가민녀석 저를 쳐다보며 씨익 웃는 거였습니다.

"뭐 먹을래?"

아까 전에 그 호박덩이보고 뭐라 욕하셨던 분, 맞습니까? -_-;

가연이에게 얘길 들었는지 빨강냥이 부럽다는 눈으로 절 쳐다보는데 주문한 음식들이 나왔습니다. 음식이 나오자 전 이성을 잃고 미친 듯이 먹기 시작했습니다.

"입가에 음식 찌꺼기 묻었잖아. 닦으면서 먹어."

당황 당황. -_-;;;

"가민선배, 자리 피해드릴게요. 에구에구~ 방해해서 미안해요~."

빨강냥은 미스 깡녀와 지훈놈이 있는 테이블로 갔고 저와 가민녀석 둘만 남았습니다.

가민녀석 빨강냥과 미스 깡녀가 가자마자 제 옆에서 후닥닥 떨어져 버립니다.

"아참, 여자가 진짜 추접하게 먹네. 천천히 좀 먹어라, 엉?"

기분이 어째 이상해집니다. ㅇㅁㅇ..

"입 다물어. 졸라 드러. 에잇."

저 자식이! 멋있던 가민에서 재수 없는 가민으로 변신했습니다. =_=+ 저는 말없이 마구마구 먹었습니다.

"니가 2학년 간판이었냐?"

"그런데?"

"우리 학교도 슬슬 인물이 떨어져 가는구만……."

저 자식이! 다시 한번 째려보자 한가민 녀석은 물을 꿀꺽 마시더니 내게 명령을 하듯이 말했습니다.

"너, 애들 앞에선 오빠라고 불러!"

"싫은데?"

"뭐야!?!"

버럭! 소리를 질러버린 가민녀석. =_=; 순식간에 '하프'에 있는 아이들이 몽땅 자기를 쳐다보자 가민녀석은 순간 당황한 표정이 됩니다. 하지만 3초쯤 지나자 순식간에 표정이 바뀝니다.

"뭐…… 뭐야! 어떤 놈이 너한테 집적대! 이름 말해! 오빠가 패줄게!"

하아……. 전 가민녀석의 생쇼를 웃긴다는 듯 쳐다봤습니다. 하지만 가민녀석이 큰소리를 지던 순간, 아까 지에게 말을 걸었던 남자애가 다른 테이블에 앉아 있다가 움찔하는 모습을 느낄 수 있었습니다.

가민녀석은 위기를 넘겼다는 듯 물을 한 컵 마시더니 다시 또 밀했습니다.

"오빠라고 불러."

"싫어"

가민녀석 저를 차갑게 쳐다보더군요. 이 녀석, 제가 한 가지 무서워하는 게 있다면, 그것은 바로 순간순간 차가워지는 눈빛이었습니다. 그 눈빛은 저로 하여금 충분히 긴장하게 했고, 단번에 주위의 공기를 얼려버리는 듯한 분위기를 조성했습니다. -_- 제가 저도 모르게 알았다는 듯 고개를 끄덕이자 그 싸늘했던 눈빛은 순간적으로 싹 풀리고 말았습니다.

"솔직히 니가 나랑 사귀자고 한 거, 이해가 안 간다."

제가 빤히 쳐다보자 가민녀석은 계속 말을 이었습니다.

"너만 상처받을 거야. 난 좋아하는 사람이 따로 있어. 들었겠지? 너한텐 추호도 다른 감정 없어."

가민녀석의 차가운 말이 가슴속에 푹푹 박힙니다. 분주하게 움직이던 포크를 일순간 멈춘 저는 가민녀석을 똑바로 쳐다봤습니다.

참 나. 이런 순간에도 녀석을 멋있다고 생각하다니, 내가 정말 미쳤나 봐.

"괜찮아. 괜찮단 말야. 아무런 감정 없다고 해도……."

입술을 꽈악 깨물며 녀석에게 말했습니다.

그래 괜찮아. 내가 첫눈에 반했으니까…….

가민녀석은 저를 쳐다보다가 손가락으로 다른 쪽 테이블을 가리켰습니다.

"저 녀석이 성진아야. 내가 좋아하는 여자지."

고개를 돌려 쳐다봤습니다.

귀엽게 생겼습니다. 양옆으로 머리를 묶고 부드러운 미소를 지으며 애들과 얘기를 하고 있는 성진아란 여자를 쳐다보다가 가민녀석에게 눈길을 돌렸습니다. 가민녀석, 몹시 기분좋은 듯 그 여자를 쳐다보고 있습니다.

그렇게 쳐다보지 마……. 그럼 나…… 정말 힘들잖아…….

포크로 옥수수 알갱이를 쿠욱 찍었습니다.

"유서연. 니가 원하는 대로 사귀어 주겠어. 하지만…… 정확히 알아둬. 내가 사랑하고 좋아하는 여자는…… 성진아야."

그 말이 끝나자마자 때마침 성진아란 여자가 이쪽으로 다가오는 게 보였습니다.

3학년답지 않게 귀엽게 생긴 모습. 환한 웃음이 굉장히 매력적인 여자. 성진아…….

"야~ 한가민! 너 여자친구도 만들고, 웬일이냐?"

말없이 웃는 가민녀석의 모습. 성진아를 향한 그 웃음은 다른 사람들에게 보여주는 가식적인 웃음과는 차원이 다르다는 걸 느낄 수 있었습니다.

홀짝, 물을 한 모금 마시고 다시 옥수수를 찍어 먹으려는데 성진아 선배의 목소리가 들려왔습니다.

"니가 한가민 여자친구구나! 정말 귀엽게 생겼네~. 어디서 이런 영계를 구했니?" ^o^

가민녀석의 머리카락을 부비적거리며 저를 쳐다보는 성진아란 여자……. 저와는 정말 다른 여자입니다.

순수하구나…….

"그래, 여자친구랑 좋은 시간 보내라!"

"아니. 옆에 앉아 있어."

가민녀석 다급하게 성진아 선배를 붙잡습니다.

"어? 아니야."

가민녀석 성진아를 옆에 앉힌 채 저를 말없이 쳐다보더군요.

"괜찮아요……. 여기 앉으세요, 선배." ^-^

자리에서 일어났습니다. 제가 있어야 할 자리가 아닌 것 같습니다.

진아란 사람이 한사코 말렸지만 전 말없이 일어나 하프를 나오고 말았습니다.

기분…… 굉장히 더러워……. 말없이 눈물을 꾸욱 누르며 걷고 있는데 누군가 제 손을 잡았습니다.

"울어. 바보 병신아……. 다 들었어. 왜 이렇게 힘들게…… 사랑을 해?"

가연이였습니다. 전 가연이의 말을 들으며 참았던 눈물을 투둑 떨어뜨리고 말았습니다.

#4

"그래서…… 니가 먼저 사귀자고 한 거야?"

"응." =_=

"가민선배가 너한테 아무 감정이 없다는데도?"

"응." =_=;;

"유서연…… 너 미쳤니?"

가연이는 짜증난다는 듯 저를 쳐다보았습니다.

"뻔해. 너만 상처받을 거야. 가민 선배……. 아닌 건 아니다라는 걸 온몸으로 확실히 보여주는 사람이니까."

제가 말없이 손을 매만지자 가연이 저를 물끄러미 쳐다보더니 물어봅니다.

"후회하니?"

후회? 아니……. 그런 건 아니야.

"아니."

가연이는 다시 저를 빤히 쳐다봅니다.

"그래. 후회하지 마. 한번 시작한 거, 끝을 볼 때까지 해보는 거야. 우리 지역에서 제일 잘나가는 사람이랑 한번쯤 연애를 해보는 것도 멋있잖아!"

박가연……. ㅠ_ㅠ 그래 너밖에 없어!

가연이는 씨익 웃는 제 모습을 물끄러미 보고는 문득 생각났다는 듯 말했습니다.

"내가 정지훈한테 물어봤는데, 가빈 선배 이상형이 청순하고 귀여운 여자래. 성격이 털털하면서도 애교 많은 여자."

지훈놈한테 물어봤다구? ―,.― 아하! 그래서 지훈놈이 헤헤거리며 미스 깡녀에게 말을 걸었던 거구나. 가연이는 요모조모 저를 쳐다보더니 혀를 끌끌 찼습니다.

"귀여운 건 되는데 청순이 안 되는군……."

조언이 되는 말을 마구 쏟아내주던 가연이가 마지막으로 결정타를 날렸습니다.

"멋있는 악역은 사랑을 끝까지 쟁취하는 거야."

내가 악역이라는 거니. 박가연. ―_―;; 하지만 마음속에 박힌다.

그래. 난 지금 악역이야. 성진아와 한가민의 연애 진행로를 방해한다! ♨_♨

(다음날 -_-) 새벽 5시 40분입니다.
전 후다닥 일어났습니다.
언제나 얼굴 한쪽에 침을 묻힌 채 학교로 달리던 유서연은 이제 없다! -_-
세수를 하러 욕실로 갔습니다. 비틀비틀 가까스로 세수를 하곤 언제나 옆으로 땋았던 머리를 풀었습니다. 긴 생머리가 어깨 부근에서 찰랑거리더군요. 그리곤 어젯밤에 미리 다려놓았던 (정말 애쓴다 -_-;) 교복을 깔끔하게 차려 입고 학교로 갔습니다.
"유서연……."
지훈놈 약간 놀란 표정입니다. o_o..
"오오 ~ 서연이 왔어?"
가연이는 활짝 웃습니다. ^o^
그런데…… 니네 둘이 왜 같이 있냐? -_-..
제 표정이 이상했는지 지훈놈이 눈을 치떴습니다.
"너 오늘 뭐 잘못 먹었냐? 어젯밤 집에 없던데……."
아 참. 지훈녀석은 내가 하프에 갔다는 걸 모르지. -_-;
"노…… 놀이터에서 놀았지 뭐."
"아직도 철들려면 멀었군."
지훈놈은 머리를 이리저리 굴리는 것 같습니다.

"머리를 푸니까 느낌이 확 다르군. 왜 그럴까?"

지훈놈은 한쪽으로 귀엽게 머리를 묶은 가연이를 쳐다보더니 얼굴이 빨개지며 자기네 반으로 가더군요. -_-; 미친 로리콤 새끼 같으니라구. (로리콤:자신보다 어리거나 귀여운 여자를 광적으로 좋아하는 것. ^{편집자주})

"유서연. 진짜 느낌이 달라. 이렇게 계속 나가."

제가 씨익 웃자 미스 깡녀 말없이 저를 쳐다보더니 결국 한마디를 날립니다.

"목욕탕 아줌마 냄새 나"

"야!"

어젯밤에 목욕탕 갔다 온 거 어떻게 알았냐? 허허허~. -_-

저는 가연이와 함께 5층으로 올라갔습니다. 1교시가 음악시간이었기 때문입니다.

3층, 4층 올라갈 때마다 들리는 남자들의 함성소리. 우오오~!

한참 계단을 올라가는데, 우르르 하고 남자애들이 체육을 하려는시떼거리로 내려오더군요. 가연이와 저는 벽 쪽으로 붙어 섰습니다. 그때 누군가 제 머리카락을 쭈욱 잡아당겼습니다.

"너, 유서연이냐?"

가민녀석이다. O_O.

저는 어젯밤에 죽어라 연습했던 미소를 씽긋 지었습니다. 가민녀석과 주위 친구들 얼굴이 빨개지더군요.

선전포고야, 한가민.

"좋아해요 서연누나. 저랑 사귀어 주세요."

"고마워. 하지만…… 난 사귀는 사람이 있어."

후후……. 고백 5번째 달성. −_−^

저는 최대한 미안하다는 표정을 지으며 고개를 꾸벅 숙였습니다. 그 순진한 남학생은 허둥거리면서 괜찮다고 하더군요.

자, 이제 5초간만 웃어주면 끝!

"괜찮다고 말해줘서 고마워요." ^_^

"네? 아…… 아니에요! 정말 착하시네요."

오케이! 나이스~. −_−

저는 뒤돌아서 씨익 웃으며 갔습니다. 요즘 저는 상승주가를 타고 있습니다. 머리카락을 풀고 얌전하고 조신한 척하자마자 고백하는 남자애들이 우르르~. 역시 남자들이란 속물이야 속물.

빨강이가 냉큼 물어봅니다.

"유서연, 이제 몇 번째냐?"

"50번."

"쯧쯧……. 저 여우꼬리에 휘둘리는 애들이 참 불쌍하다."

가연이가 고개를 설레설레 흔들더군요. 우유를 쭈욱 빨면서 생각했습니다. 요즘 제가 가민녀석과 많이 닮아간다는 걸 조금씩 느낍니다. 어딘지 가식적이 되어가는……. −_−;;;

가연이가 제 옆에 조심스럽게 앉으며 물어봅니다.

"가민 선배랑 잘 돼가?"

"아니."

전 한숨을 쉬었습니다. 날 만나도 언제나 가식적인 모습인걸. 괜히 우울해졌습니다. 그런 제 모습이 빨강이는 이상한 모양입니다.

"갑자기 주위에 구름이 끼었나? 애가 왜 이래."

저는 우유를 들고 지훈놈 반으로 올라갔습니다. 이렇게 우울할 때는 지훈놈이라도 패줘야 속이 좀 풀리지……. (무서운 뇨자 -_-;)

지훈놈 반에 가니 이놈 무언가를 뚫어져라 쳐다보고 있더군요.

"야! 뭐해!"

황급히 무언가를 감추는 녀석. -_-..

뭐야? 뭐지?!?

"야! 나도 좀 보자~. 어이~."

"안돼! 저리 가! 징그러!"

지훈놈과 낑낑대는 사이에 툭 떨어진 어떤 사진. 잽싸게 보니…… 가연이 사진이었습니다. 가연이와 제가 같이 걸어가는 사진인 듯한데, 제 모습은 댕강 오려져 나갔더군요.

지훈놈 얼굴이 빨개지더니 사진을 홱 뺏아갑니다.

"박가연한테 말하지 마. 나 걔한테 맞아 죽는다."

"어쩌지~ 말하고 싶은데~."

지훈놈은 귀엽게 앞으로 내린 머리카락 속으로 빨개진 얼굴을 감추며 사진을 품속에 집어넣었습니다.

도대체 왜 이런 사진이 돌아다니는 거지? o_o.. 고개를 돌리고 다시 반으로 돌아가려는 순간 어디선가 들리는 이상한 소리.

찰칵!

뭐…… 뭐야……. ㅇ_ㅇ;;

저는 멍하니 눈앞에 들이대어진 카메라 앵글을 쳐다봤습니다. 제가 고개를 돌리자 한 남자애가 후닥닥 도망을 가더군요. 당황한 저는 그 남자애의 손을 덥석 잡고 뒤로 꺾었습니다. (당황한 것 치곤 너무 의도적인데? -_-;)

"너 뭐야?"

"하, 학생인데요!"

"그래~ 너 학생인 거 알아. 그런데 지금 뭐했냐고!"

제가 손목을 잡은 손에 힘을 꾸욱 주자 그 녀석은 아악거리며 띄엄띄엄 대답했습니다.

"전 미 사 모입니다!"

"그건 또 뭐야!"

"미인의 사진을 모으는 사람들입니다!"

미인! 내가 미인이라는 거야?! +ㅇ+

"그럼 아까 내 사진을 찍은 것도……."

"누님이 미인이라서 찍었습니다. 잘못했어요."

누님이 미인이라서……. 누님이 '미인' 이라서……. =_=.. 누님이 ☆미인☆ 이라서! +ㅁ+!!!

"아니~ 괜찮아~. 호호호~. 사진 필요하면 나한테 와! 몇 반인 줄 알지? 가연이랑 빨강이 사진도 같이 찍게 해줄게~."

"박가연은 왜 팔아!"

자 자~. 지훈놈은 무시하고~.

"지…… 진짜요?"

"그럼 그럼~. 나중에 찾아와~."

귀여운 자식! —,.— 이쁜 말해서 봐줬다. 전 룰루랄라 복도를 걸어 갔습니다.

아 기분 좋아~! 어디선가 바람이 불어와 살짝 웃으며 창밖을 쳐다 봤습니다. 그런데 창밖으로 보이는 장면은…….

"한가민! 너 자꾸 내 거 뺏어 먹으면 나 화낸다!"

"니 게 맛있는데?"

"야! 한가민!"

투둑……. 날아올랐던 기분이 한없이 추락하고 있습니다. 그런데 이건 또 뭡니까.

"서연누님~. 사진 찍으러 왔어요~."

아, 정말 짜증나는군요.

"누가 사진 찍는대? 가!"

미사모도 짜증나! −_^

6

"유서연, 내 말 듣고 있어?"

"어……. 어어?"

나른한 5교시. 턱을 괴고 꾸벅꾸벅 졸고 있을 때 빨강냥이 찾아왔습니다.

"오늘 또 모임 있으니까 깔끔하게 하고 와. 이번엔 사복 아니다. 교복이야. 한 달에 두 번 정도 모임이 있으니까 알아둬. 야 유서연! 또 자!?"

전 빨강냥의 말을 듣고 생각했습니다.

모임⋯⋯. 가민녀석과 유일하게 얘기를 나눌 수 있는 시간. 두 눈이 번쩍 뜨였습니다. 빨강냥의 황당한 눈을 뒤로 한 채 화장실로 달려간 저는 대충대충 붉은색 립글로스를 발랐습니다.

그래, 오늘만이라도 완벽하게 행동하자! +_+

시간은 흘러 흘러⋯⋯ 그날이 왔습니다.

갑자기 화장실 문을 쾅쾅쾅 두드리는 소리와 가연이의 화가 잔뜩 난 목소리가 함께 들렸습니다.

"유서연. 너 화장실에서 몇 시간째야! 수업까지 땡땡이 치고!"

헉! 언제 시간이 5시가 됐지? 저는 당황한 모습으로 화장실에서 나왔습니다.

어쩐지 애들이 없더라. 전 미스 깡녀와 빨강냥의 야림을 받으며 학교 밖으로 빠져 나왔습니다.

"노래방에서 모이는 거야?"

"어. 오늘 잘해."

빨강이의 격려를 받으며 마음이 싸아 하고 쓰려왔습니다. =_=;

노래방이라니⋯⋯. 내가 노래를 부르기만 하면 지훈놈은 언제나 괴성을 지르며 빠져나가지 않았던가. 식은땀이 주르륵 흘러내렸습니다.

하지만 피할 수 없는 자리. 결국 저는 끌려가듯이 노래방 특실로 들어갔습니다.

　야. 애들 진짜 많네. -_-;

　제가 두리번거리는 동안 제 앞에 짠 하고 성진아가 나타났습니다.

　"우와~ 서연이 맞지? 교복 입은 거 보니까 더 귀엽다!"

　"고…… 고맙습니다."

　이봐 이봐 성진아. =_=^ 나에게 그런 말을 하려면 먼저 가민녀석 품
에서 떨어져 주시지~. -_-. (저기압 80%)

　저는 진아 선배가 제게 자리를 비켜주려고 하는 것을 보고 가민녀석
옆에 털썩 앉았습니다.

　심장이 쾅쾅 뛰었습니다.

　도도하게 행동하자. -_-;

　"오랜만이다."

　저를 쳐다보곤 씨익 웃는 가민녀석.

　"그러게……."

　"요즘 인기 많던데?"

　인기……! 저도 모르게 헤벌쭉 웃자 가민녀석 혀를 끌끌 차더군요.

　"남자관계 복잡한 여자, 정말 싫다."

　"그래도 사귀진 않았어!"

　"목소리 낮춰. 우리는 방긋방긋 웃으며 얘기를 해야 돼."

　가민녀석 씨익 웃으며 말하더군요.

　이봐, 표정과 말이 일치해야지……. -_-;; 하지만…… 그래도 멋있
다. -_-;;

저도 씽긋 웃어주었습니다.

"웃든 말든 내 맘이야."

"아~ 그랬어? 내 친구들이 너의 조신한 모습에 반했다는데, 실체를 알려줘야겠네?"

"시끄러워 짜샤."

씰룩씰룩……. ㅡ_ㅡ^ 난 왜 가민녀석에게는 이렇게 기분 나쁜 말만 툭툭 내뱉는 걸까?

가민녀석은 노래방 책을 살펴보는 척하며 진아 선배를 쳐다보고 헤벌쭉 웃더군요. 탬버린을 두들기다가 그 모습을 보고는 나도 모르게 툭 내뱉고 말았습니다.

"띨구."

"너 뭐라 그랬어?"

"띨구라 그랬다. 왜!"

적어도 우리 둘이 함께 있는 동안은 그렇게 진아 선배를 쳐다보면서 기분 좋다는 표정 짓지 않으면 안돼?

머릿속에서 이런 말이 빙빙 맴돌았지만 꿀꺽 삼켰습니다.

"우오오오~. 가민 선배 형수님 노래 좀 들어보자!"

"맞다, 맞다!"

꿀꺽…… ㅇ_ㅇ.. 오, 올 것이 왔다. ㅡ_ㅡ;

가민녀석과 사귄다는 걸 알게 된 지훈놈은 말없이 저를 째려보며 밖으로 나가더군요. =_=;; 전 마이크를 꾸욱 잡았습니다. 덜덜덜 떨리더군요. ㅡ_ㅡ;;

그때 갑자기 마이크를 같이 잡아주는 손이 있었습니다.

"서연이 지금 목이 아파."

"에에! 가민선배! 거짓말하지 마요!"

전 멍하게 녀석을 쳐다봤습니다. 가민녀석은 가만히 제 귀에 속삭입니다.

"지훈이한테 들었다. 너 지독한 음치라며?"

이…… 이씨……. ㅡ_ㅡ^;;

전 당황해서 어쩔 줄 몰라 했고 가민녀석 제 손에서 마이크를 뺏어들었습니다.

"내가 부를 거니까 서연이는 시키지 마라. 서연이 목 아픈 거 빨리 낫게."

시끄러 이놈아. 니 여자친구라는 내가 니 이름에 먹칠할까 봐 그런 거잖아! =_=^ 그런데 갑자기 조용하게 돌변하는 실내 분위기는 뭐람? ㅡ_ㅡ;

"한가민. 너 정말 부를 거야? 너 노래 부르는 거 싫어하잖……."

"불러! 부른다고!"

자연스럽게 제 왼쪽 어깨를 감싸며 노래를 시작하는 녀석……. 이럴 땐 정말 다정하구나. 하지만 이런 것도 가식이겠지. 순식간에 슬퍼졌습니다.

녀석이 부르는 노래는, 프로포즈를 하는 내용의 발라드 곡이었지만…… 그 행복한 노래를 듣는 제 기분은 착잡하기가 이루 말할 수 없었습니다. 녀석의 눈이 진아 선배를 향하고 있었기 때문입니다.

"와와! 가민 선배 노래 잘 부르시네요!"

"형수님 부럽습니다!"

가연이와 빨강냥이 저를 부럽다는 듯 쳐다보지만 전…… 계속해서 고개를 숙이고 있었습니다. 전 갑자기 벌떡 일어났습니다. 가민녀석 놀란 듯이 묻습니다.

"어디 가?"

"화장실."

이렇게…… 슬픈 기분은 두 번째다. 그치 서연아? 녀석을 만나면 기분이 좋으면서도 동시에 슬퍼진다. 녀석의 마음이 내게 와 있지 않다는 걸 새삼 확인하게 되니까.

화장실 안에서 눈물을 뚝뚝 흘리다가 밖으로 나왔습니다. 벌겋게 충혈된 눈으로 특실을 찾고 있는데 누군가 아는 척을 해옵니다.

"유서연……. 유서연 맞죠?"

고개를 돌려보니 진한 검은색 머리카락의 한 남자아이입니다. 우리 학교 학생 같은데 다짜고짜 제 손을 잡습니다.

"제 친구들이랑 같이 와 있는데요, 죄송하지만 노래 좀 불러주시면 안 될까요? 오늘이 친구 생일이거든요…….." ^_^"

내가 무슨 축하곡 불러주는 노래방 기계냐? -_-;

"아니에요. 죄송하지만 거절할게요. 지금 몸이 별로라서……."

씽긋 웃어주었더니 그 남자의 얼굴이 갑자기 빨개집니다.

"저……. 제 이름은 강아지예요. 아지."

가…… 강아지. -_-;;

신빨강에 이은 또 하나의 히트성 이름이구나. -0-;

"제발 부탁인데요. 노래 한 곡만 불러주세요. 오늘 생일 맞은 제 친구가 유서연씨…… 팬이거든요."

"나이도 같은데 말 놓지 그러세요."

전 결국 강아지의 -_- 끈질긴 부탁에 못 이겨 7번 방으로 들어가고야 말았습니다.

"춘삼아! 유서연 데리고 왔다!"

"오오오! 강아지!"

춘삼이란 애가 생일의 주인공인 듯, 빨갛게 달아오른 얼굴로 저를 쳐다보더군요. -_-; 미치겠군. 생일 축하곡이나 후딱 불러줘야지.

노래방 책을 가지러 가면서 가민녀석과 함께 있던 방을 힐끔 봤더니 진아 선배를 살짝 안아 주고 있는 가민녀석……. 눈물이 핑 고이더군요. 전 언젠가 가연이가 실연당한 여자들이 부르기 좋은 노래라고 말했던 곡을 찾아 번호를 꾹 눌렀습니다.

"후오오! 유서연씨 노래 부르신다!"

아지의 감탄사를 들으며 전 고개를 숙이며 떨리는 음성으로 노래를 불렀습니다.

알아요 내 탓인걸 다시는 날 찾으려 하지 않겠죠
내게 냉정했던 그 모습조차도 나 너무 그리워하는데
내가 참 바보 같아. 생각보다 훨씬 한심한 것 같아
좀더 태연하게 보내고 싶은데 왜 맘이 흔들리는 건지

눈물이 떨어지기 일보 직전입니다. 조심스럽게 눈물을 닦았습니다. 시끄러웠던 노래방 안이 갑자기 조용해졌습니다.

꼭 나를 떠나야만 한다면 더 잔인하게 날 대해야 해요
훗날 그대와의 추억에 기대어 또 눈물 보이지 않도록
과분한 꿈이었나요. 그대를 원해온 내 모습
제발 나 아닌 누굴 더 사랑한다고 말하지 마요
나 죽어가겠죠. 살아도 사는 게 아닌 난
이미 슬픔에 모든 걸 다 뺏겨 버린 채 오 그대 꿈을 꾸겠죠

마이크를 꽉 쥔 채 눈물을 투둑 떨어뜨렸습니다. 더 이상…… 제 이성은 감정의 끈을 잡지 못했습니다. 머릿속에서 무엇인가가 계속 빙빙 돌았습니다.

꼭 헤어지는 그 순간만은 슬픈 얼굴로 날 대하지 마요
그대 올 거라는 기대감 속에서 또 아파하는 일 없도록

-소찬휘의 〈Fine〉 중에서

왜, 내가 사귀자고 한 걸 좋다고 받아들였는지……. 그냥 안 된다고 말해줬으면…… 이렇게 아프지 않을 텐데……. 전 더 이상 노래를 부를 수 없었습니다.

말없이 눈물을 흘리고 있는데 강아지놈이 오더니 제 등을 토닥거려 주더군요.

"미안. 많이 아픈데…… 괜히 부탁했다."

갑자기…… 남자인 척하지 마. 다정하게 말하지 마. 전 눈물을 쓰윽 쓰윽 닦으며 활짝 웃었습니다. 슬플 땐…… 그냥 웃어버리는 거야. 그러면 눈물이 멈추더라고.

"미안. 나중에 멋있게 불러줄게." ^-^

왜 그렇게…… 걱정스럽고 불쌍하단 눈으로 쳐다보는 거야. 안타깝다는 듯한 눈…… 너무 싫어. 전 춘삼이란 애에게 다가가서 생일을 축하한다고 말해주었습니다. 춘삼이란 아이는 허둥지둥 일어나 고맙다는 인사를 하더군요.

"소…… 손 한 번만 잡아주세요!"

전 기꺼이 손을 잡았습니나. ㅡ_ㅡ.. 그리고 7번 노래방을 빠져나와 화장실로 가 거울을 쳐다봤습니다.

빨개…….

전 세수를 하곤 다시 특실로 들어왔습니다.

가민녀석 살짝 웃더군요.

"어디 갔다 왔어?"

차가운 음성, 가식적인 웃음.

왜…… 내가 사귀자고 할 때…… 좋다고…… 했어? 쓸데없는 변명이라도…… 해줘. 옆에만 있을 수 있다면 좋다고 생각했어. 그냥 내 옆에서 웃어주기만 해도 좋다고 생각했어. 하지만 그게 아니었어. 너는 언제나 빈껍데기일 뿐. 이제, 그냥 내가 떠날게.

가민녀석과 저 사이에 묘한 기류가 흘렀습니다.

그 순간, 가민녀석은 저를 빤히 쳐다보며 말했습니다.

"니가 원한 거잖아. 내가 말했지? 후회할 거라고. 난 여자들이 원하는 대로 해줄 뿐이야."

"나에게…… 조금이라도 감정이 없었어?"

떨리는 눈으로 쳐다보자 가민녀석은 속삭이듯 조용히 말했습니다.

"내겐 성진아 하나뿐이야."

조용히…… 차갑고도 무거운 기류가 흘렀습니다.

"……거짓말."

"거짓말 아니야."

더 이상 저와 가민녀석은 말을 하지 않았습니다. 전 마치 망치로 한 대 얻어맞은 듯했습니다.

각오했잖아. 아무런 감정이 없어도…… 그저 옆에만 있어 주기만 해도 좋다고…… 각오했잖아. 상처받을 각오…… 이미 했잖아.

어색한 그 순간, 우리 둘 사이를 뚫고 진아 선배의 목소리가 들려왔습니다.

"서연아, 노래 한 곡만 불러주라~. 응? 언니는 서연이 목소리로 부르는 노래가 듣고 싶어~."

순진한 건지 착한 건지. 난 지금 당신 때문에 가슴속이 타들어 간다구요.

하지만 전 가민녀석이 빤히 쳐다보는 가운데 진아 선배에게 씽긋 웃어주었습니다.

"죄송해요. 저 노래 못 불러요."

"에에 진짜? 언니는 서연이 노래 듣고 싶은데~."

부럽다. 이 여자가 처음으로 부럽다.

"서연아…… 응?"

…….

…….

"눈에…… 뭐가 들어갔나 봐요."

저는 눈물을 흘리면서도 씽긋 웃었습니다. 진아 선배는 저를 걱정스
럽게 쳐다보더군요.

어떡해야…… 당신처럼 될 수 있나요. 어떡해야 한가민이란 남자의
마음을 얻을 수 있나요.

"서연아! 어머, 눈에 큰 게 들어갔나 봐. 눈물이 계속 나오네. 언니
랑 화장실 갈래?" ㅇ_ㅇ

"아니에요. 봐요~. 이제 눈물 안 나오잖아요. 쑈욱 빠졌나 봐요."
^_^

"응? 어어 진짜다. 다행이네~." ^ㅇ^

다행이라며 제 눈을 매만져주는 성진아 선배의 모습 때문에 다시 한
번 눈물이 나올 뻔했습니다. 이렇게 착한 사람이면 난 미워할 수도 없
잖아.

그때 가민녀석이 끼어들었습니다.

"그렇게 웃지 마, 병신아." =_=

"너 뭐라 그랬어? 뭐 병신?!" +O+

웃기지만…… 정말 웃기게도 한가민이란 남자…… 틈이 없다. 착각이었다. 조금이라도 틈이 있을 거라고 생각한 것은 착각이었다.

전 조심스럽게 몸을 일으켰습니다. 성진아는 그런 나를 쳐다보며 바보처럼 물었습니다.

"어? 서연이 어디 가?"

"그냥……. 먼저 갈게요. 몸이 안 좋아서요."

어느새 다른 아이들은 알코올을 먹고 뻗었는지 -_- 노래방에서 쿨쿨 자고 있더군요. 맨 정신인 사람은 저와 가민녀석, 진아 선배뿐이었습니다.

"왜에~. 같이 더 놀자! 응? 응?"

저도 모르게 진아 선배가 잡고 있는 팔을 냉정하게 떼어냈습니다.

"착한 척 말하지 마요. 드러워요. 드럽다구요! 모든 걸 다 가진 듯이 말하지 말라구요!"

멍하게 저를 쳐다보는 진아 선배와 벌떡 일어나는 가민녀석……. 그리고 어느새 매섭게 볼에 와 닿은 아픔이 느껴졌습니다.

"하…… 한가민!"

"너 다시 한번 말해 봐."

진아 선배는 더듬거리고 가민녀석은 표정이 차갑습니다.

제 고개는 어느새 돌아가 있었고, 눈물이 볼을 타고 떨어지더군요. 진아 선배가 제게 다가와 손수건을 건네주었지만 전 그 손을 탁 쳐냈습니다. 동정 따윈 필요 없어.

"유서연, 너 정말!"

"돼…… 됐어 한가민. 서연이가…… 지금 많이…… 아픈가 봐."

진아란 여자의 말 한마디로 모든 게 정리되는군요.

전 두 사람을 향해 피식 웃어주곤 밖으로 나왔습니다.

"하아……. 정말…… 비참하구나."

한쪽 손으로 얼굴을 가리자 조용히 눈물이 떨어졌습니다.

#7

멍하니 서 있었다. 내가…… 울렸어. 또…… 여자를 울렸어.

한숨을 내쉬었다. 내 옷자락을 잡고 울려고 하는 진아를 보며 생각했다.

유서연…… 그 아이는 어디서 이렇게 울고 있을까.

딜씩 의자에 앉아 비렸디. 누군가 비틀거리며 다가왔다. 진아가 반갑게 맞이한다.

"가연아? 가연이 맞지? 서연이가 지금 막……."

주르르륵……. 머리 위에서 맥주가 흐른다. 화들짝 놀라 고개를 들어보니 박가연이 무표정한 모습으로 맥주 캔을 내 머리 위에서 일그러뜨리고 있다.

"가연아! 이게 무슨 짓이야!"

"어때 기분이? 드럽지? 드럽고 욕 나오려고 그러지? 한가민! 서연이는 지금 니 드러운 기분의 백 배는 더 느끼고 있어. 어쩌면 더럽다는 것을 뛰어넘어, 수치스러울 거야. 알아?"

가연이란 애는 초점 잃은 눈으로 눈물을 흘리려고 하면서 떨리는 음성으로, 하지만 다부진 목소리로 말했다.

"서연이 더 이상 아프게 하지 마. 끝내려면…… 확실하게 끝내."

"박가연! 언니가 말했어! 지금 무슨 짓이냐고!"

가연이는 소리치는 진아의 얼굴을 쳐다보다가 다시 또 나를 쳐다보았다.

"서연이가…… 쉽게 보였냐? 그 녀석은 여자 아냐? 그 녀석의 마음은 진심이 아닌 걸로 보여? 한가민! 앞으로 사람 감정 가지고 장난치지 마."

진아를 쳐다봤다. 내가 사랑하고 아껴주고 싶은 사람. 그래, 유서연……. 유서연은 나에게 어떤 존재였던 거냐.

"우리 서연이…… 불쌍해서 어떡해? 우리 서연이…… 불쌍해서 어떡하냐고……?"

그렇게 중얼거리면서 꼬이는 발걸음으로 나가는 가연이의 뒷모습에 오버랩되는 장면…….

눈물 고인 눈으로 날 쳐다보고 미소를 지으며 가던 아이…….

나도 모르게 발이 떨어졌다. 막 발걸음을 옮기려고 하는 순간 문득 들려오는 진아의 목소리.

"가…… 가민아 어디 가? 응?"

멍하니 풀렸던 눈에 진아가 보였다. 그리고 정신이 들었다. 왜……

진아를 놔두고 발걸음을 옮기려 했던 거지? 다시…… 멈추었다.

#8 거리를 정말 바보같이 돌아다녔습니다. 한참을 돌아다니다 거리의 쇼윈도를 쳐다봤습니다.

퉁퉁 부은 눈에 빨개진 눈. 발그스레해진 볼. 녀석에게…… 맞은 볼…….

우욱. ㅠ_ㅠ.. 나…… 날 때렸어? 한가민 니가 날 때렸단 말야!? 그런데 화를 내야 하는 내가 왜 울고 있는 거니?

"서연아! 유서연!"

멀리서 가연이의 목소리가 들려왔습니다. 한 걸음밖에 안 떨어진 듯한 가연이의 목소리. 전 눈물을 꾸욱 참으며 말했습니다.

"가연아…… 나 지금 혼자 있으면 안 될까? 응? 오늘 하루만……. 내일 다 말해줄게. 오늘 하루만 나 좀 놔줘."

조심스럽게 뒤를 돌아보니 가연이 찌그러진 맥주 캔을 꽈악 쥐고 있습니다. -_-;

맥주 캔은 뭐니.

가연이 조용히 말하더군요.

"알았어……. 내일…… 내일 꼭 말해줘."

"응."

가연이가 뒤돌아 가면서 툭 하고 찌그러진 맥주 캔을 떨어뜨리는 모습을 쳐다보고 집으로 발길을 돌렸습니다.

#9 집 앞에 지훈놈이 서있습니다. 흠칫 놀랬지만, 술 마시고 뻗었던 지훈놈의 모습이 떠올라 당당하게 발걸음을 옮겼습니다.

"너 여기서 뭐하냐? 안 추워?"

지훈놈 아무 말 없이 저를 쳐다보기만 합니다.

"짜식! 술 냄새 나! 빨리 집에 가서 향수뿌려라." ^-^

녀석, 갑자기 저를 푸욱 안습니다.

"10년 친구다. 너 울고 싶은 거 모를 거 같아? 병신아. 난…… 형이란 존재보다 10년 친구가 더 소중해."

지훈의 말에 마음이 흔들려 울 뻔했습니다. 하지만 울면 안돼! 이젠…… 울지 않을 거야.

"무슨 소리를 하는 거야? 그래, 짜식. 10년 친구를 이렇게 생각하고 있었다니, 기특도 해라! 누나가 이뻐해 줄게." ^0^

계속해서 저를 토닥거려주는 지훈놈을 떼어냈습니다.

"가연이가 보면 어쩌려고 그러냐?"

지훈놈은 그제야 저를 놓아주며 말했습니다.

"잊지 마. 세상 사람이 다 널 욕하고 버려도 난…… 니 편이다."

지훈놈의 말을 듣고, 말 없이 웃었습니다. 고마워…….

전 걱정스런 지훈놈의 얼굴을 뒤로 한 채 집으로 돌아와 문을 활짝 열었습니다.

울지 않아. 절대로! 난 울지 않는다. 쓸데없이 눈물을 흘리지 않을 거다. 아니, 흘릴 눈물조차 남겨져 있지 않다. 난 이제 나 자신만을 사랑할 거니까.

#10

"하이! 에브리 바디!"

기분 좋은 아침. 아니, 기분 좋다고 암시하며 웃고 있는 아침입니다.

"너 어제 어디 갔었냐? 친구를 버리고 집에 가버리다니……. 나쁜 년."

사연을 모르는 빨강이는 씨익 웃으며 제 머리를 살짝 (하지만 아프 규요. -_-) 때렸습니다.

살짝 웃으며 가연이를 쳐다보니, 가연이는 저를 쓰린 눈으로 쳐다보더군요.

"자자! 가연씨! 그렇게 인상 쓰지 말고 나랑 같이 매점이나 갑시다!"

미스 깡녀의 손을 붙잡고 매점으로 성큼성큼 걸어갔습니다. 빨강냥이 "나도 같이 가" 하면서 달려오더군요.

그래, 이게 나였어. 웃으면서 생활해야지. 나 혼자서도 모든 걸 할 수 있어. 모든 건 나 혼자서도 해결할 수 있어. 이따위 아픔 따윈 이겨

낼 수 있어. (열심히 자기 암시 중입니다. -_-)

"난 우유 먹어야지."

흥얼거리며 우유를 고르는 빨강이. 그리고 저의 어깨를 터억 잡고 심각한 얼굴로 쳐다보는 가연이입니다.

"유서연. 나랑 말 좀 해."

전 가연이를 쳐다보고 웃으며 말했습니다.

"괜찮아."

괜찮아······. 이 세 음절을 조용히 그리고 잔잔히 말했습니다. 가연이 말없이 저를 쳐다봅니다.

"그래."

전 허둥대다가 두 손을 꽈악 쥔 채 말했습니다.

"나 계란 샌드위치 사먹을 거야!"

가연이도 웃으면서, 하지만 차갑게 말하더군요. -_-

"처먹고 뒈져버려라."

미스 깡녀의 머리통을 한번 때려준 다음 -_- 발악하며 저를 좇아오려는 가연이를 놀리면서 후닥닥 도망을 갔습니다.

그런데, 한참을 뛰다보니 가연이가 안 좇아오더군요. 뒤를 돌아보니 가연이가 누군가에게 잡혀 있습니다. ㅇ_ㅇ. 슬금슬금 다가가자 보이는 얼굴······.

"앗! 유서연씨!"-0-!!

추······ 춘삼군. -_-;;

전 어색하게 웃었습니다. 정말 순박해 보이는 웃음을 짓는 춘삼군입니다.

가연이는 멀뚱한 표정입니다.

"아는 사이야?"

"응."

춘삼군은 가연이를 빤히 보다가 다시 저를 쳐다보며 느닷없이 말했습니다.

"저…… 전 서연씨밖에 없습니다! 이 이쁜 아가씨가 절 유혹해도 전 서연씨만 좋아할 겁니다!"

가연이는 춘삼군을 보며 박장대소를 터뜨렸고 -_- 전 어색하게 웃으며 춘삼군을 쳐다봤습니다. -_-

"춘삼아! 어딨어! 김춘삼!"

춘삼군의 뒤를 슬쩍 보니 -_- 어딘지 익숙한…… 아지놈의 목소리가 들렸습니다.

노래방에서는 어두워서 얼굴이 잘 안 보였었는데, 지금 자세히 보니 귀엽게 생겼습니다.

"어? 서연이!"

"이놈아! 서연씨라고 불러!"

"내가 왜? 김춘삼, 니가 좋아하는 베지밀 가지고 왔어."

다시 보니 김춘삼이란 애도 꽤 깔쌈하게 생긴 얼굴입니다. 근데, 베지밀이라니? -_-;

춘삼군은 아지놈이 베지밀을 내밀자마자 냉큼 빨대를 꽂아 쭈욱쭈욱 먹더군요. 가연이는 그 모습을 보며 마구마구 웃었습니다.

"그 훤칠한 키에, 어린애처럼 베지밀을 먹는 사람이라니……. 큭큭." >_<

춘삼군과 아지놈은 키가 저희보다 머리통 두 개는 더 붙인 듯했습니다. −_−; 춘삼군은 가연이가 이쁘게 웃자 얼굴이 빨개지더군요.

"유혹하지 마세요." =_=.

"푸푸푸." >_<

춘삼군, −_−; 착각은 자유일세. 하지만 가연이가 이렇게 신나게 웃는 모습은 처음 보네.

아지놈은 웃고 있는 저를 쳐다보고 새삼스러운 듯이 말했습니다.

"야아~ 안 우니까 더 이쁘네!"

당연한 말씀을 하고 있…….

아…… 아니다. =_=;; 겸손해지려고 노력하는 중입니다.

"고마워." −v−*.

역시 난 표정 관리가 안 돼. =_=;

아지놈이 씨익 웃는 걸 보고 저도 따라서 웃어주었습니다. 아지놈 잠시 이상한 표정을 짓습니다.

"너 나사 하나 풀린 애 같아."

죽일 놈. −_−^ 제가 뭐라고 반박하려고 하자 아지놈이 서둘러 말을 막습니다.

"무언가 하나 빠뜨리고 온 사람 같아. 소중한 걸 하나 잊어버리고 웃는 사람 같아. 그렇게 느끼는 내 기분이 이상한 건가?"

아니. 정확히 맞췄어……. 전 아지놈의 말을 듣고 멍하니 그놈을 다시 쳐다봤습니다. 아지놈도 저를 빤히 쳐다보고 있습니다.

"울고 싶구나……."

순간 눈물이 글썽 고였지만 전 그저 무표정한 얼굴로 아지놈을 쳐다봤습니다.

그 순간 어디선가 갑자기 들려오는 기이한 소리…….

"서연아! 가연아! 까후~!)0(내가 좋아하는 커피우유 딱 하나 남은 거 캐치해왔다!!"

빨강색 머리카락을 휘날리며 도발적인 −_−? 미소를 휘날리며 뛰어오는 빨강냥이었습니다. 하지만 하늘을 나는 듯이 뛰어오던 빨강이는 그만 '철푸덕' 땅에 추락하고 말았습니다. =_=; 놀란 저와 아지놈은 후다닥 빨강이에게 뛰어갔습니다.

"으윽……. 내…… 내 커피우유."

비닐 팩으로 된 커피우유는 빨강이 배 밑에서 처참하게 디저 있더군요. 제가 손수건을 꺼내려고 하는 순간, 펄럭 하는 소리와 함께 옆에서 있던 아지놈이 양복 윗도리를 벗어 빨강냥을 풀썩 덮어주었습니다. 빨강이 놀란 눈으로 아지놈을 쳐다보더군요. −_−

아지놈 살짝 웃으며 말했습니다.

"내일 세탁해서 줘요." ^0^

"아…… 네……." *_'*

빨강냥 −_−; 온몸의 색깔마저 온통 빨간색으로 변했습니다.

싱글싱글 웃는 아지놈과 붉게 변한 빨강이를 보니 내가 비켜줘야 할 것 같았습니다.

뒤로 돌아섰을 때, 가연이의 목소리가 들려왔습니다.

"야! 너 베지밀 먹고 그렇게 큰 거야? 아니지? 매일 집에서 먹던 엄마 젖이랑 베지밀이랑 맛이 똑같아서 먹는 거지? 그치?"

"아닙니다." =_=

"맞잖아! 나도 그랬었어! 푸푸푸." >_<

이제 가연이의 별명은 엽기 미스 깡녀입니다. =_=;;

#11

스쳐가는 인연을 잡는다는 건
굉장히 힘들다.
하지만 잡는 순간
그 인연은 너에게 모든 걸 바칠 것이다.
목숨까지도……

"아~ 심심해. 춘삼이는 왜 안 와?"

"박가연! 너 춘삼이 좀 그만 괴롭혀. 니가 얼마나 괴롭혔으면 이렇게 안 오겠냐?"

여전히 일상적인 하루. 한 가지 변한 게 있다면 춘삼군과 아지놈이 언제나 올라온다는 것입니다. 가민녀석과 헤어진 지 3일째. 전 여전히 웃으며 생활하고 있습니다.

"강아지 왔냐?"

"아니. 춘삼이도 안 와. 심심해."

빨강이와 가연이 무척 심심해 합니다. 춘삼군과 아지놈은 이제 완전히 미스 깡…… 아 맞다. 엽기 미스 깡녀와 빨갱이의 (빨강이의 새로운 별명입니다) 장난감이 되어버렸습니다. -_-;

한참을 지루하게 여자 셋이 멀뚱히 얼굴만 쳐다보고 있는데 창문 밖에서 찰칵찰칵 하는 소리가 끊이지 않습니다. =_=^ 네. 미사모입니다. 이젠 포기했습니다.

그 순간 교실 문이 드르륵 열렸습니다. 가연이가 벌떡 일어납니다.

"춘삼이냐?"

"춘삼이? 춘삼이가 누구야?"

문을 열고 등장한 건 -_- 지훈놈입니다. 지훈놈은 잔뜩 인상을 쓰며 엽기 미스 깡녀에게 다가왔습니다.

"너 여기 왜 왔냐?"

"박가연! 춘삼이가 누구야? 혹시 김춘삼 말하는 거냐?"

번쩍 하고 가연이의 눈이 빛납니다. -_-; 요즘 가연이는 이렇게 자신의 장난감을 가지고 놀 생각에 신이 나 있습니다. =_= 지훈놈은 그런 가연이를 못마땅하게 쳐다보고 가연은 한술 더 뜹니다.

"그래 그래. 춘삼이! 춘삼이 어딨냐?"

"걔 어제 나랑 맞장 떠가지고 지금 병원에……."

지훈놈……. =_=; 너 이제 죽었다. 무료했던 점심시간, 가연이의 심심함을 채워주었던 춘삼군을 때려눕혀? -_-; 가연이는 춘삼이가 병원에 입원했다는 사실보다 장난감을 잃어버렸다는 생각 때문에 열을 받

앉는지 붉으락푸르락합니다.

"너 죽을래! 춘삼이는 왜 때려눕혀!"

"너 김춘삼이랑 무슨 관계 있어!?!?"

"그래그래! 정말 짜증나! 나 이제 심심해서 어떡해!"

박가연, 넌 너무 잔인해. =_=;

갑자기 춘삼군이 불쌍해졌습니다. 그런데 가연이의 얘기를 듣는 지훈놈의 표정이 싸악 굳어버립니다.

"그 자식 없으면 심심해?"

"그래!"

"왜?"

가연이는 당당하게 말했습니다.

"걔 없으면 다 심심해. 그냥 다 하기 싫고. 으음……. 춘삼이 있으면 다 재미있는데……."

지훈놈 표정이 정말로 정말로 -_-; 얼음장처럼 변하는군요.

"걔 좋아하냐?"

"응!" -0-

지훈놈 대답을 듣자마자 순식간에 교실을 나가버렸습니다 .

전 가연이를 쳐다보며 충고의 말을 날렸습니다.

"너 빨리 지훈이 따라가."

"내가 왜!"

"지훈이가 뭔가 심각하게 오해를 한 거 같아."

"내가 보기에도 그래."

빨갱이도 그렇게 느꼈나 봅니다. 그래도 가연이는 이해 못하겠다는 듯 우리를 멀뚱멀뚱 쳐다보더군요. 전 마지막 결정타를 날렸습니다.

"니 장난감 부수러 갔을 거다." =_=;

"……? 안돼!" -0-!!

이제야 뭔가 깨달았는지, 가연이는 후닥닥 지훈놈의 뒤를 좇아가더군요. =_=; 빨갱이도 아지놈에게 가보겠다며 제 머리통을 쥐어박고 가버렸습니다.

무료하게 책상에 턱을 괴고 있는데 톡톡 하고 제 옆 창문을 두드리는 소리가 났습니다. 고개를 돌려 창밖을 보니 진아 선배가 서있었습니다. 전 너무 당황해서 벌떡 일어났고 진아 선배는 살짝 웃으며 창문에 입김을 불어 '잠깐 밖으로 나와 줄래?' 하고 쓰더군요. 전 밖으로 나갔습니다.

진아 선배와 전 학교 뒤에 있는 스탠드에 앉아 있습니다.

"죄송해요."

제가 먼저 말을 꺼냈습니다.

"응, 뭐가?"

"전에…… 제가 너무 경솔했습니다. 죄송해요."

제가 고개를 꾸벅 숙이며 말하자 진아 선배는 당황하며 손을 내젓습니다.

"아냐. 그게 아니야……. 나 서연이한테 말할 게 있어서……."

바람이 조용히 저를 스쳐지나가더군요.

진아 선배는 가만히…… 손을 매만지다가 고개를 들어 단호한 표정으로 말을 이었습니다.

"나…… 가민이 좋아해."

알고 있었지만…… 예상하고 있었지만…… 이런 거 정말 못할 짓입니다. 가슴에 화살을 겨누는 일입니다. 전 진아 선배를 가만히 쳐다봤습니다.

"너한테 이런 말하는 거…… 정말 나쁜 일이라는 거 알지만, 니가 내 맘을 좀 알아줬으면 해서……. 넌 정말 내가 아끼는 동생이야. 니가 가민이랑 사귄다는 걸 알고는 무척 슬펐지만…… 내 맘을 감추려고 했어. 하지만…… 너희들…… 심하게 싸웠다는 걸 알았거든."

웃음이 나왔습니다. 비웃음이 아니었습니다. 부러움의 웃음이었습니다. 포기의 웃음이었습니다. 이제 다 끝났구나…….

"나…… 정말 나쁜 애지?"

눈물 고인 눈으로 절 쳐다보며 웃는 진아 선배에게 손수건을 건네주며 말했습니다.

"아니에요. 가민 선배는 제가…… 억지로 사귀자고 한 거예요. 가민 선배…… 진아 선배 진짜 좋아해요."

순식간에 밝아지는 진아 선배의 얼굴. 전 그런 진아 선배의 얼굴을 더 이상 볼 수 없어 웃으며 일어났습니다.

"축하드려요 진아 선배. 가민 선배에게…… 그 동안 미안했다고 전해주세요."

#12

살랑살랑 들어오는 바람…….

침대에서 데굴데굴 구르다가 풀썩 -_- 떨어지는 바람에 잠에서 깼습니다.

"아우 씨."

머리를 긁적이며 일어났습니다,.

하이고~ 엉덩이야. ㅜ_ㅜ 머리를 감고 얼굴에 로션을 대충 발랐습니다. 그리고 그동안 잘 안 끼던 안경을 꺼내 썼습니다. 모범생처럼 보입니다. -v-*.

학교에 가자 가연이가 멍한 눈으로 절 쳐다봅니다.

"뭐야~ 웬 삼순이야!"

거울을 보니 가르마가 환상적인 2:8이 되어 있더군요. -_- 쓰고 왔던 안경은 삐뚤어져 있고 치마는 위로 올라가 완전히 시.골.상.경.촌.년이었습니다.

"당장 어떻게 좀 해봐!"

저 치마를 똑바로 하고 가르마를 대충 정리한 다음 털썩, 자리에 앉았습니다.

가연이는 정말 맘에 안 든다는 듯 저를 째려보고 있습니다.

"그 안경은 뭐야? 안 어울리게시리."

"나 이제 이지적인 미소녀가 되기로 했어~."

가연이는 말없이 옆에 있던 걸레를 제게 던졌습니다. =_=; 물론 전 재빠르게 피했죠. 그때 다시 또 옆에서 찰칵찰칵 사진기 소리가 들렸습니다.

"이 새끼들 그만 찍어!"

전 손가락으로 V자를 그리며 사진기를 향해 웃어주었고 -_- 가연이는 무섭게 인상을 쓰며 빗자루로 미사모의 머리를 쾅쾅 때리더군요. =_=.

"서연누님! 오늘 너무 지적이십니다."

에라 기분이다~. =_= 전 포즈까지 잡아주었습니다.

"미쳤구나, 미쳤어. 유서연 너 미쳤다구!"

미사모가 간 다음 저는 발광하는 가연이를 무시한 채 자리에 털썩 앉아 창밖을 쳐다봤습니다. 저 멀리 친구들 사이에서 웃고 있는 진아 선배의 모습이 보입니다.

전 씽긋 웃었습니다. 행복해 보인다.

그런데 -_- 창문 더 가까이에서 얼굴을 붉히며 저를 쳐다보는 사람이 있었으니……

"앗! 춘삼아! 너 없어서 정말 심심했어!"

춘삼군, -_-;; 가연이를 보자마자 얼굴이 새파래지며 도망을 가더군요.

전 요즘 잠이 부족해서 -_-; 1교시 때부터 아프다고 거짓말을 하고 밖으로 나왔습니다. 잠 좀 깨야지. -_-.

학교 밖을 걷고 있는데 난데없이 학교 뒤에서 풀썩 하고 날아온 이상한 물체. O_O;

화들짝 놀라 쳐다보니 온통 상처투성이의 진아 선배였습니다.

"진아 선배!"

전 당황해서 진아 선배에게 다가갔습니다. 진아 선배가 날아온 곳을 쳐다보니 1학년 여자애들 수십 명이 침을 뱉으며 저를 쳐다보고 있더 군요.

"선배님. 선배님도 다치기 싫으시면 그냥 가시죠."

"2학년 간판님께서 다치시면 안 되지 않습니까?"

"야, 근데 진짜 2학년 간판 맞아? 웬 뽈테안경이래?"

마지막 논. =_= 넌 죽었다. -_-^

"내가 갈 거 같냐, 아니면 안 갈 거 같냐?"

조소를 흘리며 뱉듯이 말하자 1학년 애들은 잠시 움찔하더니 순식 간에 우르르 달려들어 마구 저를 밟더군요. 전 진아 선배를 감싸안은 채 신나게 밟혔습니다. 온몸 구석구석을 얼마나 밟아대는지……. 하지 만 전 이상하게도 웃음이 나오더군요.

"야…… 이런 씨……. 이년이 웃어!"

"웃음이 나오냐? 더 밟아버려."

그럼 어떻게 하냐? 난 아프면 웃음이 나온단 말야! ㅜ_ㅜ(-_-;;)

한참을 밟던 1학년 애들이 짜증난다는 표정을 지으며 가더군요. 전 그 애들이 가고 나서 꽈악 안았던 진아 선배를 놓아주었습니다.

다행이다. 선배는 안 맞은 것 같아.

진아 선배를 꽈악 껴안았던 손을 풀자마자 손이 투욱 하고 떨어졌습 니다.

그 1학년 애들. 니네들 빨갱이한테 다 일러서 크게 손을 봐줄 거다.

"아이 씨……. 피나네."

입가의 피를 쓰윽 닦으며 진아 선배를 부축해 5층 보건실로 향했습니다. 계단을 올라가는데 창가의 남자애들이 놀란 눈으로 쳐다보더군요.

뭘 보냐 이 새끼들아. -_-^

한참을 올라가고 있는데 교실문 한쪽이 쾅! 하고 열리더니 가민녀석의 얼굴이 보였습니다.

"뭐야……? 왜 이래?"

전 의식이 없는 진아 선배를 가민녀석에게 넘겨주고 뚜벅뚜벅 계단을 내려왔습니다.

"너 어디 가!"

전 가민녀석의 얼굴을 안 보려고 계속 앞만 보며 내려갔습니다. 녀석의 얼굴을 보면, 내가 어떻게 될지 몰라……. 가민녀석의 손이 갑자기 제 어깨를 잡아 돌려세웁니다. 고개를 돌리니 바로 코앞에 녀석의 얼굴이 보였습니다. 녀석은 심각한 표정으로 저를 쳐다보더군요.

"너도…… 아프잖아……."

가민녀석의 손을 뿌리치며 전 진아 선배를 말없이 쳐다봤습니다. 진아 선배는…… 그냥 복도 바닥에 쓰러져 있더군요.

"진아 선배한테 가."

가민녀석 제 손을 꽈악 잡으며 보건실로 데리고 가더군요.

"이거 놔!"

"시끄러!"

움찔 놀랐습니다.

가민녀석 저를 쳐다보며 잔뜩 화가 난 눈으로 말하더군요.

"아프다고 말도 안 하냐? 그렇게 다쳤으면 치료를 해야 할 거 아냐! 시끄러. 더 이상 아무 말도 하지 마. 그냥 따라와."

가민녀석의 꽉 잡은 손에 고개를 숙이며, 조용히 눈물을 흘리며 따라올라갔습니다. 왜, 갑자기 이렇게 하는 건데. 갑자기…… 왜 이렇게, 해주는 건데…….

엉켜버린 인연의 실타래
모든 실타래는
마지막이 있다. 그 마지막에서부터
차근차근 풀어나가야만 돼.

"아! 아프잖아!"

"아프라고 때리는 거다."

보건실에 들어오자마자 저에게 약을 철푸덕철푸덕 바르는 넘. =_=^
양호 선생은 사라져 있었습니다. 전 짜증나서 인상을 아아악아아악 썼고, 가민녀석 조용히 붕대를 감더군요.

"여자애가 싸움질이나 하고 다니냐?"

"싸움질 안했어. 난 아까……."

내가 아까 전 있었던 일을 말하면 가민녀석 거짓말 말라면서 비웃겠지. 니가 그렇게 착할 리가 없다고……. -_-.. 전 이런 생각을 2초쯤 했습니다.

"계단에서 굴렀어."

가민녀석 -_-;;; 붕대를 쓰윽쓰윽 감으며 하는 말이 가관입니다.

"구르긴……. 솔직히 말해 봐. 니가 진아 팼지?"

녀석은 장난으로 그랬겠지만 전 저도 모르게 울컥 합니다.

"지는 내 싸대기를 때렸으면서."

가민녀석 인상이 싸악 굳더니 -_-; 제 볼에 퍼억 하고 파스를 붙이더군요.

"아악!"

"이걸 어째……. 나도 모르게 힘이 들어가 버렸네."

전 볼을 쓰다듬으며 녀석을 째려봤습니다. -_-

저와 가민녀석 둘다 장점이자 단점인 점은 서로 나쁘게 생각하고 있어도 눈치 없이 웃으면서 얼굴을 마주대며 웃는다는 겁니다. =_=

"아…….진아 선배는 어떡하지……."

"남자애들이 고이고이 병원에 모셔갔을 거다……."

"잠깐 =_=.. 그럼 당신은 -_-^ 나를 남자애들이 밟고 지나갈까 봐 불쌍해서 데리고 온 거야?"

가민녀석 피식 웃더군요. 뭐야. 그 웃음은. -0-!!

전 한쪽 팔을 휘휘 돌리며 보건실 문을 열려고 했습니다. 그 순간 문이 드르륵 열리며 깔끔 쌈박하신 얼굴이 나타났습니다. 우리의 춘삼군입니다.

"서연씨! 다치셨다면서요!"

전 어색하게 웃었습니다. =_=

"괘…… 괜찮아요."

"괜찮다니요! 얼굴에까지 파스를 붙이셨는데!"

춘삼군은 제 볼을 어루만지며 그 깔쌈한 얼굴을 찌푸리더군요.

전 기분은 좋았지만 그 볼을 어루만지는 손을 최대한 조심스럽게 떼어내며 어색하게 웃었습니다.

가민녀석 춘삼군을 쳐다보며 불쌍한 놈이라고 중얼거리더군요. =_=;

내 영혼의 새를 띄워 보내네.
당신의 마음 한 자락이라도 물어오라고.

위잉 하고 들리는 드라이 소리, 코를 찌르는 염색약.

여기는 미용실입니다. 학교가 끝나자마자 미용실에 왔습니다. =_=

빨갱이가 자신의 머리칼 색깔인 빨간색 물이 빠져간다네 어쩐다네 해서 -O-; 다시 염색을 하고 있는 모습을 구경하러 온 저입니다.

"야! 언제 끝나니?"

"시끄러워. 기다려."

비닐모자를 둘러쓴 빨갱이냥 =_=+ 저를 보고 가면 죽여 버리겠다

는 듯 인상을 씁니다. ㅜ_ㅜ

가연이는 화장실 간다고 하고선 사라진 지 오래고 -_-^; 순진한 저는 (-_-;) 미용실 의자에 엉덩이에 쥐나도록 앉아 있습니다.

"잡지책이나 보고 있어. 1시간은 더 있어야 돼." -_-^

"아우 씨!" =O=^

전 여성잡지를 비닐팩을 쓰고 있는 빨갱이에게 던졌습니다. 빨갱이의 부풀어 있던 비닐팩 한쪽이 찌그러졌습니다. -O-.

빨갱이가 분노하며 달려드는 걸 미용실 직원들이 막더군요.

전 느긋하게 앉아 미용실 잡지를 즐겼습니다.

한쪽 옆으로 묶었던 머리카락을 중얼거리며 세고 있는데 누군가 묻습니다.

"너 제학고등학교 유서연 맞지?"

고개를 돌려보니 O_O 핫, 진짜 이뿐 여잡니다. 멀뚱히 쳐다보니 비비 꼬아진 머리카락을 한쪽 손으로 꼬며 -_-^ 이 여자, 시건방진 눈으로 저를 쳐다보고 있습니다.

깔끔한 검은색 정장에 풍부한 상체, (가슴이 크군요 -_-;) 그리고 연분홍빛 입에서 소리가 나옵니다.

"우리 춘삼이 못 봤니?"

핫! 춘삼이 누님이신가……. 춘삼이가 누님과 많이 닮았구나. -O-

"춘삼이가……. 그 가연인가 뭔가랑 니 이름 중얼거리면서 사라졌어. =_=. 어디 갔는지 아니?"

"모…… 모르는데요." =_=;;

엽기 미스 깡녀. 너 때문에 춘삼이가 가출까지 했단다. =_=;; 전 한숨을 쉬며 빨갱이가 지랄하는 미용실을 빠져나왔습니다.

전 길거리를 쏘다녔습니다.

춘삼이를…… 찾아야겠지. -0-..

"추…… 추운삼아……."

아우 씨. 이름 좀 멋있었으면 내가 크게 크게 불러서 금방 찾아낼 텐데. ㅜ_ㅜ;;

에이 씨 모르겠다. 추…… 춘삼아! 춘삼아! 김춘삼!

길거리 사람들이 쿡쿡 웃으며 저를 쳐다보더군요. -_-;

그래. 이미 얼굴 팔리고 성격 티난 거. 전 더 크게 크게 춘삼이 이름을 불러댔습니다.

"춘삼아! 춘삼아 집에 돌아와! 춘……."

그때 터억 하고 어깨에 닿는 손이 있었습니다.

"추…… 춘삼이니? 춘삼……."

"김춘삼 찾냐? 도대체 김츈삼의 여자 복은 어디까지냐?"

가민녀석이었습니다. 멀뚱히 가민녀석을 쳐다보았습니다. 주위에서 저 사람이 춘삼인가 봐 =0= 하는 소리가 들려왔습니다. -_-..

"저기. 춘삼이 못 봤어?"

"못 봤어."

"아우……. 그럼 잡지 말고 나 좀 놔줘."

제 어깨를 잡고 안 놔주는 녀석. 바둥대며 손을 떼 내려고 하자 조용히 어깨를 꽈악 잡고는 휴대폰을 꺼냅니다.

"나 가민이. 어, 김춘삼이란 녀석 찾아 봐. ······. 어······. 어어······. 가출했나 봐. 찾아봐. ······. 당장······."

가민녀석 무식하게 폴더를 퍼억 닫더니 저를 쳐다보고는 씨익 웃습니다.

"됐지?"

"뭐야."

"나랑 놀자."

전 가민녀석을 짜증난다는 눈빛으로 쳐다봤습니다. 가민녀석 씨익 웃더니 제 손을 이끌더군요. 전 그 손을 뿌리쳤습니다.

"뭐야. 놀자는데."

"지금 장난해?"

가민녀석 무슨 소리냐는 눈빛으로 쳐다보더군요. 전 녀석을 가뜩이나 심기 불편한 표정으로 쳐다보며 말했습니다.

"내가······. 이제 관심 없다니까, 관심이라도 생긴 거야? 뭐야, 지금 이 행동. 나한테 성진아밖에 없다고 했던 그 사람 맞아? 날······ 가지고 놀려는 거야?"

기분이 나빠져 손을 뿌리치고 발걸음을 옮기려는데 다시 저를 잡는 손. 휙 쳐다보고 다시 말했습니다.

"뭐야! 안 놔!"

"몰랐냐? 너 내 장난감이야."

장난스럽게 웃으며 말하는 녀석에게 전 황당하단 듯 웃으며 말했습니다.

"미안하지만 난…… 장난감은커녕 꿈도 꾸지 마!"

삐~ 하고 메롱을 하고 가다가 그만 푸덕 -_-.. 하고 엎어졌습니다.

이씨……. 멋있게 가려고 했는데. ㅜ_ㅜ..(-_-;;)

고개를 드니 녀석이 저를 웃으며 내려다보고 있습니다.

"괜찮아. 장난감? 어때. 나랑 노는 거."

"절대 사양이야!"

말없이 저에게 손을 내밀고 웃고 있는 가민녀석의 손을 타악 치고 일어났습니다.

교복을 툭툭 털고 가민녀석을 째려보며 말했습니다.

"세상여자 다 니 거라고 생각하지 마. "

멍한 가민녀석의 표정을 쳐다보며 뒤돌아 걸으며 전 또 다시 춘삼이의 이름을 불렀습니다. =_=.. 김춘삼. ㅜ_ㅜ 니가 날 정말 힘들게 만드는구나.

#15

절대 안 된다고 끝이 보이는 사랑이라고

시간이 갈수록 상처만 더 커질 거라고

모두 우리 둘을 붙잡고 어떻게든 헤어지라고

축하는커녕 안타까운 눈빛들만 주지만

난 널 보낼 수가 없는 걸

넌 나 없이 살 수 없는 걸

힘든 사랑도 사랑이기에 사랑이기에 우린 행복한걸
- god의 0퍼센트 중에서

"춘삼이가 가출을 해?"

"응."

"그런데 왜 우리가 이런 짓을 해야 하는데!"

오늘은 즐거운 휴일, 일요일입니다. =_=; 어젯밤 춘삼이 누님의 간곡한 부탁을 받고 춘삼이 얼굴이 박힌 전단지를 곳곳에 붙이고 있습니다. 빨갱이는 열 받아서 씩씩대고 가연이는 소프트 아이스크림을 할짝할짝 먹으며, 어쩐지 이 일을 즐기고 있는 듯합니다. =_=

저만 스카치테이프를 뚜욱뚝 떼어내며 한숨을 쉬면서 전단지를 붙이고 있습니다.

"가민녀석……. 지가 찾아준다고 하고선."

"뭐?"

"아무것도 아니야."

가민녀석과 전화통화를 했던 녀석은 도대체 누구란 말인가. -_-^ 찾고 있는 거는 맞아? 어떻게 하길래 일주일째 애가 안 오는 건데! +O+!! 전 물끄러미 가연이를 쳐다봤습니다.

"뭐야. 그 눈빛은"

"나도 한 입만……."

묘한 표정을 짓더니 도리어 한 입에 넣어버리는 엽기 미스 깡녀. =_=^ 나중에 두고 보자. 내가 아이스크림 5개쯤 사 가지고 혼자 처먹

을 거다. =_=^

심통을 내고 있는데 누군가 저를 쳐다보는 듯한 느낌이 들었습니다.

뒤를 휙 돌아보니 누군가가 열심히 정말 열심히 뛰더군요. =_=.. 익숙한 뒷모습이었습니다. 어색하게 팔자걸음으로 뛰는 모습…….

"춘삼아!"

큰소리로 외쳤는데 그 소리에 화들짝 놀라서 더 빠르게 뛰는 춘삼이입니다.

가연이와 빨강이도 춘삼이가 뛰는 쪽을 쳐다보더군요.

전 후다다닥 춘삼이를 뒤쫓아갔습니다.

"김춘삼! 너 거기 안서!?"

제 엽기적인 표정을 돌아보더니 춘삼이는 허억 하고 놀라며 마구마구 뛰더군요. =_=* 이 쉐이. 너 나한테 잡히면 죽었어!

한참을 달리기 경주를 하던 저와 춘삼이 서로 1미터 정도 거리를 두고 헉헉거리고 있습니다. 서로 숨이 차서 어그적어그적 걸으면서 말하고 있습니다. -_-..

"기…… 김춘삼. 이제 그만 포기하지."

헉헉대며 얼굴에 흐르는 땀을 겨우 닦으면서, 비틀비틀 걸으며 제가 말했습니다. =_= 춘삼이도 비틀거리며 걷습니다. 땀으로 범벅된 얼굴로 저를 쳐다보는군요.

앗따, 이 자식 보면 볼수록 잘생긴 얼굴일세. 가민녀석보단 덜하지만……. 뭐, 뭐.(뭐냐 -_-;)

"서연씨는 왜 저를 좇아다니는 겁니까!"

"너 가출했다매…….."

"제가 가출하든 말든 서연씨는 신경쓰지 마세요!"

춘삼아……. 너 사춘기니? -0-;;

전 춘삼이를 황당한 얼굴로 쳐다봤습니다.

춘삼이는 빨개진 얼굴로 말했습니다.

"그리고 그런 무릎 위로 올라오는 옷좀 입지 마요! 나좀 봐 주세요, 이러는 겁니까? 어…… 어울리긴 굉장히 잘 어울리지만." -_-*

제가 입은 옷은 무릎 위쪽으로 1센티미터 쯤 올라오는 면 치마이고 위로는 스포티 반팔티입니다. 모자를 옆으로 눌러 쓰고 팔목에는 밴드를 차고 땀을 헉헉 흘리고 있습니다. =_=

"알았으니까……. 춘삼아, 니 누나가 널 엄청나게 찾고 있거든? 내가 힘들어 죽겠어."

춘삼이는 조용히 무릎을 잡고 헉헉대는 저를 쳐다보며 진지한 얼굴로 말하더군요.

"제가 집에 가면 소원 한 가지 들어주세요."

그래 그래. 맘대로 해. 제발 니네 집으로 돌아가기만 해. ㅜ_ㅜ;;

전 고개를 끄덕이며 춘삼이를 쳐다봤습니다. 어느새 하늘에는 노을이 지고 있습니다. 춘삼군의 입이 띄어졌습니다. 부드럽게 앞을 가리던 머리카락을 손으로 쓸어올리는 춘삼입니다.

"키스해줘요."

뭐? -_-;;;;;;;;;;;

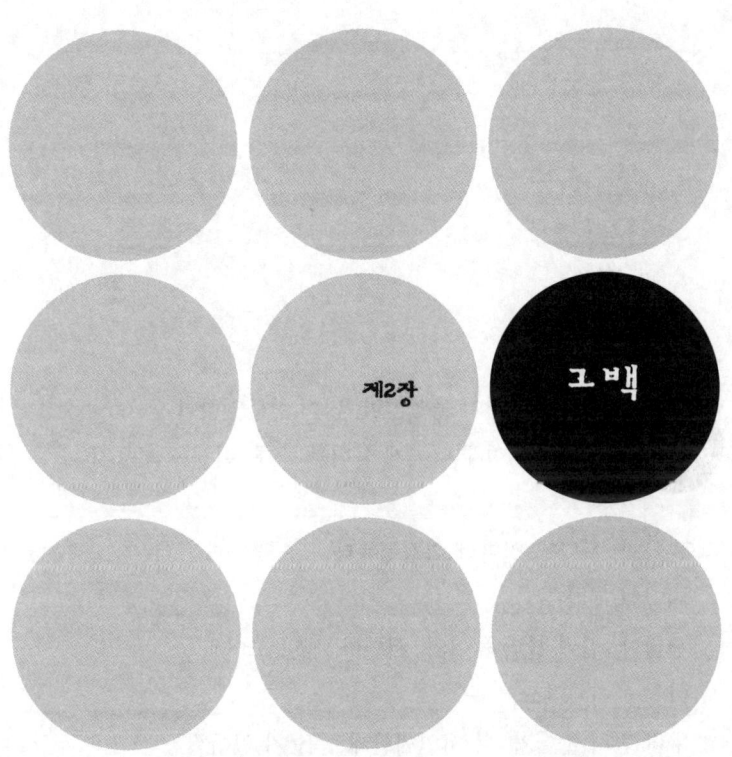

제2장 그백

#16

많이 울었잖아. 많이 힘들었잖아…….
이제 너에게 쉼터를 줄게. 이젠…… 울지 마.

"춘삼아! 누나가 얼마나 걱정했는데……."
"미안해 누나."
"괜찮아. 집에 빨리 들어와. 서연아. 정말 고마워."
"아…… 아니에요." ^-^;;
"누나 먼저 들어가. 나 서연씨한테 받을 거 있어."
덜컹! +0+;; 제 심장은……. 아래로…… 아래로 떨어져 갔습니다.
키스해 달라는 춘삼군의 말에 멍하니 있었는데 정신을 차려보니 춘
삼군의 집 앞인 것입니다. -_-;

전 춘삼군이 제 손을 꼬옥 잡은 것을 보고, 춘삼군 누님이 웃으며 들어가는 것을 보고 -_-. 말없이 울부짖었습니다. 어흐흑……. ㅜ_ㅜ..

"저…… 저기, 춘삼아……."

"약속했습니다. 서연씨."

약속……. -_-;; 미쳤지. 그냥 한 달 동안 참고, 못 찾았다고 경찰서에 신고해 버릴걸. ㅜ_ㅜ..

제발……. 신이시여. 나 좀 편하게 살게 해줘요. -_-;;

"저…… 저기, 춘삼아……. 내가 저기……."

"서연씨 키스해 보셨습니까?"

그 동안 보여줬던 순박한 모습은 어디 가고 날카롭고 부드러운 눈빛으로 쳐다보는 춘삼군, 아니 춘삼늑대놈입니다.

전 아니라고 고개를 좌우로 휘휘 돌렸습니다.

"첫 키스……. 제가 책임지겠습니다."

책임지지마! 전 어느새 춘삼놈 손에 어깨를 잡혀 얼굴이 빨개진 채 고개를 돌리고 있었습니다. 힘은 쭈욱 빠져서, 어떻게 해야 할지 모르겠습니다. 이대로 밀어버리면 춘삼놈 상처 받을 텐데……. 하, 하지만…… 어떡하란 말이냐. -_-;;

다시 고개를 똑바로 돌리니 바로 앞에 춘삼놈의 얼굴이 보입니다.

전 허억 놀라며 눈을 동그랗게 떴고 춘삼놈은 익숙하게 고개를 꺾으며 다가옵니다.

이 새끼……. 늑대였던 것인가. ㅜ_ㅜ..

"추…… 춘삼아……."

창문에서 구경하시는 춘삼군 누님. 한 대 패주고 싶습니다. =_=^
어느새…… 코가 서로 닿았더군요. 눈을 꽈악 감아버렸습니다.

"그만 그만. 거기까지. 좋아!"

허억허억. ㅇ_ㅇ* 전 후끈거리는 얼굴을 좌우로 흔들며 소리가 들린 곳을 쳐다봤습니다.

가민녀석이 씨익 웃는데, 왜 그 웃음에 살기가 띄어 있는지. =_=;;

춘삼놈 자신이 한 일에 경악을 금치 못했는지 어느새 구석 밑에서 자신의 머리통을 미친 듯이 때리고 있더군요. -_-;

"얼굴 딥따 빨개."

"시, 시끄러워!"

"너 김춘삼이랑 사귀냐?"

"아…… 아니."

가민녀석 피식 웃습니다.

"사귀지도 않는 사람들이 키스를 하려고 해?"

가민녀석……. 전 말없이 가민녀석을 째려보며 말했습니다.

"당신은 진아 선배한테나 가시지!"

"그래. 갈 거야. 좋은 구경했다."

가민녀석 카메라를 흔들며 웃고 있습니다. +ㅁ+!!

"당장 내놔! 필름!"

"싫은데?"

죽일 놈!! 전 가민녀석의 어깨로 풀쩍 올라뛰어 꽈악꽈악 누르며 내놓으라고 소리를 질렀습니다. 춘삼군은 가민녀석의 다리를 물어뜯으며 내놓으라고 소리치더군요.

"저 때문에 서연씨가 문란한 여자라 소문나는 거 안 됩니다!"

김춘삼. 조금 전의 카리스마는 어디다 버리고 다시 순박으로 돌아왔냐. -_-.. 내 주위엔 이중인격자밖에 없는 것인가. -_-;;

가민녀석은 카메라를 휘휘 돌리면서 말했습니다.

"그래. 필름 줄게."

"원하는 게 있겠지?"

가민녀석은 씨익 웃으며 제 어깨를 쭈욱 끌어당겼습니다.

"키스해 줘."

이…… 이 자식이!)0(*

"이…… 이것들이 나를 가지고 노냐!"

전 씩씩대며 불타는 고구마처럼 얼굴을 후끈거리며 가민녀석을 쳐다보았습니다. 가민녀석 저를 쳐다보다가 스스로 내뱉은 "키스해줘"란 말에 오히려 흥분지수가 높아진 것 같습니다.

"빵!"

지 손가락을 총 모양으로 만들더니 제 머리통을 툭 치더군요.

전 황당하고 유치한 녀석의 짓거리에 웃음이 나왔습니다. 가민녀석은 의미 모를 웃음만 짓고 있을 뿐입니다.

"춘삼이가 너한테 고백했다매?"

"고백이라기보단……. 하하하……."

쉬는 시간, 노곤한 몸으로 책상에 엎드려 있는데 앞머리를 깔끔하게 올린 아지놈이 오더니 웃으면서 말하더군요.

#17

하하하. =_=;; 전 아지놈을 쳐다보며 어색하게 웃었습니다.

아지놈은 진지한 표정으로 말했습니다.

"니 감정에 충실해. 순진한 녀석 상처주지 말고."

아지놈은 사람의 마음을 쿡쿡 찌르는 말을 잘 합니다. =_=; 어쩌면 저렇게 정곡만을 찌르는지. ……. 제 심경을 솔직히 말하면 가민녀석과 춘삼이…… 두 사람 사이에서 헷갈리고 있습니다.

미쳤지, 유서연. 춘삼이는 그렇다 치고 한가민…… 이 자식에게 관심을 갖는 것은 미친 짓이야. 그렇게 널 울렸던 놈이잖아.

제 뺨을 때리면서 차가운 눈으로 저를 쳐다보던 가민녀석의 모습…… 순간순간 떠오릅니다. =_=^

"후……. 열받아."

신은 굉장히 불공평하다. 그래. 굉장히 불공평하다.

나 좀 가만히 내버려 두면 어디 덧나나 보다. =_=^ 나 싫다고 할 땐 언제고 이렇게 웃으면서 나타나는 건 뭐냐. 하긴……. 나 혼자 생각하고 있는 건지도 모르지. 착각에 빠지지 말자.

고개를 돌리는데 무언가 짜증나는 일이 있는지 잔뜩 인상을 쓰고 있는 엽기 미스 깡녀가 보입니다.

"야. 무슨 일 있어?"

가연이 묻습니다. -_-

"아니."

"뭐야, 솔직히 말해봐. 지금 니 얼굴에 나 화났음이라고 써있어."

가연이는 말없이 웃음을 띠고 말했습니다.

"서연아……. 너 가민 선배에게 진아 선배뿐이란 말 들었을 때 기분이 이런 거였겠구나."

이건 또 무슨 소리야? -_-.. 제가 멀뚱히 쳐다보자 가연이는 힘없이 웃더군요. 뭐가 그리 슬퍼 보이냐…….

그때 찰칵찰칵 하고 카메라 플래시가 터졌습니다. 전 결국 미사모의 회원들의 카메라를 뺏어들었습니다.

"그만 찍어. 사생활도 있는 거야."

카메라의 필름을 쭈욱 빼며 던져 버렸습니다. 던지는 순간 보이는 풍경이 있었습니다. 환하게 귀엽게 웃고 있는 지훈놈과 그 옆에 양옆으로 웨이브진 머리카락을 하여 귀엽게 보이는 여자 얼굴이 있었습니다. 1학년……. =_=..

설마……. -0-!!

"어? 유서연. 거기 서서 뭐해?"

"어? 아…… 아무것도 아니야."

말없이 지훈놈과 1학년 여자애가 서로 잡고 있는 손을 쳐다봤습니다. =_= 정지훈……. -0-.. 니가 박가연을 포기했냐…….

가연이는 말없이 자리에서 일어나 드르륵 문을 열고 나가 버렸습니다. 박가연, 너 정지훈 관심 없어 했잖어. 관심 없는 척한 거였어?

"귀엽지? 너랑 차원이 다르다 달러."

전 짜증나는 눈빛으로 지훈놈을 쳐다봤습니다.

그 아인 1학년 간판이더군요. 어쩐지 너무나 뛰어난 외모였더라니.

지훈놈의 손을 꽈악 잡으며 저에게 꾸벅 인사하는데, 제가 봐도 굉장히 귀여웠습니다.

귀에 토끼모양 귀마개를 하고 웃는데, 그래…… -_- 반할 만하구나 싶은 생각이 절로 들었습니다.

"박가연은 어디 갔냐?"

"오빠!" -_-+

"어? 어어……. 미안. 나 먼저 갈게."

지훈놈. 잡혀 사는구나. 남의 연애사에 뛰어들긴 싫은데. 엽기 미스 깽녀가 힘들어할 것 같아 어느새 자리로 돌아와 앉아 있는 가연이를 달래주러 갔습니다.

가연이는 말없이 계속 웃더군요. 웃음이 별로 없던 녀석이 자꾸만 웃으니까……. 더 아파보였습니다.

웃음이 아파 보일 수도 있는 거구나.

전 혼자 있고 싶다는 가연이의 말에 복도로 나왔고 나오자마자 낯익은 얼굴을 만났습니다.

"진아 선배……."

말없이 빨개진 눈을 들어올리며 저를 쳐다보는 진아 선배입니다.

전 놀란 눈으로 진아 선배를 쳐다봤고 선배는 저를 웃으며 마주보았습니다.

"나랑…… 얘기 좀 할래?"

#18

바람에 스치는 천공의 소리.
나의 손안에 잡혀
빠져나가는 인연의 소리들…….
알 수 없는 감정이
나를 휘감고 있다.
데 자 부…….

무거운 침묵이었습니다.

전 진아 선배를 쳐다보며 말했습니다.

"가민이……. 아니 가민 선배가 울렸어요? 말해 주세요. 제가 혼내 드릴게요."

걱정스런 눈으로 쳐다보니까 진아 선배는 눈물이 그렁그렁 고인 눈으로 저를 보았습니다.

"니가……. 니가 나를 울리고 있어."

쾅 하고 제 가슴이 무겁게 내려앉았습니다. 전 진아 선배를 흔들리는 눈으로 쳐다봤습니다. 진아 선배는 눈물을 주르륵 흘리며 메인 목소리로 폭포수를 쏟아붓듯이 말했습니다.

"약속해. 가민이가 너에게 어떤 말을 하든 무조건 안 된다고…… 안 된다고 말해 줘. 제발 그래 줘. 무조건. 안 된다고! 그렇게 말하라고!"

진아 선배는 제 교복을 붙잡고 미친 듯이 흔들었습니다.

"지…… 진아 선배. 저 지금 무슨 소리인지 잘 모르겠……."

제 두 손을 꼬옥 잡고, 고개를 숙이고, 덜덜덜 떨며 눈물을 뚝뚝 흘리고 있는 진아 선배. 마치 예전의 제 모습 같았습니다.

"알았어요. 알았으니까…… 울지 마세……."

고개 들어 올려보는 차가운 눈빛과 눈앞을 가르며 아찔하게 보이는 얼굴의 선, 선배의 입가는 알 수 없는 조소의 빛을 띠고 있습니다.

가민녀석이 나타났습니다.

"성진아……. 지금 유서연한테 뭐하는 거야."

덜덜 떨고 있는 진아 선배를 쳐다봤습니다. 전 가민녀석에게 꽈악 잡힌 제 손을 미친 듯이 흔들며 악을 썼습니다.

"놔! 안놔?"

"가만히 있어."

"진아 선배 떨고 있잖아!"

제가 악을 쓰듯이 말하자 가민녀석 저를 말없이 쳐다보며 제 손을 더욱 더 꽈악 잡더군요. 그리고 제 얼굴을 자신의 얼굴에 가까이 들이대며 차갑게 말했습니다.

"가만히 있지 않으면 뒷일은 책임 못져."

가까이 보이는 가민녀석의 얼굴이 순간 화륵 하고 얼굴이 달아올랐습니다. 차갑고도 무겁게 말하는 녀석의 표정이 한순간 제 몸을 차갑고 굳게 만들었습니다.

전 떨고 있는 진아 선배를 쳐다보며 안타까워했습니다.

"성진아."

"말하지 마. 말하지 마. 말하면…… 나 울 거 같단 말야."

"넌 이미 울고 있어. 예상하고 있었잖아."

무섭도록 차가운 녀석입니다. 진아 선배는 가민녀석을 쳐다보더니 비틀거리며 일어섰습니다. 그리고 눈물을 흘리며 말했습니다.

"한가민……. 날…… 사랑하잖아……."

그러자 가민녀석의 비수 같은 말들이 날아갑니다.

"성진아, 그만해. 너……. 지금 불쌍해."

전 선배를 더 이상 볼 수가 없었습니다. 고개를 돌렸습니다. 왜, 예전의 내 모습이 겹쳐 보이는지. 다리가, 저도 모르게 비틀거리더군요.

진아 선배는 계속 눈물을 흘리더니 저를 원망스런 눈으로 쳐다보았습니다. 가슴이 왜 그렇게 따가운지 모르겠습니다.

예전에…… 내가 저런 눈으로 진아 선배를 쳐다봤는데. 지금…… 나와 진아 선배는, 한가민이란 남자 하나 때문에 악연이 되어 가고 있다.

전 진아 선배에게 가려고 했습니다.

"나쁜 자식……. 더러워."

전 가민녀석을 쳐다보며 말했습니다.

"년 여자를 몰라! 알아? 알고 있는 거야? 너 지금 하는 행동……. 나까지 웃기게 만들고 있다구. 알아?"

"유서연……."

무슨 말인가를 하려던 가민녀석의 뺨을 짜악 하고 날려버렸습니다.

우리…… 왜 이렇게 엇갈리고 이렇게 꼬이는 걸까. 전 고개가 돌려진 가민녀석을 쳐다보며 말했습니다.

"그 썩어빠진 일편단심, 진짜 멋있군."

굿바이야, 한가민.

#19

아픈 걸 알고 있지만
힘든 걸 알고 있지만 난 말이야.
가지고 싶은 건 가져야 돼.
너만큼 날 흔들어 놓을 수 있는 사람 없으니까.
데 자 부…….

"야야야~ 나 놀러왔다!" 〉O〈!!
"……? 뭐야. 분위기 왜 그래?" ○_○
빨강이가 찾아왔습니다.
하지만 조용히 침묵이 이어질 뿐입니다. =_=
또 다른 하루가 시작됐지만 저와 가연이는 서로 사랑의 아픔을 안고
무겁게 인상을 쓰고 있습니다.
사랑이란 거 세상에 없었으면 좋겠다. 차라리. 그렇게 됐으면 좋겠
다. 독백이 이어집니다.
"가연이 너는 완전히 풀이 죽어 있고……. 유서연, 넌 지금 왜 주먹
을 꽉 쥐고 있나?"
빨갱이는 계속 아무 말 없는 저희 두 사람을 쳐다보며 삐죽거립니
다. 마침내 심심하잖아 하고 내뱉곤 가버렸습니다.
싱거운 것. 전 가연이를 말없이 쳐다봤습니다. 왜……. 엽기 미스 깡
녀란 타이틀이 사라지고 청순이란 타이틀이 떡 하니 붙은 거냐. =_=;
가연이 옆에는 백합들이 난무하더군요.
"가연아."

"왜."

제가 부르자마자 잔뜩 인상을 쓴 얼굴에 검은 오로라가 퍼집니다.
(백합은 금방 사라졌군요. -_-;)

저를 쳐다보는, 역시나 엽기 미스 깡녀에게 전 흠칫 쫄며 -_-; 아무
것도 아니라고 말하곤 복도로 나왔습니다.

"휴······."

살랑살랑 바람이 불어옵니다.

전 제 오른쪽 손을 멍하니 쳐다봤습니다. ······. 이 손으로 가민녀석
뺨을 때렸구나.

멍하니 어떤 표정이 떠올랐습니다. 제가 녀석에게 그런 말을 하고
돌아서는 순간, 가민녀석은 아무 말도 하지 않고 또 다시 알 수 없는
조소를 흘리며 저를 쳐다보았었죠.

"서······ 서연씨, 뭐하세요?"

춘삼군이었습니다. =_= 전 춘삼군을 쳐다보며 살짝 웃었고 춘삼군
은 얼굴이 빨개지며 저에게 말했습니다.

"서연씨는······ 도대체 어떤 사람입니까?"

뭐?

제가 빤히 쳐다보자 춘삼군은 그때 저에게 키스하려고 했던 그 진지
하면서도 날카로운 표정으로 변하더군요.

내가, 어떤 사람이냐고? 전 멍하니 생각했습니다.

"전 알고 있습니다. 서연씨 마음이 어디로 가고 있는지."

알고 있었구나. 내가······ 가민녀석을 좋아했다는 걸. 좋아하고 있

다는 걸……

전 춘삼군을 쳐다봤습니다.

"나도…… 나도 잘 모르겠어."

춘삼군은 말없이 제 손을 잡더군요.

저도 춘삼군의 손을 꽈악 잡으며 생각했습니다.

미안. 미안해. 여기까지구나. 우리가……. 심장은 뛰지 않는 걸.

고개를 숙이며 울음을 참고 있는데. 춘삼군이 말없이 손수건을 내밀더군요.

"미…… 안해……."

제가 울먹거리며 대답했는데도 춘삼군은 계속 제 손을 잡고 있더군요. 저도 춘삼군의 손에서 손을 빼지 않았습니다.

시간이 흐르고 집으로 돌아갈 시간이 되었습니다. 가방을 메고 교문을 홀로 나오는데 머리가 복잡했습니다. 왜 내가 울었던 걸까. 춘삼이가 그런 말을 하자마자 운 것은……. 후회였을까?

시내를 돌아다녔습니다.

"야. 유서연. 너 집에 안 들어가?"

지훈놈입니다. -_- 지도 혼자 싸돌아다니고 있으면서.

멀뚱히 아이스크림을 들고 저를 쳐다보는 지훈놈을 쳐다봤습니다. 지훈놈 저에게 아이스크림을 하나 사주더군요.

"나 차였어."

"그 1학년 여자아이한테?"

"응."

지훈놈은 한숨을 쉬면서 덥석 아이스크림을 먹더군요. 저도 아이스크림을 먹으며 한숨을 푸욱 쉬었습니다.

한참 동안 아무 말이 없던 지훈놈이 먼저 입을 뗐습니다.

"미쳤나 봐. 머리 속에서 안 된다고 하면서도 나도 모르게 그 녀석 생각을 하는 걸 보면."

그 다음 서로 아무 말도 없었습니다. 그저 같이 걸었을 뿐. 지훈놈과 전 1년째 이렇게 슬픈 일이 있거나 괴로운 일이 있으면 아무 말 없이 같이 걸었습니다. 그러면 이상하게도 마음이 풀리곤 했습니다.

"잘 자라. 너도 무슨 일 있구나." -_-

"그래 지훈아. 너도 잘자." =_=

지훈놈이 먼저 집에 들어가고 한 10미터쯤 떨어진 저희 집으로 걸어가고 있는데 전봇대 옆에 누군가가 기대 서있더군요.

"지금. 두 사람 뭐하는 거야?"

그들은 가민녀석과 춘삼군이었습니다.

꿈이라면
제발 부탁이야.
이런 끔찍하면서도 아픈 꿈이라면.
차라리 잠들지 않을 거야.
데 자 부…….

한쪽으로 고개를 돌리고 있는 가민녀석과 저를 쳐다보며 그냥 웃고 있는 춘삼군.

가민녀석은 여전히 조소를 흘리고 있습니다.

저 자식은……. 웃기지도 않게 이런 상황에서도 웃음이 나오나 봅니다. ㅡ_ㅡ^

"도대체 왜 여기 있는 건데?"

두 사람에게 다가가면서 물어보았지만 서로 아무 말이 없더군요. 춘삼군 손에 잔뜩 상처가 나있습니다. 전 춘삼군을 멍하니 쳐다보며 손을 덥석 잡았습니다.

"뭐야! 이 상처는!"

순간 피식 하고 웃는 가민녀석의 웃음소리가 들렸습니다. 고개를 돌려 가민녀석을 쳐다보았더니 녀석의 얼굴이 반은 어둠에 깔려 있습니다. 녀석이 춘삼군을 쳐다보며 말하더군요.

"니가 이겼다."

계속해서 웃음을 흘리는 녀석을 쳐다봤습니다. 지금 이 순간에도 넌 웃음이 나오는 거니?

가민녀석이 터벅터벅 저를 스쳐지나갔습니다.

"손…… 봐봐."

전 피가 뚝뚝 떨어지고 있는 춘삼군의 손을 들어올렸습니다. 춘삼군이 저를 빤히 쳐다보더군요.

"한가민한테 맞은 거야?"

춘삼군, 아무 말이 없습니다.

"말해……. 한가민한테 맞은 거냐고!"

불쑥 고개를 들며 말하자 춘삼군이 말하더군요.

"가."

…….

…….

"어딜……."

"한가민한테."

"안 가도 돼. 따라갈 필요도 없고……."

"너 지금 시선이 한가민 따라가고 있어. 알아?"

춘삼군. 술을 마셨는지 술 냄새가 풍기더군요.

나 때문이구나. 전 떨리는 손을 주먹으로 꽈악 쥐었습니다.

"나를 떠날 때도 웃으면서 떠난 녀석이야. 안 따라가도 돼."

"그거 알아? 남자는 슬프면 웃어버려. 눈물 나오면 웃어버린다고.
아프면 웃어 버려……. 그 자식…… 아퍼."

말없이 가만히 있다가 제가 입을 말했습니다.

"너도……. 너도 아프잖아."

"그 자식보단 아닐 거야."

전 춘삼군의 손을 타악 놓았습니다. 그리곤 뒤도 안 보고 뛰어버렸
습니다. 미안해……. 너한테 미안하기만 하구나.

허둥지둥 뛰어가 보니 놀이터 벤치에서 고개 숙이고 있는 녀석이 보
였습니다. 조심스럽게 다가갔습니다. 가만히 앉아 있던 녀석이 움찔하
고 묻습니다.

"뭐야. 왜 따라왔어?"

웃고 있다. 말없이 쓴웃음을 지으며…….

왜…… 이제야 너의 아픔이 보이기 시작하는 거니.

저는 가만히 고개 숙이고 있는 녀석 앞에 서있었습니다.

"잘해 봐……. 그래. 축복해 줄게. 하지만…… 내 앞에선…… 공개적으로 손까지 잡을 필요는 없어. 그래. 미안……. 축복 같은 거…… 못해 주겠다."

가민녀석 불쑥 일어나더니 쓴웃음을 짓더군요. 저렇게 웃는 녀석의 모습……. 녀석은 언제나 그렇게 고개를 숙이고 있었습니다. 왜…… 모르게 했었니.

"나쁜 자식……."

저는 말없이 중얼거렸습니다.

"그래…… 미안하다. 다시는…… 니 눈앞에 얼쩡거리지 않을게."

저는 말없이 서있었습니다. 그리고 조심스럽게 가민녀석의 손을 잡았습니다.

왜…… 지금 얼굴에 상처투성이인 너의 얼굴을 보지 못했을까.

"왜 우는 거냐……."

"도대체 넌 어떤 녀석야. 대체 넌……."

너란 녀석을 난 진짜 모르겠어. 그래. 이렇게 방황하며 너를 멀리한 건 그 때문인지도 몰라. 무서웠기 때문에……. 그때처럼 나의 뺨에 바람 같은 칼날이 스쳐지나갈까 봐.

저를 안으려던 손을 어깨까지 끌었다가 다시 손을 접어버리며 웃는 녀석입니다.

"갈게. 집에 들어가."

전 가민녀석의 손을 꽈악 잡으며 말했습니다.

"나한테 갑자기 마음이 온 건 뭐야. 관심이 돌아온 건 뭐냐고! 지금…… 지금…… 나……. 어떻게 행동해야 할지 모르겠다고. 뭐야. 한가민. 도대체 나보고 어떡하라는 거야!"

너란 녀석 때문에 눈물까지 늘어버렸어. 고개를 숙이고 울고 있는데 부드러운 손길이 저를 끌어당겨 안아주더군요.

처음이구나. 녀석의 품에 안긴 건.

"이렇게. 내 품 안에서만 있어 주면 돼……. 그래. 그거면 돼."

#21

밤의 목소리
어둠만이 짙게 깔린 공간
슬프면서 아름다운 시간.
데 자 부…….

가만히 안겨 있었습니다.

순간 고개를 들며 저에게 다가오는 녀석이 있었습니다.

헉! 안돼! =0=;;

전 움찔 하며 뒤로 물러섰고 녀석은 순간 인상을 썼습니다. -_-;

"왜 그래. 분위기 좋은데."

"안돼."

"뭐?"

전 가민녀석을 쳐다보며 인상을 썼습니다.

"누가 너랑 사권대??"−_−^

"너 금방 나한테 안겨 있었잖아."

전 어깨에 있는 가민녀석의 손을 타악 쳐냈습니다.

"생각중이야. 난 너 같은 바람둥이 별로거든."

"뭐?!"

전 가민녀석을 노려봤습니다.

손가락으로 상처가 잔뜩 드러난 녀석의 얼굴을 척 가리키며 말했습니다.

"싸움질 그만."

"무슨 소리야?"

"복잡하디 복잡한 여자관계 깨끗이 청산."

"야!" −0−^

"너의 철면 이중인격 들어내기." −_−

황당해하는 녀석의 얼굴을 쳐다보며 손가락 세 개를 처억 들어올리고 말했습니다.

"이거 안 지키면 절대 너랑 안 사겨. 아니…… 인사도 안해."

가민녀석 짜증난다는 듯 쳐다보더군요.

"어어! 그런 눈빛 맘에 안 들어." =_=

순간 눈빛이 풀리며 씨익 웃습니다. 전 미심쩍은 눈으로 가민녀석을 쳐다봤습니다.

"지키겠지?" -_-

"좋아. 지킬게……. 재미있을 거 같네."

웃는 녀석이 약간 이상합니다. =_=

하루가 지났습니다.

"뭐야? 그렇게 스스로 굴러온 복을 차버리다니!" +0+!!

빨갱이가 안타까워합니다.

"뭐가. 서연이도 지 생각이 있는 건데."

싱글벙글 웃으며 저를 쳐다보는 엽기 미스 깡녀입니다. -_-

뭡니까. 저 행복해 죽을 거 같다는 웃음은. -0- 그런데 순간 싸아악 무표정으로 바뀝니다.

"박가연 아침 안 먹었다매!"

드르륵 하고 교실 문이 열리며 청모자를 옆으로 귀엽게 눌러쓴 지훈 놈이 나타났습니다.

박가연, 이 약삭빠르고 눈치 빠른 여자. =_=^;;

전 빨갱이와 가연이를 벌레 보듯이 쳐다봤습니다.

"피…… 필요 없어."

"안돼. 아침 안 먹으면! 매점 가자. 내가 빵 사줄게. 응?"

"괘…… 괜찮다니깐! 진짜 괜찮아!"

아악!)O〈! 박가연 ! 저 내숭!)O〈 (-_-;)

어쩔 수 없이 끌려가는 듯하면서 웃음 짓고 있는 게, 영 꼴불견입니다. –_–^

빨갱이가 옆에서 한숨을 쉽니다.

"도대체 강아지는 왜 내 시야에서 사라진 거냐고."

몰랐니, 빨갱아? –_–; 아지놈은 널 피해 다니고 있어.

빨갱이는 그냥 나가버리더군요. 혼자 가만히 있으려니 숨이 터억 막혀옵니다.

허어억! +0+!!

"끄으윽…… 어…… 어떤 자식이……."

제 목을 꽈악 조르고 있습니다.

키득 하고 웃는 소리가 들립니다.

"한가민!"

녀석, 담갈색으로 염색을 했나 봅니다. 진한 갈색의 머리칼이 제 이마를 간지럽히고 있었습니다. 주위에서 모범생, –_– 카리스마의 결정체로 (–_–;) 불리고 있던 가민녀석의 이런 행동은 저희 반 아이들로 하여금 크게 충격을 주었나 봅니다. 여자애들 몇 명이 실신한 걸로 기억됩니다. –_–a

"당장 놔!"

자신의 머리카락을 부비적거리더니 녀석이 웃으면서 가버립니다.

뭐냐. O_O;; 제가 황당하다는 듯 쳐다봤는데 이상한 풍경입니다.

"저 패거리들은 뭐지……? 싸움질 하러 가는 거지!"

벌떡 일어나 말했는데 녀석은 그냥 장난스럽게 웃습니다.

저런 웃음. 처음이다. 나한테 이렇게 웃어주는 웃음은······. -_-* 감
동에 젖어 있을 겨를도 없이 녀석은 가고 없더군요. -_-^

"싸움도 못하면서 무슨 싸움질이야."

전 주먹을 꽉 쥐고 중얼거렸습니다. 너 돌아오면 나한테 맞아 죽는
다. =_=.

"어? 빨강이 너 뭐해?"

비가 주룩주룩 내리는 날, 우울하게 앉아 있는데
빨갱이가 점심시간에 찾아왔습니다. 구슬을 가지고
와서 가는 실에 끼우고 있더군요. =_=

"너 부업하냐?"

엽기 미스 깡녀가 진지하게 물어보았습니다. -_-;

빨갱이는 열을 펄펄 내며 말하더군요.

"아니야! 비즈가 유행할 거라고 예상 중이야. 그래서 만들어서 해보
려고."

"그냥 하나 사지 그래?"

제가 눈을 사시로 뜨면서까지 열중하는 빨갱이를 보며 혀를 쯧쯧 차
자 빨갱이, 한숨을 쉬며 대답합니다.

"돈이 없어." -_-..

쯧쯧쯧. 불쌍한 빨갱이입니다. -_-;

가난하구나. 전 열심히 구슬을 끼려고 노력하는 빨갱이를 보면서 웃음을 참을 수가 없었습니다. 웃음을 참느라 허벅지를 수도 없이 꼬집어야 했습니다. -v-

"그건 그렇고, 유서연. 넌 언제까지 그런 생머리만 하고 있을 거냐?"

갑자기 제 머리카락을 힐끔 쳐다보며 빨갱이가 물었습니다.

"어? 뭐가 어때서."

"이리와 봐. 언니가 이쁘게 양옆으로 묶어줄게~"

헉. -0-;; 빨갱이는 눈에 빨간색 컬러 렌즈까지 껴가지고 무서워 죽겠습니다. =_=;

전 주춤주춤 -_- 뒷걸음질치다가 후다다닥 토꼈습니다.

"아악! 어디가!")0(!!

"싫다고! 싫어! 토끼머리 하기 싫어!" +0+;;

복도에서 미친 듯이 뛰고 있는 저와 빨갱이입니다. =_=; 그때 갑자기 제 한쪽 발을 콰악 잡는 빨갱이 덕분에 전 주르륵 하고 복도에서 미끄러졌습니다.

눈물을 살짝 글썽이며 복도에 누워 있는 제 위에 빨갱이가 올라탔습니다.

빨갱이는 맛이 간 눈을 보여주며 머리끈 두개를 손에 들고 제 얼굴을 파악 들어올리려 했습니다.

콰르르릉……. =_=.. 어디서 웬 번개치는 소리가 들리는 겁니다.

"하…… 한가민."

"아…… 아지야……."

아아……. 누가 보면, ㅡ_ㅡ 여자끼리 먹고 먹히는 관계에 있는 모습으로 보입니다. ㅜ_ㅜ;;

가민녀석 주위에는 번개가 쳤고 아지놈은 웃기다는 듯, 하지만 차갑게 저와 빨갱이를 쳐다봤습니다. ㅡ_ㅡ;; 오 마이 갓.

"으음."

책상에 정자세로 앉아 굳어 있는 저와 ㅡ_ㅡ 그 책상에 턱을 괴고 저를 뚫어지게 쳐다보는 가민녀석입니다.

좀……. 그 시선 좀 거두어 갔으면 좋겠구나. ㅡ0ㅡ;

전 당황해서 식은땀을 삐질삐질 흘리고 있었습니다.

"뭐야. 왜 그렇게 쳐다보는 건데!"

전 당당하게 나갔습니다. 난 장난친 것뿐이야. 책상위에 있는 남자애들이 보내준 우유를 먹으며 심신을 안정시키려고 했습니다.

"여자랑 노는 게 남자보다 좋아?"

"쿨럭! 커억, 쿨럭!"

전 우유를 삼키다가 기침을 삼키려 애를 썼고 가민녀석은 저를 계속 뚫어져라 쳐다보고 있었습니다. 교실 주위에서 아이들은 정말 조용히 저와 가민녀석을 쳐다보더군요.

"뭐야 뭐야. 무슨 말을 한 거야?"

"몰라. 가민 선배 표정 봐. 너무 멋있다."

"쟤 2학년 간판이잖어. 진짜 드럽네. 입에 우유 봐."

아 씨. ㅡ_ㅡ; 다 들린다. 다 들린다. 이것들아.

전 당황해서 가연이와 빨갱이에게 구조 요청을 청했습니다. 하지만 빨갱이는 아지놈에게 열심히 비즈 끼는 법을 배우고 있고 가연이는 지훈놈과 티격태격할 뿐이었습니다. (언제 왔나 지훈놈 -_-;)

쓰윽 하고 제 우유의 흔적을 닦아주는 손길……. 가민녀석의 손이었습니다.

그냥 멍하니 보는데 녀석이 손수건으로 쓰윽 닦더니 하는 말.

"드러워."

저만 들리게 조용히 말하는 자식, 정말 밉습니다. =_=^ 열 받아서 무슨 말이라도 하고 싶었지만 주위에 애들이 있어서 웃으며 말했습니다. (이중인격 커플 -_-;)

"고마워." ^_^

"사람이 그럴 수도 있지 뭐."

가민녀석이 잠깐 보였던 0.15초의 미소는, -_- 다시는 그런 추잡한 짓 하면 죽여버리겠다는 살기띤 미소였습니다.

조…… 조심하마. -_-;

가만히 서로 웃으면서 나중에 보자고 이를 뿌드득 갈고 있는데 창밖에 춘삼군이 보였습니다.

멍하니 쳐다보니 제 고개를 돌리는 손길이 다가왔습니다. 어느새 녀석과 제 눈의 거리가 겨우 5센티미터밖에 안 됩니다. -_-;

"난 내 여자가 다른 남자 쳐다보는 거 못봐."

순간 까악! 하는 소리와 함께 학교 애들 몇 명이 보건실로 실려가는 게 보였습니다.

하긴. 내가 봐도 잘 생긴 녀석이지. =_=..

전 저도 모르게 가민녀석을 쳐다보며 말했습니다.

"진아 선배…… 있잖아."

아무 말도 안 하고 그냥 두 눈을 감아버리는 녀석입니다.

난 알아. 아직 지우지 못했다는 거.

"얘기하고 와……."

녀석, 그냥 말없이 턱을 괴고 두 눈을 감고 있습니다.

"지금 난. 진아 선배 마음 잘 알아……."

두 눈을 뜨고 저를 쳐다보는 녀석에게 제가 말했습니다.

"난 그때 니가 아무 말도 안 해서 더 많이 힘들었어."

가민녀석 갑자기 자리에서 벌떡 일어났습니다.

"니 말은 다 들어줄게."

제 머리카락을 부비적거리며 나가는 녀석을 그냥 쳐다보았습니다.

가끔 라디오에서 좋은 노래가 나올 때가 있어.
노래를 듣고 나선 들은 것만으로 행복해지기도 해.
만약 평생 동안 듣고 싶은 노래가 있다면,
넌 그런 노래일 거야.
-유 콜 잇 러브 중에서

"와~ 이거 싸다! 나 잔뜩 사가지고 가야지!"

애들과 시내에 나왔습니다.

학교가 끝나자마자 가민녀석을 그렇게 보내고 우울해져 있는 걸 눈치챈 가연이가 저를 데리고 시내에 나온 것입니다.

"난 머리끈 사야겠다."

가연이는 주위를 둘러보며 머리끈을 고르려고 하더군요.

전 1000원에 파는 머리핀과 립글로스를 보며 환호성을 지르고 미친 듯이 골랐고 가연이는 바나나핀을 사 머리에 꽂고는 씨익 웃더군요.

"히엑. -_-; 도대체 그 봉다리는 뭐냐."

"립글로스랑 진흙팩, 으음……. 장미핀 세 개랑 파우더……."

"됐다 됐어……. 그만 말해."

가연이는 저를 빤히 쳐다봅니다.

"니가 스스로 너 자신을 꾸미게 만든 이유가 가민 선배냐?"

"응?"

가연이는 머리를 설레설레 흔듭니다.

"아주 쬐끔……. 이뻐졌다고 생각돼서……."

"정말? 진짜?"

가연이는 괜한 소리를 했다는 듯 헤벌쭉 웃는 저를 보며 한숨을 쉬더군요. 히엑. -_-;

히죽히죽 웃고 있는 제 앞에 떠억 하니 가죽점퍼가 나타났습니다. 고개를 번쩍 들어보니 가민녀석이 이어폰을 끼고 저를 향해 씨익 웃고 있습니다. 웬 갈색 선글라스를 끼고 있군요.

"진아 선배랑…… 얘기하고 왔어?"

그냥 히죽히죽 웃는 녀석을 저는 빤히 쳐다봤습니다.

"왜 그래? 그리고…… 언제 다시 염색한 거야? 웬 빨간색?"

제 손을 쓰윽 이끌며 녀석은 그냥 웃기만 합니다. ㅇ_ㅇ.. 오메…….
내 앞에서 그렇게 웃어주기만 해도 감동이다. ㅠ_ㅠ

가연이는 눈치를 보고 그냥 갔습니다. 전 가민녀석을 쫄랑쫄랑 따라
갔습니다.

"뭐야. 진아 선배랑 어떻게 된 거야? 응?"

가민녀석 갑자기 우뚝 멈춰 서더니 저를 파악 끌어안더군요.

뭐…… 뭐야. ㅇ_ㅇ*

"안돼! 아직 약속 세 가지도 안 지켰잖아!")0く*

안돼! 안돼! 안돼대대대!!! 〉_く* (-_-;)

그런데 이 녀석……. 왜 이렇게 더듬거려. -_-;; 이 자식 이렇게 변
태였던가. 그래도 기분이 좋아 가만히 안겨 있는데. 파악 하고 저를 떼
어버리는 손이 있었습니다.

"아버지. 지금 뭐하시는 겁니까?"

헉! ㅇㅁㅇ!

고개를 돌려보니 교복을 입고 잔뜩 인상을 쓰고 있는 가민녀석이 아
닙니까.

"아들. 진짜 귀여운 영계 하나 만들었군."

"그만하시죠. 저 주먹 날아갑니다."

그럼……. 나를 이렇게 꼬옥 안고 있는 사람은 대체 누구란 말인가.

"안녕? 며늘아가."

"까악!"

퍼억~ −_−;;;

"으윽……. 어떡해."

전 고개를 숙이고 있습니다. −_−;

저를 더듬거렸던 그 가민녀석의 아버지에게 어퍼컷을 날렸기 때문입니다. 가민녀석은 말없이 녹차를 마시고 있다가 저를 털썩 옆에 앉혔습니다.

"괜찮아."

"그래도. 내가 때렸는데."

"괜찮대두……. 여자에게 많이 맞아보셨어. 괜찮아. 싸대기는 수도 없이 맞았어. 주먹은 처음이지만."

바람둥이시구나……. −_−... 가민녀석 너랑 판박이구나. 성격까지.

전 꽤나 젊어 보이는 가민녀석의 아버지를 빤히 쳐다봤습니다.

"뭐냐. 그 눈빛은……."

"아니야. 아무것도."

쓰러져 있는 가민녀석의 아버지를 보니 가민녀석과 정말 닮았습니다. 전 가민녀석을 쳐다보며 물었습니다.

"진아 선배랑 얘기 많이 했어?"

"그냥……."

가민녀석 저를 쳐다보며 되묻습니다.

"왜. 걱정됐냐?" =_=

"아니. =_= 그냥 진아 선배랑 사귀길 바랬어."

그랬으면 죽었지. -_-.

가민녀석 피식 웃으며 말없이 제 손을 잡더군요.

"날 믿어라."

"못 믿겠는데?"

"어떻게 하면 믿을래?"

내 주먹에 한 대만 맞아라. -_-.. (-_-;)

전 그 말을 하려고 입을 열었건만 부시시 하고 일어난 가민녀석의 아버지께서 저를 보고 씨익 웃더군요.

아아, 가민녀석이 저렇게 싱글벙글 웃으면 얼마나 잘 어울릴까.

"가민아. 니네 엄마 들어오실 거야."

"몇 번째입니까 이게. 아. 30번이 넘는군요. 정말 지겹습니다."

가민녀석. 아까 쓰러져 있던 아버지의 손을 꽈악 잡고 걱정스럽게 쳐다보던 녀석이 차갑게 변하더군요.

가민녀석 아버지는 살짝 웃으며 속없이 말했습니다.

"작년처럼 네 엄마한테 뭐 던지거나 욕설을 퍼부으면 안 된다."

"죄송하지만 그럴 수밖에 없게 아버지께서 만들었는데요."

"네 여자친구냐?"

저를 쳐다보는 바람에 깜짝 놀랐습니다. 가민녀석 아버지의 미소는 어쩐지 슬퍼 보였습니다.

"니 엄마랑 많이 닮았구나."

가민녀석의 아버지가 제 볼을 만지려고 손을 내밀었습니다. 그 순간 가민녀석 그 손을 타악 쳐내며 말했습니다.

"만지지 마요. 그 드러운 손으로 만지지 말라구요."

가…… 가민녀석. ㅇ_ㅇ;;

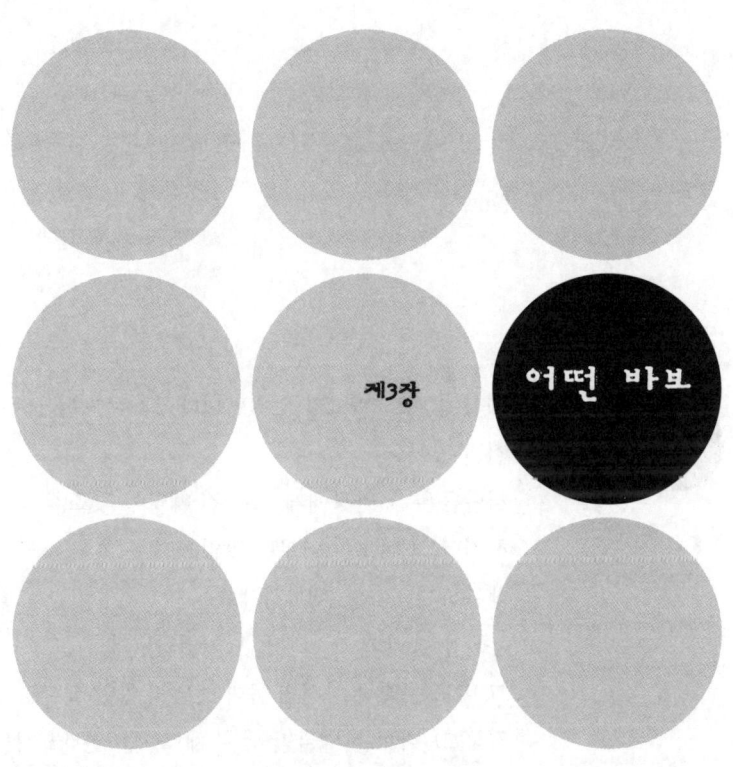

제3장　어떤 바브

#24

세상에 어느 바보가 있었답니다. 그 바보는 모든 걸 주었어요.

사람들은 그 바보에게 모든 걸 빼앗아 갔죠.

하지만 그 바보는 아무런 말없이

행복하세요……. 행복하세요…….

눈물을 흘리며 그 말만을 남기었답니다.

그 바보는 결국 자신의 몸밖에 남지 않았죠.

결국 그 바보는 얼굴만 남은 채 도깨비한테도 몸을 주었답니다.

그 도깨비는 말없이 '바보'라고 적은 종이쪽지만을 주고 가버렸어요.

그 바보는 말했습니다.

"고마워. 아무도 나에게 보답을 해주지 않았는데
너만은 해주었구나. 고마워"

아아……

이 얼마나 사랑스러운가.

– 후르츠 바스켓 중에서

"성진아. 너를 좋아한다. 내 마음…… 받아 줄래?"

그때…… 기뻐하면서 받아들일 것이 아니었다. 내 마음을 주는 게
아니었다.

난…… 가민이에게 언제나 첫 번째라고 믿었으니까…….

you happy?

1년 전. 가민이와 난 같은 반이었고 가민이는 늘 내가 궁지에 몰릴
때마다 내 편을 해주고 지켜주었다. 그리고 언제나 날 향해서 웃어주
었다. 그런 가민이를 좋아했다…… 어린 마음이고 아직 크지 않았지
만 사랑한다고 말할 수 있었다.

학년이 올라가고 시간이 지났어도 여전히 서로에게 제일 친한 친구
로 곁에 있었다.

"야야! 한가민 너 2학년 간판이랑 사귄다매?"

"능력 좋은 자식. 걔 진짜 귀엽대. 백치미가 오잖냐."

"아직 첫 키스도 안해 봤댄다. 순수기념물이다, 한가민."

욱씬하고 귀를 찌르는 소리를 듣고도 난 최대한 그래도 웃음을 지으

며 가민녀석에게 다가갔다.

"사겨? 누가?"

나의 질문에 잠시 붉은 얼굴을 내보이더니 손부채질을 하며 웃었다.

"아, 진아야. 몰랐어? 가민이, 2학년 간판이라고……. 유서연이란
애랑 사귄대! 능력도 좋지, 자식!"

가민이는 말없이 웃었다.

왜, 그 웃음이 즐거워 보이니. 행복해 보이니.

나는 2학년 반으로 내려가 보았다.

유서연……. 유서연……. 주위를 둘러보는데 어디선가 기분 좋은
로션 향기가 났다. 고개를 돌려보니 활짝 웃으며 친구들과 얘기를 나
누고 있는 아이가 있었다.

귀엽다. 말없이 피식 웃었다.

한가민……. 너 정말 눈 높구나. 눈 높아. 우울해졌다.

교실로 타박타박 올라가니 가민녀석이 와있었다.

"성진아. 혼자서 뭐해?"

"가민아……. "

가민녀석, 혼자 있는 나를 향해 내려왔다. 걱정스런 눈빛, 그런 눈빛
도…… 서연이란 아이에게 보여주니?

"난……. 이제 가민이의 첫 번째가 아닌 거야?"

나도 모르게 한 말에 가민이 나를 쳐다보며 내 손을 살짝 잡았다.

"아니. 첫 번째야."

옆으로 보이는 가민이의 얼굴에 왠지모를 단호함이 드러났다.

다음 날, 모임이 있었다. 노래방에서 모였는데 유난히 순수한 미소와 함께 가민이 옆에 앉는 아이가 보였다.

가민이도 웃으면서 말을 하는데 두 사람 왜 그렇게 잘 어울리는지.

그렇게 시간이 지나고 서연이란 아이가 노래를 부르게 될 시간이 왔다. 난 노래가 듣고 싶다고 서연이에게 졸랐다. 그 순간…….

"서연이 지금 목 아퍼."

가민이가 그렇게 여자를 감싸줄 줄은 정말 몰랐다. 가민이……. 노래부르는 걸 지독하게 싫어하는 놈이었다. 서연이는 얼굴이 빨개져서 고개를 숙이고 있었고 나도 왠지 모르게 고개를 돌리게 되었다. 듣고 싶지 않아. 나를 향해 부르는 게 아니잖아.

서연이가 갑자기 화장실로 갔을 때, 난 어색하게 웃으며 말했다.

"내가 음료수 빼올게."

"같이 가자."

가민이 몸을 일으키며 말했다. 계속 얘기하는데 웃으면서 말없이 고개만 끄덕였다.

어떡하니. 이런 네 모습……. 너무나 빠져버렸는데.

나도 모르게 음료수 캔을 투투둑 하고 떨어뜨렸다. 주으려고 발을 헛디딘 나를 가민이 받치며 안아주었다. 시간이 멈춘 듯했다. 그리고 난 고개를 푸욱 숙인 뒤 당황스럽게 말했다.

"서…… 서연이가 보겠다! 빨리 들어가자."

가민이는 말없이 떨어진 음료수 캔을 주웠다.

만약…… 7번 방에서 서연이가 쳐다보고 있었다고…… 울 것 같았다고…… 말했다면……. 난…… 이렇게 슬퍼하지도 않았을 거다.

서연이 약간 충혈된 눈으로 들어왔다. 난 고개를 숙여 버렸다. 아이들은 다들 술을 먹고 뻗어버렸고…… 가민과 서연이 뭔가 대화를 나누었다. 그러더니 서연이 나가려고 했다.

울더니…… 나가려고 한다. 아까…… 나 때문이니. 내가 최대한 웃으면서 가지 말라고 하는데……. 착한 척 말하지 마요. 드러워요. 드럽다구요! 모든 걸 다 가진 듯이 말하지 말라구요! 울먹거리며 악을 쓰듯 말하는 서연이를 보며 나도 모르게 손을 타악 놓아버렸다. 짜악 하고 소리가 들리고 고개가 돌아간 서연이를 보고 말았다.

난…… 참 나쁜 여자구나. 아까 슬퍼하고 있던 너를…… 왜 눈치 못 챈 건지. 그리고……. 가민이가 나를 아직도 첫 번째로 생각하고 있다는 생각에 왜 기뻐지려고 하는 거니. 난…… 참, 나쁜 여자다.

서연이가 나가버리고 나는 몇 분인가 지난 뒤 가민이를 조심스럽게 불렀다.

"가민아……."

멍하니 서있는 한가민. 갑자기 외투를 집어들더니 나가려고 했다. 나도 모르게 가민이의 옷자락을 잡고 울먹거렸다.

가민이는 우뚝 멈춰서서 나를 집까지 데려다 줬지만…… 눈빛이 풀려 있었다.

"하아……."

여기까지다. 내가 행복을 누린 시간은.

지금 난…… 울고 있다. 그때의 서연이처럼 울고 있다.

가민이가 옆에 앉아 있다.

"미안해."

미안하단 말 하지 마. 가민아······.

"우리 끝내지 말자······. 응? 우리······ 서로 몇 년 동안 같이 지냈는데······ 서로 아끼고 있잖아."

왈칵 하고 눈물이 나왔다.

가민이는 나에게 비수 같은 말만 퍼붓고 있다.

"난······ 지금 서연이가 보내서 온 거야. 지금 나의 첫 번째는 서연이야. 유서연······."

웃음이 나왔다. 너란 남자······ 왜 이렇게 잔인하니.

난 눈물을 흘리며 그리고 웃음을 흘리며 말했다.

"한가민. 내가 한 가지 말할게. 너 스스로 유서연을 떠날 거야. 너란 남자, 변덕 하나는 장난 아니잖아? 안 그래? 나······ 가지고 논 것처럼 유서연도 가지고 놀 거잖아? 그렇지? 응?"

가민이······ 아무 말도 안 하고 나를 쳐다보았다. 뭐야······. 그 동정 어린 눈빛은.

"그래. 놀다가 와. 실컷 놀다 와. 마음대로 하다가 와. 유서연한테 질리면 그냥······ 나한테 다시 와. 응?"

"성진아······. 가지고 논다는 말 하지 마. 지금 난 진지해."

"아니야! 넌 지금 연기하는 거야! 너······ 연기 잘하잖아? 어?"

나는 가민녀석의 옷을 잡고 흔들었다.

"니가 뭔데······. 니가 뭔데······. 이렇게······."

말을 잇지 못했다. 가민이는…… 아무 말도 안 하고 내 손을 떨어뜨리고는 말했다.

"유서연……. 아닌 줄 알았다. 아니, 아니라고 믿고 싶었을 뿐야. 니 모습 보면서…… 아니라고 생각했어. 성진아…… 너를 좋아했다고 생각했지만. 아니…… 그건 그저 오래된 만남이라…… 착각을 일으킨 것뿐이야. 미안하다."

행복하니? 행복하게 지내고 있니? 난…… 아직도 착각 속에서 살아가고 있어.

Are you happy?

No

"도대체 왜 그래?"

"뭐가……."

"아우 씨. 왜 니 아버지한테 그러는 건데!"

밖으로 나왔습니다. =_=^ 가민녀석 아까 전에 자신의 아버지 손을 타악 치고 저를 끌고는 밖으로 엄청나게 빠르게 나오더군요. 사연 많은 부자지간이구나…… 하고 생각하며 그냥 걷고 있습니다.

"난 개인적으로 니 아빠랑 너랑 많이 닮았다고 생각하는데……."

"뭐?"

어머 어머~ ㅡ_ㅡ 이 자식이 저렇게 질색하는 모습은 처음 보네. 전 가민녀석을 쳐다보며 말했습니다.

"아주 똑같애. 얼굴은 빼다박았고 성격은 여자 상처 주는 것부터 시작해서……."

"그만 얘기하자."

가민녀석 머리를 쓸어올리며 말하더군요. =_=

왜 그렇게 인상을 쓰고 있냐. 전 가만히 녀석과 손을 잡고 걸으며 물었습니다.

"진아 선배……. 울었니?"

가민녀석 우뚝 멈춰 서더니…… 제 어깨에 얼굴을 푸욱 묻더군요. 깊게 한숨을 쉬더군요. 전 그 모습을 보곤 입술을 살짝 깨물었습니다. 떨고…… 있구나.

"힘들어?"

말없이 고개를 끄덕이는 녀석입니다. 전 압니다. 이 녀석은 지나친 사랑 때문에 지친 녀석이란 걸. 여자 때문에 지친 녀석이란 걸.

"또…… 울렸어."

가민녀석 아무 말 없이 담갈색 머리칼을 제 어깨에 묻었습니다.

"아빠가 엄마를 버릴 때도 엄마가 나 끌어안고 많이 울었는데……. 나 정말 똑같은 인간이었나 봐."

일부러 차갑게 대하고 일부러 가식적으로 웃고……. 여자에게 상처 주기 싫어하는 녀석. 그래서 여자에게 잘 해주고 싶어하는 녀석은…… '어머니'라는 작은 쉼터를 잃어버린 후부터 이렇게 변했었나 봅니다.

"난 너의 사연은 잘 모르겠지만…… 으음…… 지금 넌……."

최대한 머리를 굴려서 말하려 했습니다. ㅡ_ㅡ; 멋있는 말……. ㅡ_ㅡ;;

전 가민녀석의 등을 토닥거려 주었습니다.

"내가 …… 옆에 있잖아." ^_^

제가 심오한 표정으로 말하자 피식 웃더니 고개를 끄덕이더군요. 조용히 웃으며 저를 쳐다보는데…… 왜일까요. 지금까지 보여주었던 웃음과는 차원이 다른 듯한 웃음입니다. 제 손을 꽈악 잡고 집에 데려다주면서 웃는 녀석, 귀엽습니다. 녀석이 말했습니다.

"난…… 너에게 해줄 수 있는 일이 그냥 옆에서 같이 걸어주는 것밖에 없어."

"나, 같이 걷는 거 좋아해."

"너, 힘들게 할지도 몰라……. 괜찮아?"

제가 웃으며 고개를 끄덕이자 녀석은 환하게 웃었습니다.

"좋아. 접수."

제 이마에 촉 하고 녀석이 입술을 갖다댑니다.

"악! 느끼해!" =_=^

"뭐가 느끼해! 애정표현하는 게!"

"아우 씨! 짜증나. 나 가자마자 세수할 거야."

"너 얼굴 빨개. ㅡ,ㅡ 그거나 알고 말해라."

전 얼굴이 후끈거렸고 가민녀석은 자상하게 웃으며 저를 쳐다보더군요. 그리고 제 머리카락을 쓰다듬어주며 말했습니다.

"오늘 나, 잠 못잘 거 같아."

저도 말없이 녀석의 머리카락을 쓰다듬어주며 말했습니다.

"잘 자거라 우리 아가." -_-..

"오냐."

가민녀석 웃으면서 가는데 녀석에게 잘 가라고 말하곤 집으로 들어가려는 순간이었습니다.

"정말 닭살이지 않니, 가연아?"

지훈놈이었습니다.

"이것 좀 놓고 말해!"

정지훈 -_-; 니가 나에게 그런 말 할 자격이 있다고 생각하냐? 지금도 가연이의 손을 꽈악 잡고 방긋방긋 웃고 있는 녀석이. =_=^

가연이 얼굴이 빨개지더군요.

"둘이 잘해 봐. 박가연."

"아…… 안돼! 유서연! 유서…….."

가연이의 목소리가 더 이상 안 들리더군요. 아아. 난 몰라.-_-;; 아 무것도 안봤어.

정지훈, 저 키스쟁이. (-_-;)

"맛없어."

아지의 말에 빨갱이가 몹시 당황합니다. ㅇㅁㅇ..

저도 어쩐지 계면쩍습니다. -_-;;

기분 좋은 점심시간입니다. 저희 학교는 수요일마다 자유롭게 점심을 먹을 수 있습니다. 학교 가로수 길에서 아지놈과 빨갱이, 저와 가연이가 이렇게 밥을 먹고 있습니다. 빨갱이는 직접 싸온 도시락을 아지놈에게 먹였지만 아지놈은 계속 틱틱거립니다.

"너무 짜잖아. 소금을 얼마나 넣은 거야? 그리고 말야, 주먹밥은 안에 살짝 고기나 명란젓을 넣어야 맛있어. 야채를 넣든지. 그리고 이 과일은 눅눅해졌잖아. 바나나 같은 것은 레몬즙이나 파인애플 즙을 뿌려야 변색이 안 된다고……. 알긴 알아?"

아지놈은 두유를 쭈욱 빨아먹으면서 말하더군요. =_=;

아지놈. 너 아줌마 다 됐구나. -_-;; 빨갱이가 울먹거리더니 일어섭니다.

"두…… 두유 더…… 더 사올게!"

빨갱이가 가버리고……. 아지놈 아무 말 없이 쭈르륵 두유를 다 먹더군요. 전 더 이상 두고 볼 수가 없었습니다.

"야, 아지."

"왜?"

엽기 미스 깡녀도 짜증난다는 표정으로 아지놈을 쳐다보더군요.

"참나……. 정지훈보다 더한 놈이야."

엽기 미스 깡녀도 짜증난다는 표정으로 아지놈을 쳐다보더군요. 전 멀뚱히 젓가락을 집어드는 아지놈을 쳐다보며 화를 억누르고 말했습니다.

"좀 빨강이한테 부드럽게 대해줘 봐라. 엉?"

"노력하고 있어."

아지놈, 빨갱이가 싸온 주먹밥 퍼레이드 도시락을 집어들더니 −_−
아구아구 먹더군요.

저와 가연이는 멍하니 아지놈을 쳐다봤습니다. 가연이가 황당하단
듯이 말했습니다.

"뭐야. 너 맛없다고 그랬잖아."

"그래 맛없지. 지지리도 맛없지……."

아지놈의 얼굴이 살짝 붉어집니다.

"그래도 다 먹을 거다."

"정말 웃기는 놈이네."

가연이의 빈정거림을 듣고 아지놈은 입가에 미소를 잔뜩 짓고 말했
습니다.

"이 녀석 만든 거 진짜 맛없어. 하지만 맛있다고 억지로 먹어준다면
왠지 나중에 후회할 거 같아서."

그리고 씨익 웃습니다. (밥풀이나 떼라, 이 자식아 −_−;)

"일부러 자기 감정까지 속일 필욘 없잖아."

O_O.. 아지놈, 그러곤 아구아구 미친 듯이 먹더군요.

흐음……. 아지놈…… 빨갱이를 좋아하나 봅니다. 소중하게 생각하
는 게 분명합니다. ^_^..

빨갱이가 두유를 사들고 왔습니다. 그리고 눈을 부라립니다. +0+

"누…… 누가 다 먹은 거야!"

"내가."

빨갱이 표정이 금방 풀리며 웃더군요. 저럴 땐 영락없이 일편단심이라니까. =_=;;

요즘 빨갱이는 높이 묶었던 붉은색의 결 좋은 머리카락을 곱창 머리끈으로 두 갈래로 묶고 다닙니다.

귀엽게 보입니다. 사랑하면 다 큐티해진다곤 하지만. -0-; 얼굴이 붉그레해지며 웃는 빨갱이의 모습에 반한 남자팬들이 급증했습니다.

"이런이런……. 내 인기가 떨어지겠군."

웃기는구나, 엽기 미스 깡녀. ㅡ_ㅡ

점심시간이 끝나고 빨갱이는 아지놈의 반으로 놀러갔고 가연이는 지훈놈에게 붙잡혀 강제로 쎄쎄쎄를 하더군요. =_=

에휴……. 다들 남친이랑 놀러갔는데 나도 오랜만에 놀러나 가볼까. 전 3학년 반으로 성큼성큼 올라갔습니다. 차이나 풍 양쪽 머리를 동그랗게 만 저는 (-_-) 괜히 머리 끝자락을 만지작거리며 애교스럽게 말했습니다.

"저기. 가민선배 있나요?" ^-^

"네? o_o* 아…… 가민아!"

앗싸. 추종자 한 명 또 확보. (-_-;) 가민녀석 지 반 여자애들이랑 애기를 하다가 저를 보더니 씨익 웃으면서 오더군요. 가민녀석에게 환하게 웃음을 보이면서 서있는데 갑자기 가민녀석과 저를 화악 떼어 놓는 어떤 손길이 있었습니다. -_-;

"무슨 소리야! 유서연 선배가 너보다 훨씬 이쁘다고!"

"너야말로 시끄럽게 하지 마!

"니가 한가민 선배만큼 해봐! 내가 가만히 있나!"

씩씩대며 제 손을 잡고 귀엽게 생긴 여자애와 대치하고 있는 아이가 있었습니다. 저와 키가 비슷비슷한 갈색의 헝클어진 머리카락이 어디에선가 마구 뛰어온 흔적으로 보였습니다.

둘 다 1학년입니다.

"저기 누구니?"

"너 누구니……?"

가민녀석도 자신의 손을 잡고 씩씩대고 있는 귀엽게 생긴 여자애에게 물어보더군요.

왜 우리 두 사람의 감격적인 상봉을 막고 있는 거니, 아이들아? 응? _ _ ^;;

"아…… 안녕하세요! 유서연 선배. 전 서문현이라고 합니다."

"안녕하세요? 한가민 선배! 전 한지영이라고 합니다."

저와 가민녀석, 어리벙벙하게 두 사람을 쳐다봤고 두 사람, 합창하듯이 말했습니다.

"정말 정말 동경합니다!"

"뭐?"

저와 가민녀석 동시에 외쳤습니다.

"니가 가민 선배 같은 남자였어 봐! 자상하고 터프하고. 참나! 니가 가민 선배였으면 너랑 깨졌겠냐?"

"사돈 남 말하고 자빠졌다. 니가 우리 서연 선배처럼 조신하고 얌전했어 봐! 내가 가만히 있나."

"흠흠……."

"저기…… 저기 있잖아……."

마구마구 찔려온다. -_-; 조신? 얌전? 하하하. 내가 그렇게 보였던가……. 하긴 ..-_-;; 내가 이중생활을 좀 했나.

가민녀석도 살짝 찔리는지 당황한 표정이 역력하더군요. -0-

"필요 없어! 너 같은 남자친구 필요 없다고!"

"누군 너 같은 삐삐말광량이 같은 애를 좋아한대? 준다고 해도 내버린다 야!"

"너 지금 말 다했어? 니가 남자냐!"

"저기…… 지영 후배, 좀 진정해."

가민녀석이 가식적인 미소를 짓자 지영이란 아이 얼굴이 빨개지더군요.

순간 저와 문현이란 아이, 똑같이 울컥했습니다.

"재수없게 얼굴 붉히지 마!"

"느끼하다고 했잖아! 그 웃음!"

둘다 씩씩대며 쳐다보자 가민녀석 황당하단 듯 쳐다보더군요. 전 문현이란 아이의 손을 냉큼 잡았습니다.

"자! 어디 갈까? 놀이동산? 카페? 그래 좋아! 너 우리 집 가볼래?"

"이왕이면…… 서연선배 집 구경하고 싶습니다." -_-*

그러자 지영이란 아이도, 서민녀석도 뜨악하며 발끈합니다.

"지금 무슨 말을 하는 거야?"

"너 뭐하는 거냐?"

콰르르릉……. 번개가 저와 가민녀석…… and …… 문현과 지영 사이를 나누고 있습니다.

게임 시작! .-_-;;

 # 27

괴 로 운 이 들 이 여…….

'당신은 도대체 무엇을 원하는가.'

'전 단 한 가지 바라는 것이 있습니다.

하지만 그 한 가지는

가질 수 없는 것이고 꿈꿀 수도 없는 것이었습니다.

그건…….

"그녀의 마음" 이었습니다.'

– les miserables

"김춘삼! 뭐하냐!"

"시끄럽다. 강아지."

우울하다.

우울해. 우울한 생활의 일상이다.

무료하게 창밖을 쳐다보는 게 내 일상생활이다. 창밖에선 기분 좋게 날 스치고 지나가는 바람과 세상 사는 사람들의 느낌이 다가왔다. 물론…… '사랑' 이란 느낌도 조금씩 다가왔다.

"춘삼아. ㅡ_ㅡ 우리반 왕따 춘삼아~"

"아이 씨…… 시끄럽다고!"

내 볼을 쿡쿡 찌르며 말하는 아지놈을 째려보았다. 아지놈은 씨익 웃더니 창밖을 가리켰다.

뭐야. ㅡ_ㅡ..

"어때? 진짜 귀엽고 청순하게 생겼지? 쟤가 바로 2학년 간판, 유서연이다."

긴 생머리카락을 휘날리며 환하게 웃는 입꼬리와 눈. 내 품에 쏘옥 들어올 듯한 몸과 웃음. 그렇게 유서연이란 아이는 내 눈앞에 서있었다. 유서연을 멀리서만 쳐다본 지 정확히 38일 2시간 40분…… .ㅡ_ㅡ.. 그날은 내 생일이었다. 12월 12일. ㅡ_ㅡ; 노래방에서 생일파티를 하는데 갑자기 열린 문, 그것이 시작이었다.

"춘삼아! 유서연 데리고 왔다!"

화들짝 놀라며 노래방 책까지 떨어뜨리고 멍하니 쳐다보았다. 이렇게 가까이서 보기는 처음이다. o_o 잔뜩 겁에 질린 듯, 하지만 저 눈은 왜 그렇게 슬퍼 보이는지……. 언제나 웃고 있던 눈이 아니었나.

그 눈이 향한 곳을 쳐다보니…… 거기에는 어떤 잘 생긴 남자와 어떤 여자가 껴안고 있다. ㅡ_ㅡ;;

"오오! 노래 부르신다!"

아지놈의 소리에 멍하니 쳐다보던 시선을 거두고 또렷또렷한 눈으로 (ㅡ_ㅡ;) 다시 쳐다봤다. 고개를 푸욱 숙이더니 어떤 노래 번호를 꾸욱꾸욱 누르고 그녀는 노래를 시작했다. 노래는 못했지만, 목소리 하난 이쁘기 그지없었다.

그런데…… 그런데…….

"왜 우는 걸까?"

"몰라."

"설마 강제로 데리고 와서 겁먹은 거 아니겠지?" -_-;

조용히 얘기를 하며 다시 쳐다봤다. 아예 눈물을 쏟고 있다. 한참을 지나 눈물을 쓰윽 닦고는 내가 좋아하던 미소를 지으며 말했다.

"미안. 나중에 멋있게 불러줄게."

나는 나가려는 유서연에게 손 한번 잡아달라고 부탁했고 유서연은 피식 웃으며 나에게 다가왔다. 다가오면 다가올수록 아기 분 향기가 났다. (O_O)

손을 부드럽게 잡았다. 심장이 미친 듯이 뛰었다.

그렇게 만났던 나와 서연씨는 (어느새 -_-;) 반을 놀러오는 사이가 되었다. 언제나 웃던 그녀였지만…… 내가 좋아하던…… 아기 분 향기가 솔솔 풍기는 (-_-;) 그 미소가 아니었다.

그러던 어느 날 점심시간, 밖에서 바람을 맞고 있는데 누군가가 다가왔다.

"니가 김춘삼이냐!"

손가락으로 나를 가리키며 오도방정을 떨면서 울그락붉으락한 얼굴로 다가온 정지훈. 우리학교 남자 중에서 간판급으로 소문이 자자했었다. 귀엽게 생겼구만. -O-. (-_-;)

퍼억~ 대뜸 녀석의 주먹이 날아왔다.

"박가연한테서 떨어져! 자꾸 집적거리면 그 순간 넌 인생 종치는 줄 알아. 알았어?"

-O-.. 나, 5남매 중 유일한 남자. 막내둥이. 매 한 번 맞았던 기억 없는 내가…… 맞았다.

그랬다. 난 이래봬도, 시골애 같아도 사실은 약골이었다. 지훈이란 녀석은 어떻게 알았는지 어깨의 급소를 꾹 누르며 날 던져버린 것 같았다. 난 서서히 쓰러지며 생각했다.

배.

고.

파……. (-_-;)

"춘삼아! 정신 드니? 응?"

"박가연! 얘가 뭔데 니가 그렇게 신경쓰는 거야!"

"상관하지 마! 너 진짜 웃기는 거 알아? 정지훈! 너 나한테 한 대 맞고 싶으면 얘 또 때려 봐라."

"에이 씨."

나는 조용한 목소리로 부탁했다. -_-..

"저기…… 두 사람…… 좀 나가줄래?" -_-..

그날 두 사람은 해질 때까지 투닥투닥거리고 있었다. ㅠ_ㅠ 도대체 왜 서로 얼굴 붉히면서 싸우는 거야.

"나 너 좋아해서 그런다고! 왜 이런 자식한테 신경 쓰는데? 내 마음 몰라서 그래?"

"시끄러! 장난치지 마!"

왜 얼굴 붉히면서 서로를 향해서 비수 박힌 말만 하는지……. =_=..

난 가뿐하게 퇴원했다. 학교로 가는 길, 그 말을 듣고 난 가출을 결심했다. 그래. 누가 보면 웃을지도 모르지만.

"한가민이란 녀석이랑 그 2학년 간판…… 걔…… 유서연인가? 개랑 사귄댄다. 완전 쌍쌍이지 않냐?"

"헉…… 헉…….."

"이제 그만하지 김춘삼. 난 너랑 싸우고 싶지 않아."

"웃기지 마! 아직 멀었어!"

한가민이란 녀석 집에 찾아가 미친 듯이 주먹질을 했지만 가민이란 녀석, -_- 휙휙 피하고 턱턱 막더니 내가 자기가 먹던 캔디 바를 떨어뜨리자 그때서야 화가 치솟았나 보다. -_-

"그만해라. 나 막 화나려고 해." -_-^

"화내! 화내라고! 누군 화 안 내고 이런 바보짓 하냐! 화 내!" >O<!!

퍼억~ (-_-;)

홀쩍…… ㅠ_ㅠ

눈물을 쓰윽쓰윽 닦았다. 가출 일 주일째다. 서연씨 얼굴 못본 지 일 주일째. 눈물을 흘리며 발길을 돌려 집에 가는 중이었다. 그때 한숨을 쉬며 내 사진을 전봇대에 붙이고 있는 서연씨를 발견했다. O_O;

서연씨도 날 발견했는지……. 엄청난 속도로 날 추격하고 있다.

"김춘삼! 너 거기 안서?"

서연씨 표정에 쫄아서 못 서겠습니다. 하루의 반 시간을 달리고 나

서야 서연씨 지친 것 같았다. 헉헉거리며 제발 집에 가라고 말한다. 나도 모르게, 집에 들어가면 소원하나 들어달라고 했다.

고개를 끄덕이는 서연씨를 보고 나도 모르게 용기를 냈다.

"키스해줘."

얼이 빠져 있는 서연씨의 어깨를 잡았다. 두근 반 세근 반. =_=... 서연씨의 붉은 입술……. 붉……. 푸웃! =0=* (자기 폭주 –_–;) 그 결정적 순간이었다.

"그만 그만……. 거기까지. 좋아."

제기랄. –_–; 저 캔디바 놈.

그날 하루 정신없이 보냈다. 왠지 그날 이후 계속 기운이 빠졌다. 눈물이 고여 있는 듯한 서연씨를 멍하니 쳐다보다가…… 서연씨와 얘기를 하다가…… 가슴이 미어지는 듯했다. 서연씨가 우는 건 더 이상 싫었다.

"전 알고 있습니다. 서연씨 마음 어디로 가고 있는지."

눈물을 흘리더니 미안하다고 말하는 사람. 왜 이리 끝까지 착하고, 끝까지 제 마음을 흔들어놓고 가십니까.

학교가 끝나고, 마지막으로 한 번만 서연씨 얼굴 보겠다고 그 집 앞에 갔는데 거기에 그놈이 있었다.

"앗!"

"너…… 그때 그 캔디바."

그 자식 성큼성큼 내게 다가오더니 말했다.

"내 마누라 집 앞에서 니가 웬일이냐?"

마…… 마누라!)O〈!!!

"서연씨가 누구 마음대로!"

순간 어떤 얼굴이 퍼뜩 스치고 지나갔다. 그때…… 서연씨가 노래방에서 노래를 부를 때……. 이 얼굴이 그 얼굴 아닌가. 나도 모르게 주먹이 나가 버렸다.

그런데 퍼억 하고 날아가는 녀석. O_O;; 아아아…… 난 덜덜 떨리는 손가락으로 녀석을 가리키며 말했다.

"나쁜 자식! 욕 먹어도 싼 놈이다 너 같은 놈은 남자의 수치야! 언제 한번 노래방에서 어떤 여자와 껴안고 있었으면서 이제 와선 서연씨가 누구 마누라긴 누구 마누라!"

녀석이 벌떡 일어났다. 난 덜덜 떨리는 손가락으로 여전히 녀석을 가리켰다.

"서연씨도 그거 보고 눈물 흘린 거 같았어 임마! (그냥 내 맘대로 말한 것임) 난…… 여자 눈에 눈물 흘리는 자식 용서 못해!"

"울었냐?"

녀석, 갑자기 기운이 쭈욱 빠진 듯한 모습으로 날 쳐다보았다.

"두 번이나…… 내가 울린 거네. 하…….'"

쓰윽 하고 비린 아픔이 찾아왔다. 녀석을 때리면서 전봇대도 쳐버렸더니 피가 났다. 가민이란 녀석 놀라더니 손수건으로 피를 최대한 닦아주었다.

"피가 멈추면…… 그때 떼라."

"너 입술 찢어졌다. 너도 피나거든?"

녀석은 내 말에 신경도 안 쓰고 그냥 꾸욱 피를 지혈해 주었다.

"서연이 좋아하냐?"

"그…… 그래!"

"그래…… 너 좋은 자식 같다."

살짝 웃는 모습이 왜 그렇게 멋있어 보이는지, 같은 남자로서 질투심이 일었다.

손수건을 풀어 녀석에게 주며 말했다.

"고마웠다. 피가 다 멈춘 것 같다." (가민녀석 흉내였음. -_-;)

피식 웃으며 바닥에 주저앉으며 손수건을 집어드는 녀석. 어느새 어두컴컴 날이 저물었고 저 멀리서 서연씨가 다가왔다. 그러더니 내 손을 잡고 허둥댄다. 눈빛은 가민녀석을 향해 있으면서.

"한가민…… 한테 맞은 거지?"

나에게 이겼다는 말 한 마디 남기고 가버린 가민녀석의 뒷모습을 걱정스런 얼굴로 쳐다보며. 손은 내 손을 잡고 있었지만 눈빛은 가민이란 녀석의 모습을 향해 있었다.

서로…… 사랑하는 사이구나.

난…… 서연씨에게 가라고 말했다.

서연씨는 아무 말이 없었다.

나도 아프다고 말했다.

그래, 아프지만 지금 당신의 눈빛은 저 빌어먹을 캔디바 놈을 좇고 있잖아. 가민이란 녀석, 술 마신 것 같았는데. 녀석의 술 냄새가 나에게 배었나 보다.

"그거 알아? 남자는 슬프면 웃어버려. 눈물 나오면 웃어버린다고. 아프면 웃어 버려. 그 자식…… 아퍼."

말없이 무표정하게 말했다. 내 손을 타악 놓더니 무서운 속도로 달려가는 서연씨를 보며 나는 그냥 웃었다. 아프다. 그래서 웃었다.

웃으면서 집으로 가다가 아지놈을 만났다.

"김춘삼! 무슨 좋은 일 있냐?"

아지놈이 내 어깨를 파앙 치며 어깨동무를 해왔다.

"나 차였어. 서연씨한테 차였어."

순간 웃던 얼굴이 싸악 굳어지며 날 쳐다보는 아지놈. 난 계속 웃었다. 위에 있는 누나가 그랬다. 눈물이 나올 것 같으면 웃으라고. 그러면 눈물이 멈춘다고.

지금 난 웃고 있다. 그런데…… 투툭 하고 눈에서 물이 떨어진다. 견딜 수 없이 아픈가 보다…….

"울지 마. 야야…… 멋있는 놈아…… 울지 마."

"아니. 나 안 운다. 아니…… 오히려 후련하다. 그래. 후련해."

눈물이 고인 채 아지놈에게 웃으며 말했다.

"나, 아직 숨쉬고 있다는 거……. 이런 걸까? 심장이 뛴다는 거 이런 거야? 숨 막히고 마구 심장이 뛴다."

그래. 괴롭고 슬프지만 실연은 또 다른 시작이란 뜻도 있으니까. 또 다른 시작 앞에서 내 심장은 살아있다는 걸 증명해주듯 미친 듯이 뛰고 있으니까. 난 슬프지도 괴롭지도 않아. 힘들어하지 마. 너의 그 짐, 내가 다 들고 가버릴게. 사라져 버릴게. 그러니까 힘들어하지 마.

 # 28

"가민오빠! 지영이 왔어요."

"서연 누나~ 문현이 왔어요."

떨떠름한 일요일입니다. ─_─^;;

여기는 놀이동산. 원래 예정은 저와 가민녀석의 첫 데이트 날이었건만, 어떻게 알았는지 지영 가시나와 문현놈이 놀이동산엘 가자고 졸라 여기까지 왔습니다. 눈물이 앞을 가립니다.

"와아~ 가민 오빠! 저랑 바이킹 타러 가요!"

"어? 어어……."

왜 저렇게 휘둘리는 건데! +0+!! (─_─;) 전 레몬주스를 쭈욱 빨았습니다. 아…… 열받습니다.

"저기…… 서연 누나."

"어?"

얼굴이 잔뜩 빨개져서 제게 팔짱을 끼라고 몸짓을 하는 문현놈입니다. O_O.. 순진한 놈이네…….

전 살짝 웃으며 저보다 키가 살짝 큰 녀석의 팔에 팔짱을 꼈습니다. 이 자식에게는 폴로 스포츠 향이 풍겼습니다.

가민녀석 저를 째려보며 잔뜩 인상을 쓰더군요.

너도 미치겠지? ─_─^;;

"우린 바이킹 타러 갈 거다!"

"그럼 우리는 자이로 드롭 타러 갈 거다!"

가시나와 놈이 저마다 한 마디씩 합니다.

제 손을 거칠게 이끄는 문현놈을 따라 걸으려는데 터억 하고 제 손을 잡는 손길, 가민녀석입니다. .=_=..

그래, 날 잡아! 날 잡으라고! +O+!!(−_−;)

"레몬주스 한 입만……."

죽일 놈! +ㅁ+!!

전 가민녀석에게 레몬주스를 파악 던지며 말했습니다.

"먹고 체해 버려!"

씩씩대며 움직이다 보니 어느새 전 자이로 드롭이란 놀이기구에 떠억 하니 앉아있었습니다.

나…… 나, 고소공포증 있는데. =0=;; 점점 올라갈수록 제 인상은 구겨질 수밖에 없습니다. 그때 제 손을 떠억 하니 잡아 주는 손이 있었습니다.

"괜찮아요, 서연 누나. 제가 있으니까요."

문현아, 너의 그 떨리는 허벅지를 어떻게 좀 하고 그래라. =_=;; 전 예의상 씨익 웃었고, 부웅 하고 놀이기구가 내려가는 순간 들었습니다. 문현이의 절규를…….

"무, 문현아. 괜찮니?"

"네…… 괜찮아요. 우욱!" @0@

문현이는 입을 손으로 막고 후다닥 화장실로 뛰어가더군요. 못살아, 정말.

전 털썩 의자에 앉아 한숨을 쉬며 주위를 둘러보았습니다. 회전목마를 타고 있는 가민녀석이 보였습니다. =_=; 사진을 찍어 놓고 싶은 충동이 일었습니다.

저와 가민녀석은 지영이와 문현이에게 본래 성격을 들킬까 봐 조심조심하는 중입니다.

지나가던 남자들이 말을 겁니다.

"저기……. 아이스크림 드실래요?"

"사…… 사진 한 장만 같이 찍어 주세요."

이런 이런. 이놈의 인기는 떨어지질 않아. 남자들이란……. -v-*

전 살짝 웃으면서 튕겨 보았습니다. 그랬더니 '쳇' 하며 그냥 가더군요. 이봐! 튕긴 거였어! (-_-;)

왠지 우울해지더군요. 화장실에 들어가서 나올 기미가 안 보이는 문현놈을 기다리다가 지쳤습니다. 레몬주스를 하나 시켜서 쭈르륵 마셨습니다.

아아…… 상큼해. 그런데 기분은 우울해. =_=..

"청승맞게 뭐하냐."

화들짝 놀라서 옆을 쳐다보니 가민녀석입니다. 지쳤다는 듯 제 옆에 털썩 주저앉습니다. 전 정말 약간, 정말 약간 삐져서 아무 말도 안 나옵니다.

"문현이가 안 나오네."

가민녀석, 저를 보고 피식 웃습니다. 자연스럽게 제 어깨에 손을 올리고 제 손에 들려 있는 레몬주스를 마시려고 합니다. 이놈은 어떻게 해도 이렇게 멋이 있는지 모르겠습니다. 지나가던 남자들 목소리가 들립니다.

"거봐! 임자 있잖아!"

"아우 씨."

주위에 여자들과 남자들이 바글바글하더군요. 이렇게 시선 집중이 될 줄, 미처 몰랐습니다. /=_=;;

"저 남자들은 뭐냐?"

"당신이야말로…… 저 계집애들은 뭔데?"

가민녀석, 사진기를 들고 어슬렁거리는 남자애들과 여자애들을 짜증난다는 듯 쳐다봅니다.

"한 방에 보내버릴까?"

"응?"

가민녀석, 제 어깨에 올렸던 손으로 어깨를 더욱 힘껏 끌어안고 스치듯이 제 입술에 입을 맞댑니다. =0=;; 순간 전 어깨에 올려져 있는 가민녀석의 손을 타악 쳐냈습니다.

"이미 했어."

가민녀석의 말대로 사람들이 사라지더군요. ㅡ_ㅡ; 정말 한 방에 보냈습니다. 전 짜증난다는 듯 기민녀석을 째려봤습니다.

"한 번 더 하자. 레몬 맛이 나."

"저리 가! 이 변태 흑심 불량아!"

"뭐?"

가민녀석의 이마에 힘줄이 하나 돋습니다.

"내가 불량이면 넌 뭐냐? 이 양아치 같은……."

"뭐? 너 뭐라고 했어! 다시 말해봐!"

"이게 어디서 반말이야. 봐줬더니, 자꾸!"

가민녀석 주먹을 들더군요. 저도 모르게 몸을 움찔거리며 고개를 푸욱 숙였습니다. 그랬더니 포옥 하고 순간적으로 안는 손길이 몸을 죄입니다.

"놔! 안 놔?"

"마누라, 우리 이대로 그냥 튈까?"

전 씨익 웃는 가민녀석을 보고 곰곰 생각하다가 말했습니다.

"어, 당장 나가자."

"푸웃! 뭐…… 뭐?"

"그러니까, 두 사람 어디까지 나갔냐고."

빨갱이의 추궁이 이상합니다. 야외 수업 밖에서 바람을 맞으며 쉬고 있는데 가연이와 저에게 꼬치꼬치 캐물어 봅니다. ＝_＝

"그러는 너야말로 어디까지 갔는데?"

"나야 뭐……. 나름대로 갔지." ＞_＜

"나랑 비슷하네."

빨갱이와 엽기 미스 깡녀가 이번에는 저를 쳐다봅니다.

"유서연, 넌?"

"나…… 나? 난……."

"참나……. 이 쑥맥한테 뭘 바라냐. 그냥 포기해라."

울컥! -_-^ 가슴이 욱하면 말이 막 나오나 봅니다.

"무슨 소리야! 갈 데까지 가봤지!"

헉. =_=; 전 저도 모르게 튀어나온 말에 손으로 입을 막았습니다. 그리고 벙한 표정의 빨갱이와 엽기 미스 깡녀를 쳐다보며 당황스러움을 감추지 못했습니다.

"유서연……. 일 저질렀구나. 어떻게 된 거야."

"뭐긴 뭐냐! 뻔할 뻔자지!

헉! 빨갱이, 내가 거짓말 한 거 눈치 챘니? =_=;

"가민 선배가 가만히 놔 뒀겠냐? 그렇게 안 봤는데, 가민 선배 완전 늑대야!"

산 넘어 산이구나……. =_=;; 아아……. 가민녀석, 미안하다. 하지만 니가 욕먹는 게 왜 난 왜 이리 즐거운지~ 가연이도 덩달아 맞장구를 칩니다.

"다시 봤다, 정말……. 참나."

"그러게 말이야. 우리 아시는 그러지 않을 거야."

수근거리며 교실로 들어갔더니 가민녀석이 놀러왔습니다. 순간 표정이 싸악 굳으며 가민녀석을 째려보는 빨갱이와 엽기 미스 깡녀입니다. 전 기분 좋은 듯 웃었습니다. 가민녀석에게 최대한 그 두 여자의 눈빛이 안 보이게끔 활짝 웃음으로 유도했습니다.

"뭐야? 기분 좋은 일이라도 있어?"

가민녀석, 제 어깨에 쓰윽 손을 올려놓습니다.

"까아! 거봐! 벌써부터 스킨십이야!"

"무슨 얘기를 하는 거야. 설마……."

"뭐야……."

가민녀석은 수근거리는 두 아줌마를 보면서 인상을 찡그렸습니다. 전 가민녀석의 일그러지는 얼굴같이 마음이 일그러져 갔습니다.

가민녀석이 가자마자 아이들이 어떻게 알았는지, 한가민이 유서연을 덮쳤다는 소문이 공공연하게 퍼졌습니다. =_=

"서연 누나! 그때 놀이동산에서 사라졌는데…… 그때 그럼……."

그리고 한동안 안 찾아오던 춘삼군마저 달려왔습니다.

"도대체 무슨 말이야!"

전 씩씩대며 가연이와 빨갱이를 쳐다봤습니다. 서로 저를 외면하며 고개를 돌리더군요. 나중에 보자! =O=^

전 애들을 하나하나 만나가며 설명을 했지만 아무도 믿어주지 않더군요.

"유서연. 나좀 보자."

"까아! 왔다, 왔어!"

가민녀석, 검은 오로라를 팍팍 풍기며 나타나더군요. 난 이제 죽었다. ㅠ_ㅠ;

가민녀석에게 거칠게 끌려 나가 복도를 걸어가는데 휘휘~ 휘파람 소리와 눈물을 흘리는 여자애들 몇몇을 볼 수 있었습니다. =_=^ 나중에 이것들, 두고 보자. 된장 한 스푼씩 먹여버릴 테다!

가민녀석, 학교 가로수 길 벤치에 저를 앉히곤 제 옆에 앉았습니다.

"도대체 알 수 없는 괴소문에 대해서 이해할 수 없다. 우리가 제일 찐하게 한 거라곤 입술 살짝 맞댄 것밖에 없다고 생각하는데?"

가민녀석, 숨을 들이키고 진정하는 듯하더니 다시 잇습니다.

"니가 직접 증언을 했다고 들었다."

목소리가 차가워집니다.

"너 미쳤냐?"

"그…… 그러니까 일부러 그런 게 아니라……. 으…….."

제가 일주일 전의, (벌써 일주일 동안 소문이 눈덩이처럼 불어났습니다 ﹣_﹣;) 빨갱이와 엽기 미스 깡녀에게 한 얘기를 더듬더듬 말했습니다.

"너도 참."

가민녀석 머리카락을 쓸어올리더니 말하더군요.

"소문이란 건 가만히 있으면 저절로 가리앉게 되어 있어. 니 입 아프게 변명하지 말고…… 그냥 가만히 있어."

가민녀석 씨익 웃으며 돌아가더군요. 잘 정돈되어 있던 머리카락에 층을 많이 주고 진한 검은색으로 염색한 녀석. 아아, 저 녀석은 어떻게 해도 멋이 있습니다.

교실로 들어오니 한술 더뜬 질문이 몰아칩니다.

"뭐야 뭐야! 같이 키우기로 했어?"

그 사이, 제가 아기를 낳았다는 소문까지 퍼졌나 봅니다. =_=;;;;;;

#31

얼마나…….
얼마나 사랑하는지 당신은 모릅니다.
그저 말로만 화려하고
거창하게 사랑하는 것이 아니라
정말 내 전부를 다한 사랑이라는 것을…….
당신은…… 알지 못합니다.

"서연씨. 뭐 만드시는 겁니까?"
"응? 아~ 춘삼이 왔구나! 이거 내가 직접 팔찌 만드는 중이야. 빨강이가 시켰지 뭐야."
춘삼이는 제 책상 앞에 앉아 제가 하는 것을 열심히 보더군요. 요즘 들어 많이 친해지고 서로를 이해하고 있는 저와 춘삼이입니다.
가민녀석은 저와 춘삼이가 같이 있는 게 몹시 맘에 안드는 듯 쳐다보지만.
"춘삼이는 좋은 여자친구 같아!"
네. 춘삼이는 저와 같이 수다도 같이 떨어주고 가끔 같이 뜨개질도 하는, 남자지만 여자친구 같습니다.
"여자라니요."
전 그런 춘삼이를 웃으면서 바라봤습니다.

체육시간에 농구를 하는 가민녀석을 쳐다보며 반대편을 응원했습니다. =_=

"야! 너 누구 응원하는 거냐!"

"당신과 싸우는 쪽."

"저게 진짜……."

가민녀석 드리블을 하다가 저에게 공을 퍼억 날리더군요. 터엉 하고 머리를 맞았습니다.

"너, 나 쳤냐!?"

전 날아온 농구공을 다시 집어들어 퍼억 던졌습니다. 가민녀석 터억 능숙하게 잡더니 씨익 웃더군요.

아악! 짜증나! (지고는 못 사는 성격입니다. -_-;)

그런데…… 왜 내 주위의 여자애들 얼굴이 빨개지면서 고개를 푸욱 숙이고 있을까?

"가민 선배 웃는 거 봤어? 야야……. 나 못 살아. 요즘 들어 더 자주 귀엽게 웃는디야."

"예전도 멋있지만 지금 더 멋있어. 감동이야, 감동……. 체크체크……."

어쭈. -_- 전 중얼거리는 두 여자를 가만히 째려봤습니다. 두 여자는 제 눈빛을 느꼈는지 후다닥 멀리 떨어지더군요.

난 내 남자 누가 얘기하는 거 싫어. (가민녀석과 똑같구만. -0-)

체육시간이 끝났습니다.

"너 때문에 진 거 아니냐! 남자친구가 있는 쪽을 응원해야 되는 거 아니냐고!"

"내가 미쳤냐?"

"이게 또 반말이야!"

"때리려고? 이씨! 때려 봐! 돈 있으면 때려 봐!"

저와 가민녀석, 으르렁거리고 있는데 주위는 익숙하다는 듯 쳐다보더군요.

"너 한 마디만 더하면 맞는다."

"내가 왜! 왜!"

저에게 꿀밤 한대 먹이려고 인상 쓰는 녀석을 보며 두눈을 부릅떴습니다. 녀석, 그냥 가만히 운동장 저편의 교문 쪽을 쳐다보더군요.

뭐야.

미끈해 보이는 검은색 승용차가 운동장으로 들어와 저와 가민녀석 앞에 서더군요.

"안녕. 며늘아가."

"아…… 안녕하세요."

가민녀석 아버지였습니다. =_=

저는 고개를 꾸벅 숙였는데 가민녀석 가만히 지 아빠를 쳐다보더군요. 제가 옆구리를 쿡쿡 찌르며 인사하라고 시켰지만 지 아빠를 빳빳하게 쳐다볼 뿐입니다.

"저 여자는 누굽니까."

"저 여자라고 하지 마라. 네 엄마다."

검은색 차안에서 내린 여자는 하얀 옷을 입고 긴 생머리를 가졌습니다. 미인이었습니다.

우와……. 우아하게 생기셨다. ㅇ_ㅇ 저 여자가 가민녀석의 서른 번

째 엄마인가. =_=;;

가민녀석 무표정하게 그 여자를 쳐다보며 비웃음을 머금었습니다. (정말 재수없어 보였습니다. −_−;)

"저 여자…… 제가 또 쫓아볼까요 아버지?"

"한가민. 한 번만 더 네 엄마한테 치욕스러운 짓 하면 그땐 용서 안 한다."

뭐…… 뭐야. =_=; 무슨 짓을 했는데. 제가 가민녀석을 쳐다보자, 가민녀석 주먹을 꽈악 쥐더군요.

그리곤 휘익 가버리는데 제가 따라가려고 하자, 터억 하고 제 손을 잡고 찡끗 윙크를 하시는 가민녀석 아부지입니다.

"나랑 얘기 좀 할까?"

가민녀석 아버지는 제 손을 이끌어 차에 태우고 어디론가로 가셨습니다.

"저…… 저, 학교 수업 남았는데요."

"내가 보기엔 서연학생 노는 아이 같은데?"

정확히 보셨습니다. =_=;

"아니에요. 저 수업 잘 들어요."

저를 보며 살짝 웃으시는 가민녀석 30번째 엄마. 가민녀석, 정말 복잡한 가정에서 자랐구나.

어느 공원에서 갑자기 차가 멈추고 가민녀석 아버지는 저만 데리고 내리셨습니다.

"저기…… 하실 말씀이 뭔가요?"

가민녀석 아버지는 붉은색 머리카락을 쓸어올리며 (이럴 땐 진짜 닮았다 -_-;) 말했습니다.

"가민이 인기 많지?"

"그거 물어보시는 거라면 그냥 가겠습니다."

"농담이었어." ^o^"

정말 순진한 웃음이십니다. =_=^;;

가민녀석 아버지는 웃음을 거두고 저를 잠시 쳐다보다가 말했습니다.

"한가민이란 남자 아나?"

무슨 소리야. 제가 멀뚱히 쳐다보자 이렇게 덧붙입니다.

"한가민이란 녀석. 널 아프게 할 거다."

저는 떨리는 눈으로 쳐다봤습니다. 그리곤 한숨을 쉬며 조용히 말했습니다.

"솔직히, 한가민 선배 아버님. 그거 너무 진부하다고 생각하지 않으시나요? 그래서, 헤어지라구요? 절대 못 헤어지는데요."

가민녀석 아버지는 피식 웃으며 말했습니다.

"그래. 다른 방식으로 말하지. 좋아한다고 했지, 가민이랑?"

"네. 사랑하는데요."

"한가민이란 녀석에게 사랑이란 단어는 존재하지도 않아."

진지하게 절 쳐다보는 눈빛 때문에 전 약간 목소리가 떨렸습니다.

"왜 그렇게 생각하시는데요?"

"헛소리 같은 감정이라고 생각하는 녀석이지. 나에게 말했어. '난 당신 같은 남자를 저주한다'고. 너도 느꼈겠지만……. 그 자식 내가 걸어왔던 길을 하나씩 하나씩 고스란히 밟아가고 있어."

전 묵묵부답 듣고만 있었습니다.

그건…… 맞으니까. 여러 여자 울리고…… 여러 여자 상처주는 녀석……. 맞으니까.

"여자가 우는 거랑 상처받는 거 정말 싫어하는 녀석이지. 아마 지진짜 엄마를 보고 그런 건지도 몰라. 하지만 자기 자신이 상처를 준다는 걸 모르고 있지. 아니, 둔할 정도로 자각하지 못하고 있지. 자신은 상처주지 않는다고 생각하는 행동이 상처를 주고 있다는 걸 몰라."

"그래서요. 하…… 한가민이 너한테 상처줄 테니까 헤어져라 이건가요? 웃기지 마세요. 이미 예전에 상처받을 대로 받았으니까. 그리고 가민 선배가 말했어요. 상처 줄지도 모르는데 괜찮냐고……. 전 괜찮다고 했어요."

가민녀석 아버지는 저를 조용히 응시했습니다.

"넌 너 자신이 지쳐가고 있다는 길 잊고 있거나. 가민이가 부담스럽고 힘들 때도 있을 거야. 아, 그리고 한 가지 더 있구나."

이번에는 잔인할 정도로 웃음이 차가웠습니다.

"성진아라고 아나?"

제가 흔들리는 눈으로 쳐다보니 저주스러울 정도로 미운 미소를 지으며 말했습니다.

"성진아란 이름에 민감하게 반응하는구나. 그렇게 싫은 사람인가 보지? 어떡할까……. 불쌍해서……. 난 내 아들을 잘 안다."

"그만, 그만하세요. 저 그만 들을래요."

내 마지막 행복을 깨뜨리지 마. 내 행복을 부숴버리는 말은 더 이상 하지 마. 나에게 금기시킬 정도로 마음속에서 잊어버리려고 애쓰던 말. 그 말이 나왔습니다.

"한가민이란 남자는 성진아 하나뿐인데……. 어떡할 거냐. 유서연."

순간 눈물이 투툭 하고 떨어졌습니다. 손으로 입을 막고 눈물을 참 으려고 애쓰지만 눈물은 이때를 기다렸다는 듯 마구 쏟아지더군요.

"가민이는 내 아들이다. 성격도 아주 똑같지. 나는 내 첫사랑인 첫 째부인을 아직도 못 잊고 있거든. 가민이도 성진아란 애……. 아주 마 음속 깊이 감추고는 있지만 언제 다시 꺼낼지 모르거든."

"그만해요. 알고 있으니까…… 그만해요."

"넌…… 이미 한가민을 버렸어."

무슨 소리냐는 듯 쳐다보았습니다.

"사랑하는 사람을 의심하고, 믿지 않는 것만큼 죄악은 없거든."

마음속에서 콰앙 하고 엄청난 힘이 저를 눌러 왔습니다. 전 눈물을 흘리며 말했습니다.

"불안했어요. 감추려고 했지만 불안했어요. 나를…… 떠나버릴까 봐. 성진아란 사람…… 못 잊은 건 아닐까. 바보같이 불안했어요. 하지 만…… 한가민이란 남자 떠나버리면…… 나, 안 돼요. 뺏어가지 마요. 내가 웃을 수 있게 만들어준 사람을……."

눈물을 뚝뚝 흘리며 말하는데 비수 같은 말이 또 날아왔습니다.

"악역은 최대한 웃으면서…… 그 남자를 떠나주는 거야."

 # 32

날 화나게 만들지 마.
날 미치게 만들지 마. .
날 울게 만들지 마.
날 떠나지만 않으면 돼.

조용한 침묵. 계속되는 바람소리.

"전……. 악역이란 말이 이해가 가지 않았어요."

가민히 저를 쳐다보는 눈빛이 있습니다.

"왜…… 악역이란 말은 언제나 눈물이란 말부터 생각나는지. 왜 언제나 사라져 줘야 하는지……. 전…… 이해 못했어요."

"그래서. 지금은 이해하겠다…… 이건가?"

전 눈물을 다시 투툭 흘리며 고개를 끄덕였습니다.

"알고 보니까……. 사랑을 잊지 못하더군요. 지가 미칠 정도로 좋아하면서 그 좋아하는 사람의 마음은 얻지도 못하고 붙잡기만 하는, 그런 바보 같은 존재구요."

전 한숨을 쉬며 피식 웃었습니다.

"괜찮은가 보군."

전 고개를 휘휘 저었습니다.

가민녀석……. 슬프거나 아플 때 웃어버린다고 했지……. 그래. 나 지금 웃고 있어. 웃으면 괜찮아지겠지. 웃음이란 방패막이로 눈물이란 칼을 막으면 되는 거야. 그래. 어쩔 수 없구나.

전 벌떡 일어났습니다. 벌써 어두컴컴해진 시간입니다.

"지금…… 전 당신이 진짜 죽도록 미워요."

가민녀석 아버지, 절 빤히 쳐다보더군요. 전 눈물을 흘리며 말했습니다.

"하지만…… 가민녀석과 닮은 눈으로 그렇게 슬픈 표정으로 날 쳐다봐 주었기 때문에……. 입으로 하는 그 말씀은 차가운 말뿐이었지만…… 날 걱정해 주는 그 눈 때문에…… 나 참는 거예요. 제가 가민 선배와 끝낼게요. 하지만…… 한 가지 소원만 들어줘요."

전 눈물을 참으려고 애쓰며 말했습니다.

"가민 선배…… 아프게 하지 마세요. 다시는…… 슬픈 웃음 짓게 하지 마세요. 가민 선배…… 아버지로서…… 사랑해 줘요."

전 저를 뚫어지게 쳐다보는 가민녀석 아버지를 마주보며 씽긋 웃으며 말했습니다.

"가민 선배랑…… 정말 많이 닮으셨어요."

전 그 말을 남기고 조금씩 걸어갔습니다. 눈물이 앞을 가렸습니다. 이미 체육복은 눈물범벅이 되어버렸습니다.

그래, 미안. 모든 건 내 잘못이었어. 내가…… 억지로 꿰어 맞추려고 했던 퍼즐이 결국은 흐트러지고 만 거야. 처음으로…… 돌아가버린 거야.

"유서연. 너…… 왜 울고 있는 거야."

멍하니 가민녀석의 집으로 향하고 있는데 가민녀석이 제 손을 꽈악 붙잡고 쳐다보았습니다. 눈물이 주르륵 흘렀습니다.

"서연아……."

전 제 이름을 부르는 가민녀석의 목소리를 듣자마자 마음속으로 다짐했습니다. 안돼. 흔들려서는 안돼. 전 눈물을 쓰윽쓰윽 닦았습니다. 유서연…….

"왜 우는 거야. 뭐가 그렇게……."

전 눈물을 참고 심장을 진정시켰습니다. 진정해 유서연. 이렇게 나가면 안돼.

"우리…… 이제 끝내자."

최대한 잔인하고 독해 보이도록. 정말…… 짜증나도록 나 같은 애 꼴도 보기 싫어 보이도록.

전 달아오른 눈을 치켜뜨고 가민녀석을 밀치며 말했습니다.

"나…… 너 가지고 논 거야. 몰라? 나…… 니가 내 뺨 때린 뒤로 한 품었어. 정말……. 웃기게도 너 내 휘둘림에 잘 휘둘리더라?"

날카롭고 웃긴다는 목소리로, 비웃음을 날리면서 말하는 거야. 그렇게. 그래…… 잘하고 있어 유서연.

"니 첫사랑 성진아랑도 완벽하게 끝내고 이제. 정말 끝났네? 한가민. 너 돌아갈 데도 없어졌잖아? 너란 남자 진짜 지겹다. 그리고 웃겨. 니가 그랬지? 여자들이 원하는 대로 해준다고. 어떡하지? 넌 내가 원하는 대로 해주었네?"

말없이 저를 쳐다보는 가민녀석입니다. 눈이 흔들립니다.

미안. 미안해……. 하지만…… 난 안돼.

"안녕. 한가민. 그 동안 즐거웠고 재밌었어."

피식 웃으며 뒤돌아섰습니다. 입술을 꽈악 깨물었습니다. 눈물아…… 흘러내리지 마. 울지 마. 울면 안돼.

"유서연……. 가지 마."

순간적으로 다리가 엉키려고 했지만 정신력으로 버티면서 걸었습니다. 그래…… 그냥 가버리는 거야.

"가지 말라고! 날…… 가지고 놀아도 되니까 가지 마."

지금 이 순간. 귀머거리가 되는 거야. 아무런 소리도 못 들어버리는 귀머거리가. 그래…….

제 어깨를 잡는 손길이 느껴져 뒤도 보지 않고 탁 치고 가려는데 그 손길이 저를 끌어안았습니다.

"어디 가……. 니 남편 여기 있는데 어디 가, 유서연."

"놔."

가민녀석 제 어깨를 더욱 더 강하게 끌어안더군요. 그리고 제 머리카락에 얼굴을 묻어버리더군요.

전…… 조용히 중얼거렸습니다.

"너란 남자. 정말 싫어."

어느새…… 어깨를 감싸고 있던 손길은 풀어지고 가민녀석은 눈물 고인 눈으로 저를 쳐다보고 있습니다.

전 더 이상 마주보지 못하고 고개를 돌려버렸습니다. 그리고 그냥…… 가민녀석 옆을 지나갔습니다.

그냥 지나갔습니다.

 # 33

이제 괜찮을 거야.

눈물도 서서히 멈추어가고 있어.

어쩐지…… 널 잊은 거 같기도 해.

하지만 널 보면……

또 다시 눈물을 흘릴까 봐 두려워.

"유서연. 너……. 너 정말 내 친구 맞냐?"

"뭐가?"

다음날입니다. 여전히 아침은 다가왔습니다. 가연이 오자마자 제게
말합니다.

"소문 쫙 났어! 니가 가민 선배 가지고 놀았다매! 진짜야?"

"어."

그래. 나쁜 어자는 나 하나만 할게. 나쁜 짓거리 뒤집어쓸 여자. 내
가 다 뒤집어쓸게.

"유서연, 솔직히 말해. 거짓말이시?"

"아니. 진짜야."

가연이는 저에게 잔뜩 실망한 표정을 짓더니 휙 나가버리더군요.

하…… 친구도…… 사랑도 다 떠나는구나. -0-.. 그래. 그냥 날 가
만히 내버려 둬라. 맘대로 욕해라.

가연이가 말없이 다시 돌아왔습니다.

"왜…… 그런 거야."

전 말없이 가연이를 쳐다보며 씽긋 웃었습니다. 엽기 미스 깡녀는

제가 웃는 것을 보더니 열받아했습니다.

"좀 진지해보라고!"

"한가민이란 남자랑 나는 이제 정말 끝입니다. 박가연씨."

엽기 미스 깡녀는 마구 화내던 걸 멈추고 저를 쳐다보았습니다.

"너…… 그런 말을 웃으면서 할 수 있냐?"

그래. 모든 걸 포기하면 웃음밖에 안 나오나 봐. 가연이는 그냥 말없이 오늘 하루 제 옆에서 가만히 있어주더군요.

빨갱이도 제 머리를 쓰윽쓰윽 만지며 위로합니다.

"네 죄를 사하노라."

학교가 파할 즈음 저와 가민녀석에 대한 수근거림이 조금씩 멈추어가고 있었습니다. 가방을 메고 같이 가자는 가연이와 빨갱이에게 혼자 가고 싶다고 말하곤 타박타박 걸어가는 중입니다.

"어? 강아지."

제 집앞에 서있는 아지놈, 말없이 저를 차갑게 쳐다보더니 그냥 가버리더군요.

욱씬거린다. 심장이.

고개를 숙이고 있다가 집앞을 쳐다보니 우물쭈물대며 저를 쳐다보고 있는 춘삼군이 있었습니다. =_=.

"아얏! 서연씨!"

저는 말없이 웃었습니다. 춘삼군은 얼굴이 빨개져서 저를 빤히 쳐다보았습니다.

"하…… 한가민이란 캔디바. 그 자식을 가지고 노셨다는 소문이 파다합니다.”

“맞아.”

그런데 웬 캔디바? 춘삼군은 갑자기 진지모드 얼굴로 변했습니다.

“그럼 그 자식이랑 깨졌겠네요?”

전 말없이 고개를 끄덕였습니다. 춘삼군은 저를 똑바로 쳐다보았습니다.

“저에게…… 기회가 있습니까?”

전 아무 말도 못하고 그저 춘삼군을 쳐다봤습니다. 내가 거절하면…… 춘삼군은 상처받을거야. 울고 말거야. (가민녀석과 생각이 닮아가고 있습니다.)

“그래.”

춘삼군의 얼굴이 환하게 밝아졌습니다.

괜찮아. 난 아파도…… 다른 사람은 기뻐하니까.

춘삼군은 덥석 제 손을 잡았습니다.

“내일 어디 갈까요? 놀이동산? 이니 아니 공원에 놀러 갈까요?”

“아무데나 좋아.”

“와아!”

전 기뻐하는 춘삼군을 보다가 말했습니다.

“저…… 노…… 놀이동산은 안 가고 싶어.”

“에? 아무데나 괜찮다면서요.” (놀이동산 가려고 했던 듯 -_-;)

“아니 그냥…… 가고 싶지 않네. 미안.”

하필…… 가민녀석과의 첫 데이트가 놀이동산이었을까. 왜 금기장

소가 되어버린 건지.

"괜찮아요~ 괜찮아~ 그럼 다른 데 가지요~."

방방 뛰며 저에게 내일 바로 데이트하자고 말하는 춘삼군에게 웃으면서 인사를 하고 들어왔습니다.

맞벌이를 하시는 부모님 덕분에 집에 아무도 없습니다. 무남독녀인 덕분에 동생이나 언니 오빠 등 상담할 사람도 없습니다. -_-;

"휴……."

물을 한 컵 마시고 가만히 서있습니다. 솔직히 말하자면, 지금 내가 어떻게 이 자리에…… 이곳에서 이렇게 정상적으로 행동할 수 있는지 의아스럽습니다. 마음은 쓰러질 것 같은데 지금 내 몸은 어떻게 평소대로 행동할 수 있는 건지 웬지모를 회의감이 느껴집니다.

"그런 말…… 하지 않는 거였는데……."

정말 싫다는 말. 말없이 눈물 고인 눈으로 날 쳐다보던 가민녀석의 모습이 떠올랐습니다.

아니 잘한 거야. 나만 빠져주면…… 가민녀석은 잘될 거야. 자기 아버지랑도 잘될 거고, 진아 선배랑도 다시 사귀게 되겠지.

"유서연. 넌 정말 악역이란 단어가 잘 어울리는 애다. 아주 정말…… 큭……."

그렇게 힘들어하는 녀석의 모습을 보고도 멀쩡하게 행동하는 나 자신을 보면…… 정말 난 나쁜 여자다. 정말 나쁜 여자야.

전 또 다시 환하게 웃었습니다. 눈물이 흘러내리려고 할 때 웃어버리면…… 눈물이 그대로 멈추더군요. 최대한 즐겁게 웃어버리면.

#34

"서연씨~ 이거 한번 먹어 보세요! 진짜 맛있어요."

오늘은 춘삼군과의 데이트날입니다. 레스토랑에서 돈까스를 먹고 있는데 저에게 직접 먹여 주려고 춘삼군이 애를 쓰고 있습니다. =_=;

"아…… 아니야. 내가 알아서 먹을 수 있어."

"에이~ 그냥 먹어 봐요!"

전 찡얼대는 춘삼군의 부탁에 따라 냉큼 받아먹었습니다. 주위의 따가운 시선을 받으며. ─_─;

"와아~ 잘 먹는다!"

춘삼군, 환하게 웃더군요.

밥을 먹고 춘삼군과 함께 자전거를 타려고 했습니다. 춘삼군, 갑자기 타려다가 말고 자전거 뒤에 올라타 있는 저를 보고는 말했습니다.

"왠지 나 혼자 좋아하는 거 같아."

왠지 쓸쓸한 듯한 춘삼군의 말에 진 고개를 푹 숙여버렸습니다. 춘삼군은 제 반응에 허둥거리더군요.

"아아! 농담한 거야, 농담!"

전 그냥 웃어버렸고 자전거 페달을 밟는 춘삼군의 발소리가 힘차게 들려왔습니다. 바람이 불어왔습니다. 전 아무 말 없이 자전거 뒤에 그저 멍하니 앉아 있었습니다. 그러다 갑자기 소스라치듯 놀랐습니다. 그리고 힘차게 달리던 자전거에서 펄쩍 뛰어내렸습니다.

"유서연! 어디가!"

"아야야······."

엎어지긴 했지만 전 다시 벌떡 일어나 허둥대며 달렸습니다. 춘삼군이 놀라서 좇아오려고 했지만 지금 전 미친 듯이 뛰고 있습니다.

진한 검은색 머리칼, 큰키, 조금씩 풍기는 녀석의 오렌지향······.

"한가······."

저도 모르게 이름을 부르려는 순간이었습니다. 제 손을 거칠게 잡고 무섭게 쳐다보는 춘삼군이 앞에 있습니다.

"유서연······. 우리 사귄 지 벌써 한 달이 지났어."

"알아."

"넌 내 여자 친구야! 한가민 여자 친구가 더 이상 아니라고!"

귀를 윙윙대며 울려대는 말에 전 눈물이 나오려고 했습니다.

그래. 잊기로 했었지. 바보같이······.

"미안······ 미안해."

춘삼군은 저를 말없이 집까지 데려다 준다고 했습니다.

그날 하루 데이트는······ 아니, 언제나 그랬지만 저 때문에 망쳤습니다. 어두컴컴한 길을, 둘이 아무 말 없이 걷고 있었습니다.

"야야! 여자가 아깝다, 야."

"이리 와 볼래? 잠깐 나랑 얘기 좀 하자."

헉! =_=; 동네 깡패입니다. 전 무시하며 지나가려고 했는데 춘삼군 -_- 참지 못했습니다.

"이 새끼들이 뭐라고 지랄거리는 거야!"

몇 분 뒤입니다.

"그만! 그만 때리라고! 하지 마!"

저를 잡아두고, 춘삼군이 5명에게 밟히고 있습니다. 전 절 잡고 있는 녀석에게, 놓으라고 때리지 말라고 미친 듯이 말했지만 녀석들은 징그럽게 웃을 뿐입니다.

"아가씨는 따로 갈 데가 있……."

그때였습니다. 갑자기 퍼억 하는 소리와 함께 떡이 된 춘삼군을 들처메는 손길이 있었습니다.

눈앞에 보이는 어떤 사람, 춘삼군을 다른 쪽에 놔두고 자기도 맞으면서까지 싸우는 사람, 전 눈물을 흘려버렸습니다. 너…… 왜 이렇게 잔인하니.

"잡고 있는 손 놔."

잔뜩 상처 난 얼굴, 모래로 뒤범벅이 된 교복……. 걸어오는 것조차 힘들어 보입니다.

저를 붙잡고 있던 깡패녀석, 쫄았는지 후다닥 달아나더군요.

전 멍하니 가민녀석을 쳐다봤습니다.

변함이…… 없구나.

"한가민……."

저에게 손을 뻗으려고 하던 녀석이, 다시 손을 접고 무표정하게 말했습니다.

"니 남자친구 구했다."

전 그냥 말없이 가민녀석을 쳐다볼 수밖에 없었습니다.

아프다.

하지만…….

"왜…… 도와준 거야."

가민녀석, 피를 뚝뚝 흘리면서 가더군요. 제가 조심스럽게…… 떨리는 목소리로 물어보자 대답했습니다.

"너니까…… 빌어먹을……. 나 너 못 잊어. 미안하지만."

전 가민녀석의 뒷모습을 보다가 털썩 주저앉아 버렸습니다.

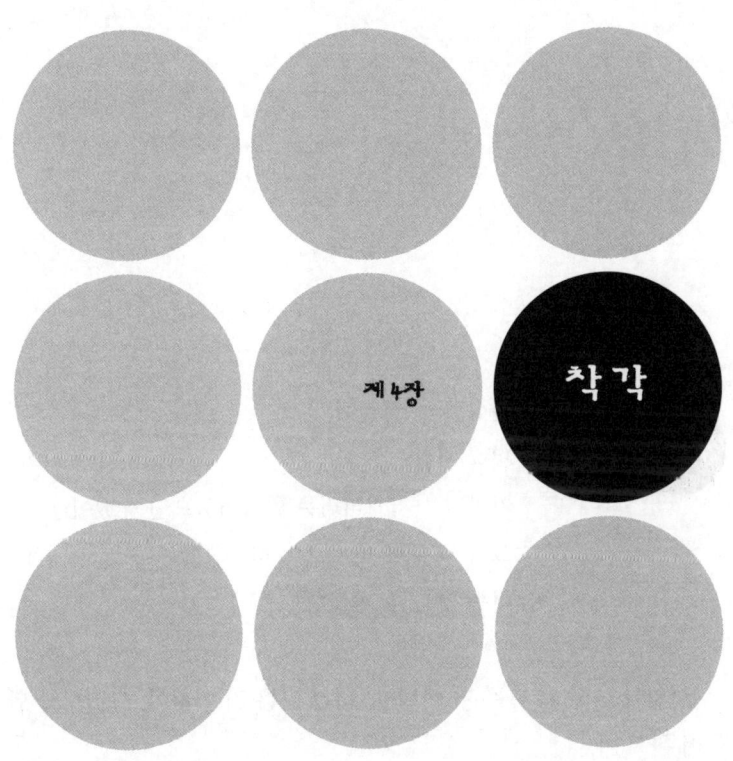

제4장 착각

#35

환상일까. 꿈일까.
너란 사람……
차라리 사라져버리는 환상이었으면 좋겠어.
그럼 그 뒤에 다가오는 허무함에
너를 잊을 수 있을까?

"서연아……. 넌 나쁜 거 아니야. 니가 나쁜 거 아니야. 그러니까 힘들어 하지 마."

풀썩. 전 테이블에 얼굴을 묻어버렸습니다. 우울해하는 저를 위해 나이까지 속여가며 호프집에 데리고 온 가연이와 빨갱이입니다.

전 엄청난 술을 진탕으로 마셨습니다. 처음 마시는 술, 미친 듯이 퍼부었습니다. 아예 쏟아부었습니다.

"놔둬. 더 마시라고 해."

"박가연. 애 맛가는 거 보고 싶냐?"

전 테이블에 얼굴을 기대고 가만히 눈을 감았습니다.

여러 가지 일들이 겹쳤습니다.

가민녀석⋯⋯ 예전에 니가 이랬구나. 복잡하고 힘들었구나. 이젠 흘릴 눈물도 안 남았어. 그저 마음만 쓰리고 힘들 뿐. 그래⋯⋯ 이게 '익숙' 이라는 거구나.

"유서연. 내가 한마디만 할게."

엽기 미스 깡녀의 소리가 들렸습니다.

"지금 니가 춘삼이와 사귄다는 거. 굉장히 잘못 선택했어. 그래. 니맘 알아. 춘삼이 상처 주고 싶지 않았다는 거. 하지만 그게 오히려 더 상처를 깊게 줬어. 알고 있지? 자각하고 있을 거야. 넌⋯⋯."

"박가연. 그만 말해. 왜 상처를 더 깊게 만들려고 그래."

"빨갱이 넌 가만히 있어. 춘삼군의 상처도 그렇지만 지금 가장 힘든 건 가민 선배일 거야. 한가민이라고. 유서연, 니가 아니면 죽고 못사는 한가민."

가만히 눈을 감고 테이블에 기대어 있는 제게 가연이 말했습니다.

"지금 넌 두 사람에게 깊은 상처를 주고 있어. 어쩔 수 없어. 양자택일이야. 두 사람 중 한 명은 아파하게 되어 있어. 두 사람 다 아프게 하지 말고 최대한 빨리 결정해."

이번엔 빨갱이가 거들었습니다.

"내가 낄 상황은 아니라는 거 알지만⋯⋯. 서연아, 한 가지 중요한 것은 니 감정대로 행동하란 거야. 억지로 미소 짓고 억지로 웃지 말고. 니가 자연스럽게 웃을 수 있는 사람 앞에 서있으면 좋겠어."

전 비틀거리며 집으로 걸어가고 있습니다. 양자택일⋯⋯. 두 사람 중 한 사람은 아파하게 되어 있다.

전 한숨을 쉬며 벽을 잡고 걸었습니다. 그런데 퍼억 하는 소리와 함께 비틀거리며 입가를 닦고 있는 가민녀석이 보였습니다. 전 저도 모르게 벽 뒤로 숨었습니다.

"덤비라고! 왜 맞기만 하고 그렇게 쳐다보는 건데!"

입가를 닦는 가민녀석 앞에서 춘삼군이 주먹을 쥐고 달려들려고 하더군요.

맞는다! 전 눈을 꽈악 감았습니다. 퍼억 하는 소리 대신 주먹을 타악 막는 소리가 들리더군요. 두 사람, 대치하고 있었습니다.

"모든 걸 다 안다는 눈으로 날 쳐다보지 마."

춘삼군이 조용히 말했습니다. 가민녀석 아무 말도 안하고 춘삼군의 주먹을 내리쳤습니다.

"지금 난 널 죽어라 패고 싶다. 하지만⋯⋯ 널 때리면 유서연이 울어. 너⋯⋯ 유서연 남자 친구잖아."

"알면서 왜 집적대는 건데!"

또 다시 퍼억 하고 주먹을 날리는 소리가 났습니다. 가민녀석, 또 아무런 저항없이 맞더군요. 터진 이마에서 떨어지는 피를 그저 가만히 내버려두며 말했습니다.

"유서연 사랑하니까 그런다. 절대 포기 못해."

"개자식."

춘삼군은 숨을 들이키면서 말하더군요.

"유서연은 널 가지고 놀았어. 배신감 느껴지지 않아? 걔 너한테 더럽게 대했다고. 자, 어때. 포기하고 싶은 마음 안 들어?"

전 숨어 어이없는 웃음을 흘렸습니다. 김춘삼……. 실망이다.

"그래서…… 어쩌라는 거냐."

가민녀석, 조소를 흘리며 말하더군요.

"니가 사랑하는 여자가 나 놀렸다고 니 입으로 말하냐? 한번만더…… 그딴 소리 지껄이면 넌 진짜 죽는다."

춘삼군 몸이 얼어붙은 듯 가만히 있더군요.

"넌 지금 서연이 남자친구만 아니었으면 내 손에 죽었어. 김춘삼. 유서연이 그렇게 좋으면 좋아한다는 거 조금이라도 티 내야 하는 거 아니냐? 내 눈엔 그냥 갖고 싶어하는 소유욕밖에 없는 걸로 보인다."

가민녀석, 성말 시 아빠를 쏙 빼닮았습니다.

"왜. 정곡을 찔렀나?"

"꺼져!"

가민녀석은 피식 웃으며 춘삼군을 쳐다보더군요. 전 더 이상 안되겠다는 생각이 들어 두 사람에게 다가갔습니다. 가민녀석, 춘삼군, 저를 정말 멍하게 쳐다보더군요.

"서…… 서연아. 아까 내가 한 말은……."

전 춘삼군을 흘깃 본 뒤 가민녀석에게 눈길을 돌렸습니다. 그리고 한숨을 쉬며 다짐했습니다. 또…… 다시 네게 상처를 주어야만 한다.

"한가민. 자꾸 이러지 마. 너 이러는 거, 정말 내 생각으로 이해가
안 간다."

전 가민녀석을 또렷하게 쳐다보며 냉정하게 말했습니다.

"우리 끝났어. 이해 못해? 너랑 나 완전히 끝나버렸……."

가민녀석 갑자기 제 손을 끌어다 입을 맞추었습니다. 전 놀라서 녀
석을 파악 밀어버렸고 가민녀석은 잡고 있던 제 손을 더욱 더 꽈악 잡
았습니다.

"다시 나한테 돌아오게 만들겠어."

전 가민녀석이 잡고 있던 손을 뗄 수가 없었습니다. 몸이 얼음처럼
굳어버렸기 때문에. 녀석의 손길에 더 이상 몸을 움직일 수 없었기 때
문에.

"선전포고군. 예전의 유서연을 보는 거 같아."

"그러게. 가민 선배가 그렇게까지 말했다면 그거
정말 대단한 일이야."

어제 일을 얘기하자마자 두눈이 동그래지며 멋있다는 둥 괜찮은 남
자라는 둥 가민녀석 칭찬을 헐레벌레 흘려놓는 두 여자입니다.

"그래도 안돼. 내가 잘못한 일인걸. 내가 안 끼어들었으면 진아 선
배랑 가민녀석…… 잘 되었을 거야."

웃긴다는 듯이 저를 쳐다보는 엽기 미스 깡녀입니다.

"유서연. 너 모르겠어? 한가민 선배, 지금 너 사랑한다고."

퍼엉! *ㅇㅁㅇ*(-_-;)

"그…… 그래도 안돼! 내…… 내가 잘못한 거야. 그리고…… 심한 말도 해버렸고."

전 쓸쓸하게 웃었습니다. 가지고 논다는 말, 정말 싫다는 말……. 많이 아프겠지. 그러면서도 왜 날 잡는 거니. 우울한 표정을 짓자마자 빨갱이 저의 볼을 쭈욱쭈욱 잡아당겼습니다.

"내가 말했지. 니가 끌리는 감정대로 행동하라고. 니가 말했잖아. 가민 선배 아버지가 말했다고. 그 사람은 지 아들을 잘 안다고 했지만 잘 모르는 게 하나 있었어."

전 모르겠다는 듯 빨갱이를 보았습니다. 빨갱이 환하게 미소를 지었습니다.

"마음 준 여자한테 모든 걸 준다는 거. 그거 내가 가민 선배랑 3년 동안 같이 다녀봐서 알아."

"지…… 진아 선배랑은 안 됐잖아."

"그러니까 넌 특별한 케이스지. 가민 선배의 마음을 니가 어떻게 빼앗았는지 나도 궁금하다."

솔직히, 녀석의 행동에 저도 헷갈려 했던 적 많았습니다.

휴…… 모르겠다. 지금은 다 모르겠어. 그때 춘삼이의 행동과 말……. -_-;; 전 이해할 수 있었습니다.

가민녀석이 진아 선배에게 관심을 가질 때…… 저도 그랬으니까요.

진아 선배보고 더럽다, 어떻다 소리치고 그랬으니까요. 가지고 싶은 걸 못 가지면 그렇게 되어버리더군요. (경험자 −_−;) 조금 열받기는 하지만. −_−^

"아지가. 너한테 많이 화난 거 같아. 춘삼이 두 번 상처 주지 말라고 말하더라."

"그래. 아……. 그런데 지훈이 요즘 안 놀러 오네. 무슨 일 있었어?"

가연이 아무 말도 없이 있다가 책상을 주먹으로 콰앙 치고는 사물함 쪽으로 가더군요.

빨갱이와 전 쫄았습니다. (−_−;) 무슨 일이 있었구나. −0−.

전 점심시간에 운동장 쪽으로 나왔습니다. 나오자마자 춘삼군의 얼굴이 보이더군요.

"나랑 얘기 좀 해."

"할 얘기 없어."

춘삼군은 제 손을 우악스럽게 잡더니 학교 가로수 길로 데리고 가더군요.

"이거 놔! 나 혼자서도 갈 수 있어."

춘삼군은 저를 빤히 쳐다보고는 다시 한번 손을 잡고 말했습니다.

"나 버리지 마."

뭐……?

"나 두 번 버리지 말라고. 유서연……. 나 아프게 하지 마. 더 이상 아프게 하지 말라고……."

너…… 왜 이렇게 망가졌니. 전 춘삼군을 안타깝게 쳐다봤습니다.

너 이렇게 된 거…… 나 때문이니. 전 아무 말도 하지 않았습니다.

춘삼군은 제 손을 꽈악 잡으며 말했습니다.

"넌 지금 내 여자 친구야. 한가민이 더 이상 너에게 손을 뻗지 못하도록 할 거야. 아니, 네 곁에 있을 거라고 말하는 기력마저 빠져버리게 만들 거야."

김춘삼……. 너 대체 왜 이래.

"날 버린다면…… 너도 똑같이 버려주겠어."

"너 왜 이래!"

춘삼군이 잡은 손을 파악 떼어내며 소리치는데 춘삼군 제 어깨를 잡고 저를 똑바로 쳐다봅니다.

"니가 날 이렇게 만들었어! 니가 날 이렇게 미치게 만들었다고!"

"그래……. 어떻게 너의 그 미친 정신 돌아오냐?"

갑자기 가민녀석의 목소리가 들렸습니다. 농구공을 들고 걸어오더군요. 가민녀석은 저와 춘삼군을 차갑게 쳐다보더니 제게 농구공을 퍼익 하고 딘지디군요. 전 두 손으로 파앙 농구공을 받았습니다. 멍하게 가민녀석을 쳐다보고 서있는데, 가민녀석 춘삼군에게 다가가더니 멱살을 움켜쥐더군요.

"잘 봐……. 지금 유서연 잘 봐두라고. 나중에…… 서서히 보여주지. 내것이 되어 가는 유서연 모습을."

춘삼군 가민녀석의 멱살을 파악 떼어내며 말했습니다.

"내가……. 가만히 놔둘 거 같냐?"

"너 나 못 이겨."

어디서 그런 자신감이 나오는 거냐. =_=; 한가민.

제가 코웃음을 치며 가민녀석을 쳐다보자 춘삼군 씩 웃습니다.

"난 서연이한테 너처럼 끔찍한 말까진 안 들었는데? 넌 유서연이랑 끝났어. 유서연 이미 내 거야."

욱씬……. 가슴이 욱씬거렸습니다. 가민녀석 화낼 줄 알았는데 의외로 웃음을 흘리더군요.

"누가 니 거래? 유서연이 니 거라고 신신당부했냐? 야, 웃기지 마라. 나랑 사귈 때도 끝까지 그런 말 안하던 애가 너한테 할 리가 없다."

그건 맞습니다. =_=;

춘삼군 주먹을 꽈악 쥐더군요. 가민녀석 조소를 흘리며 머리칼을 쓸어올렸습니다.

"그래. 지금은 니 거라고 해놓지. 하지만……. 나 다시 돌려받겠다. 날 아프게 했든, 날 가지고 놀았든……."

가민녀석 말끝을 흘리더군요. 전 고개를 숙였습니다. 미안…….

요즘 들어…… 저 자신이 약해졌다는 걸 느끼는 중입니다. 머리 속을 짓누르는 미안함…… 그리고 알 수 없는 죄책감…….

"너 잘못한 거 없어."

어느새 제게 다가와 농구공을 가지고 가는 가민녀석입니다.

제가 놀라서 쳐다보자 다소곳하게 말하는군요.

"너 잘못한 거 없어. 내가…… 제대로 행실 못해서 너한테 상처를 준 거니까."

전 아무 말도 못했습니다. 니가 뭘 잘못해. 한가민, 니가 뭘 잘못했는데. 니가 힘들어 하는데…… 나쁜 건…… 잘못한 건 나야. 지쳤다는 핑계로 널 떠났고, 너 아프라고 할 소리 못할 소리 다한 나야.

"서연아!"

춘삼군의 목소리가 들렸지만 귀는 그저 멍멍할 뿐이었습니다.

희미하게 들리는 빨갱이 목소리입니다. 엽기 미스 깡녀와의 대화입니다.

"죽었을까?"

"아니야! 얘가 죽을 리 없어! 얼마나 튼튼한데"

"하긴. 과도한 스트레스랑 탈수증상이라고 했지? 많이 힘들었나봐."

번쩍! 웅성거리는 소리들을 들으며 전 눈을 확 떴습니다.

"아악! 깜짝이야!"

"순간 처키인 줄 알았잖아."

진땀을 흘리는 가연에게 제가 물었습니다. =_=

"여…… 여기가 어디야."

헉! ㅜ_ㅜ 웬 링거입니까.

"가만히 있어. 탈수증세까지 겹쳐가지고……. 너 요 근래 한 달 동안 뭐 먹고 다녔냐?"

"라면."

"잘한다 잘해."

병원이었습니다. =_= 가연이 말로는, 제가 쓰러졌다고 합니다. 18년 동안 쓰러진 적이 없던 제가 과도한 스트레스 탈수 증세 때문에 쓰러졌다고 합니다. -0-;

"진짜…… 가민 선배 얼굴 퍼래져가지고 너를 옮……."

"야!"

가연이 빨갱이의 말을 막았습니다. 전 무표정으로 있었습니다.

가민녀석……. 너 언제나 내 옆에 있구나. 내가 널 떠났어도 너는 늘 내 옆에 있었구나.

가연이와 빨갱이가 나가고 가민녀석이 들어왔습니다. 검정 비닐에 과일을 싸들고 나타났습니다.

"몸은 괜찮냐."

"어."

어색하다……. 가민녀석 -_- 사과를 깎지도 잘라주지도 않고 퍼억 던져 놓더군요.

"그냥 먹어라. 나 칼질 못해."

"줘봐. 내가 깎을게." =_=;

환자가 사과 깎아서 멀쩡하게 건강한 사람을 주다니. =_=; 전 왠지 모르지만 웃기는 이 상황에 피식 웃음이 나왔습니다. 오랜만에 나오는 웃음이었습니다.

가민녀석 사과를 처음 먹어보는 것처럼 아구아구 잘도 먹더군요. 지

가 사오고 지가 다 먹네. =_=^;;

  하지만 전 녀석과 별로 할 말이 없어 사과만 깎고 가만히 침대에 누웠습니다.

  "유서연……."

  "사과 다 먹고 말해."

  더러운 자식. =_=; 눈물 고인 눈으로 날 쳐다보던 그 녀석이 맞냐?

  가민녀석 사과를 꿀꺽 삼키더니 저를 가만히 쳐다보더군요. 전 그 시선을 피한 채 창밖을 바라봤습니다.

  "다시…… 시작하면 안 되냐."

  "안 들은 걸로 할게."

  "서연아……."

  "왜……. 또 너 가지고 놀아줘?"

  쓴웃음을 지으며 녀석을 쳐다보니, 가만히 고개를 숙이고 제가 누워 있는 침대에 얼굴을 기댑니다. 그리고 잔잔하게 말했습니다.

  "그래……. 맘대로 해라."

  "미쳤구나."

  "그래. 나 미쳤다. 왜……."

  한참 동안 아무 말도 없었습니다.

  왜일까. 너랑 같이 있는 것만으로도 마음이 진정되고 편안해져. 지금 이 시간이…… 그냥 흘러가지 않았으면 해.

  한참을 가만히 침대에 얼굴을 기대고 있던 녀석이 고개를 들고 묻습니다.

"내가…… 그렇게 싫어?"

"어떤…… 대답을 원하시길래 그런 질문을 하실까."

피식 웃으며 말했습니다.

"울면서 웃지 마."

"나 안 우는데?"

"울잖아."

"눈에…… 눈에 뭐가 들어가서 그래."

그 순간 눈물이 주르륵 쏟아졌습니다. 한가민……. 네가 싫으냐고? 아니. 싫지 않아. 오히려…… 그 반대인걸.

전 제 손을 꽈악 잡고 침대에 얼굴을 기대는 녀석을 쳐다봤습니다.

힘들다. 어지럽다.

"미안……. 한가민……. 나……. 이런 사랑에 지쳤어."

가끔 지금 이 상태가 유지되기를, 그냥 지금 이 상태로 지냈으면 좋겠다는 생각을 하곤 하지만……. '변화'는 오게 마련이다. 좋든 싫든 오게 마련이다.

#38

"너 무슨 일 있냐?"

오랜만에 지훈놈과 노래방에 놀러왔습니다. =_=
힘들 때면 늘 서로를 찾곤 했습니다. 지훈놈과 전
노래방에서 미친 듯이 노래를 불렀고 지훈놈도 가연이와 힘든지, 실연당한 사람들을 위로해주는 노래들만 부르더군요.

"가연이랑 싸웠냐?"

"그러는 너야말로……."

지훈놈은 번호를 꾹꾹 누르더니 〈이브의 시간에 기대어〉란 노래를 열심히 부르더군요. 전 벙거지 모자를 눌러쓴 채 열심히 〈난 괜찮아〉 〈눈물〉 〈나 때문이죠〉 등등 잔뜩 실연에 관한 노래만 불러댔습니다.

미친 듯이 노래를 부르고 잠시 쉬고 있을 때입니다.

"유서연. 나한텐…… 솔직히 말해주면 좋겠어."

"어?"

지훈놈, 저를 진지하게 쳐다봅니다.

"가민 형…… 어떻게 생각하고 있나?"

전 음료수를 마시다가 멈칫하며 지훈놈을 쳐다봤습니다. 아무 말도 안 하고 노래방 책을 뒤적거렸습니다. 지훈놈은 탬버린을 제 머리에 명중시키더군요. =_=^

"아아!"

"너, 내 말 씹었냐?"

전 지훈놈을 살짝 야려보았습니다.

"가지고 놀았어. 됐냐?"

"웃기지 마. 니 성격과 니 행동상 가지고 논다는 건 상상도 못해."

정지훈. -_-; 넌 날 너무 잘 알고 있어. -0-;

지훈놈은 제가 누군가를 가지고 놀 만큼 심장이 크지 않다는 걸 알고 있었습니다.

하긴. 10년 소꿉친군데…… 모르겠냐.

"가민 형……. 괜찮은 척하지만 많이 힘들어 해."

"나 춘삼이랑 사귀는 거 알지? 아직 안 깨졌어."

솔직히 깨지려고는 하지만……. ;;

그런데 갑자기 얼굴에 불이 이글이글 타오르면서 말하는 지훈놈입니다.

"다른 남자 좋아해도 그 자식만은 좋아하지 마! 아우 씨. 박가연이랑 넌 그 자식을 왜 그렇게 좋아하는 건데! 그것 때문에 싸웠단 말야!"

"왜 나한테 신경질이야!"

지훈놈, 씩씩대더니 옆으로 눌러쓴 모자를 더욱 더 꾸욱 눌러쓰더군요. 귀엽게 생긴 외모에 나보다 머리통 하나는 더 있는 듯한 키, 귀에는 작은 은 귀고리. 아싸~ 좋구나. =_=* (이… 이봐. -_-;)

제가 지훈놈을 감상하고 있을 때였습니다.

"유서연. 내가 참견할 일은 아니지만 10년 친구라는 명분으로 내 의견을 말하지."

"그럴 필요 없거든?"

"들어!"

지훈놈 제 머리를 꾸욱 누르며 말하더군요.

제 이마엔 꿈틀 하고 힘줄이 돋았습니다.

"넌 가민 형 좋아했어. 그렇지? 내가 빨강이한테 듣기론 너 자신이 지쳐버려서 헤어지자고 한 거 같고. 맞지?"

신빨강. =_=^ 이 수다쟁이.

지훈놈은 다 알고 있는 듯했습니다. 그런데 =_= 니네 둘 언제 그렇게 친해졌어?;;

　아무튼 전 고개를 끄덕였습니다.

　"그건 내가 보기엔…… 비겁해."

　"뭐?"

　"비겁하다고. 피하는 거잖아. 가민 형이 떠나버릴까 봐, 그런 마음에 지쳐버렸다고 사랑하는 사람 버리고 가버린 거…… 내가 보기엔 비겁하다고 생각해. 너를 사랑하고 있는 가민 형은 어쩌라고? 나만 편하면 다 됐다, 그래, 넌 아파해라. 이거잖아."

　"그런 거 아니야!"

　지훈놈은 흥분하는 저를 가라앉혔습니다.

　"그래. 너도 충분히 힘들었을 거야. 가민 형 아버지가 너한테 한 말은, 너를 가민 형에게서 떠나게 만들었음직 해. 하지만…… 가민 형은 아무것도 몰랐어."

　전 멍하니 지훈놈을 쳐다봤습니다.

　"맞아. 아무것도 모르고 있어. 가민녀석…… 아무것도 몰랐어. 하지만…… 하지만…… 나 때문에 진아 선배랑…… 가민……."

　"진아 선배는 과거다. 과거형이야. 난 가민 형이 대단하다고 생각해. 가민 형. 아무것도 모르고 니가 한 거짓말에 엄청나게 힘들어 했으면서도 그냥 너한테 아무런 조건 없이 돌아오라고 하잖아. 이 정도면 가민형이 너에게 품는 마음…… 이해할 거라 생각한다."

　지훈놈 저에게 마이크를 던졌습니다.

"문까지 데려다줬으니까. 그 문을 벌컥 열고 가민 형에게 다가가는 건 유서연 너야."

씨익 웃으며 저를 쳐다보는 지훈놈의 모습. 지훈놈은 탬버린을 흔들며 마이크를 들고 〈밤이면 밤마다〉를 불러댔고…… 전 왠지 모르게 마음이 혼란스러워져 노래 부를 정신이 아니었습니다.

"나 한가지만 더…… 말할게."

한참을 엉덩이를 씰룩대며 춤추던 지훈놈이 마이크를 쥐고 저에게 말했습니다.

"가민 형이 진아 선배에게 가도 좋냐?"

그건…… 싫어. 전 고개를 좌우로 흔들었습니다.

지훈놈 피식 웃더군요. 이 자식, 오늘 멋있어 보입니다. 지훈놈 노래를 신나게 부르다가 저를 밖으로 이끌었습니다.

"머리 굉장히 복잡하지?"

"응."

지훈놈 제 머리카락을 부비적거리며 그냥 웃더군요. 왜일까요? 그 미소가 편안하고 기분좋은 건.

나 지금 내가 세상 살면서 잘한 짓이라고 생각하는 거……. 정지훈 너 만난 거라고 생각하고 있어. 너 같은 친구 몇 명 없을 텐데……. 친구 복 하나는 좋구나. (이제 알았냐? -_-)

지훈놈과 오뎅과 먹을거리를 잔뜩 먹고 집에 들어왔습니다.

오늘은 왠지 편안하게 잠이 들 것 같습니다.

날이 밝았습니다.

"정지훈. 나 좀 보자."

편안하게 잠을 자서 기분좋은 아침, 가연이가 저를 이끌더니 지훈놈 반으로 갔습니다. 그리고 차갑게 지훈놈을 부르더군요. O_O;

뭐야.

지훈놈 표정이 싸악 굳어서 나오더군요.

"너 어제 어디 갔었냐?"

"내가 그런 거까지 너한테 말해야 돼?"

헉.-_-; 가운데에 끼어 있는 전 두 사람의 기 싸움에 저절로 뒤로 빠지게 되었습니다. (-_-;)

"난 지금 진지하게 물어보는 거야."

"누군 안 진지해 보여? 나도 지금 심각해. 알아?"

지훈놈 인상 굳히며 말하더군요. 내 10년 친구로서, 저 녀석 인상 굳으면 화가 단단히 났다는 징조입니다. -0-

"어디 갔었어."

"친구들이랑 여자 만나러 돌아다녔다. 왜?"

짜악! 지훈놈의 뺨에 불길이 번졌습니다. OㅁO 고개가 꺾인 지훈놈의 방향을 따라 제 눈도 엄청나게 커졌습니다. -0-;;

가연이 뻘겋게 달아오른 손바닥에 주먹을 대고 지훈놈을 향해 소리치더군요.

"그랬어? 나도 남자 만나러 돌아다녔는데. 우리 만날 수 있었네?"

지훈놈 가연이에게 똑같이 싸대기를 날리려는 듯 -_-; 두 눈에 불을

켜더니…… 주먹을 꽈악 쥐며 손을 내리더군요. 그리곤 그냥 뒤돌아서 갔습니다. 제가 뒤돌아서는 지훈놈의 모습을 잠깐 봤는데, 녀석 입술을 깨물고 주먹을 꽈악 쥐고 트레이드 마크인 옆으로 눌러쓰던 진 모자를 똑바로 하여 깊숙히 눌러 쓰더군요.

정말 화났다. 화가 엄청 났는데 참고 있는 거다. =_=;;

"왜. 왜 나 안 때리는 건데!"

가연이 당황했는지 더듬거리며 말하더군요.

"넌 때릴 수 있겠지만 난 못 때려."

그러곤 뚜벅뚜벅 가버렸습니다. 빨개진 왼쪽 볼따귀를 보이며. -_-;

가연이는 매우 당황했습니다.

"어떡해. 나…… 난 지도 때릴 줄 알고 때린 거란 말야."

"진정해. 진정해."

가연이는 남자를 때렸다는 사실에 큰 충격을 먹은 듯했습니다.

그래. 이번 건은 너의 잘못이다. (-_-;) 전 가연이를 진정시키며 머리 속으론 어제 지훈놈이 했던 말을 되새겼습니다.

비겁하다고. 나 자신이 비겁하다고.

창 밖에…… 춘삼군이 지나가더군요.

전 벌떡 일어났습니다. 그리곤 밖으로 달려나가 춘삼군 앞에 섰습니다.

"나…… 너한테 할 말 있어. 아니, 지금 내 마음…… 결정했어."

39

난 아직 모든 걸 몰라요.
지켜주고 싶다는 것과
소중하다고 생각하고 있는 것이
사랑인가요? 아니면 집착인가요?

가로수 길에서 춘삼군과 가만히 서있습니다.

"그래. 결정했다니……. 누구야."

전 제 손을 만지작거리며 가만히 생각했습니다.

어쩔 수 없다. 힘들어할 수밖에 없는 걸. 두 사람 중 한 사람은. 상처를 둘 다에게 안 주려고 할수록 더 상처를 받으니까…….

"춘삼아, 넌…… 정말 좋은 친구야."

아무 말도 없는 춘삼군입니다. 곧이어 킄킄거리며 웃습니다.

"그래, 니 좋은 남자 친구야."

"그게 아니야."

전 흔들리는 눈으로 웃고 있는 춘삼군을 쳐다보며 말했습니다.

"한가민……. 가지고 놀았다는 거 거짓말이야. 난…… 가민 선배가 진아 선배에게 갈 거 같아서…… 불안하고…… 그 불안함에 지쳐서…… 바보같이…… 비겁하게…… 가민 선배 버린 거였어."

글썽, 눈물이 고였습니다. 제가 병원에 있을 때 제가 지쳤다는 말을 하자마자 제 손을 스르륵 놓으며 미안하다고 말하며 가버린 가민녀석을 생각하면, 눈물이 고입니다.

춘삼군은 저를 쳐다보며 말했습니다.

"넌 언제나 내 앞에서 울기만 했어. 내 앞에서 웃은 적이 없어……."

"미안. 미안해……. 어떡하면 되겠니?"

"미안하단 소리 좀 그만 해!"

저에게 성큼성큼 다가오더니 저를 흔들었습니다.

"못 가. 어딜 가. 나 여기 있는데 니가 어딜 가!"

"춘삼아……. 제발 그만해. 응?"

퍼억! 이건 또 뭡니까.

"아, 잠깐. 나 춘삼이랑 할 얘기가 있어서 말야."

아지놈입니다. 엄청나게 센 주먹을 춘삼군에게 날렸습니다. -0-;;

춘삼군은 풀썩 쓰러졌고 아지놈은 춘삼군을 부축했습니다.

"유서연. 지금 마지막 한번이야. 마지막만 도와주는 거야. 그리고…… 춘삼이…… 상처 주는 짓 이제 그만해."

전 고개를 끄덕이면서 터져나오려는 울음을 참느라 입술을 깨물며 달렸습니다.

3학년 교실로 올라가는 계단을 성큼성큼 밟았습니다.

한참을 올라가다가, 우뚝 멈추었습니다. 올라가서…… 가민녀석에게 어떤 말을 하려고?

"아……."

그렇게 심한 말을 해버렸는데. 가서 어떤 말을 하려고. 어떻게…… 하려고. 멍 하니 계단에 서 있다가 다시 조금씩 내려갔습니다.

그런데 저의 어깨를 터억 하니 잡는 손이 있었습니다. 뒤돌아보니…… 걱정스런 눈빛으로 날 훑어보는 눈길이 낯익습니다.

"너 퇴원했었냐. 몸은……."

눈물이 볼을 타고 흘렀습니다. 그래. 쓸데없는 말 같은 거 하지 말자. 그냥……. 녀석의 허리를 안고 엉엉 울어버렸습니다.

사랑이 진해지면 집착이고
사랑이 흐려지면 이별이다.
사랑이 적당하면 익숙이고
사랑은…….
도대체 어떤 수준이어야 좋은 것인가.

수업종이 울리고 다들 웅성대며 들어갔으나…… 가민녀석과 전 가만히 서있습니다. 전 가민녀석의 허리를 껴안고 정말 엄청나게 울어댔습니다.

"나…… 싫다매."

전 고개를 좌우로 흔들었습니다.

"나…… 지겹다매. 나 가지고 놀았다면서. 왜…… 니가 우는 거야."

전 가민녀석을 더욱 더 세게 껴안았습니다. 제 손등에 가민녀석의 눈물이 툭 떨어지더군요.

아팠구나. 그 동안…… 많이 아팠구나. 미안해. 미안해…….

"미안해……. 내가…… 내가……."

목이 메어 아무 말도 잇지 못했습니다. 가민녀석……. 한쪽 눈에 눈물이 흐르고 있더군요. 그 모습을 보고 더욱 눈물이 나왔습니다.

이젠 괜찮아. 울지 마. 지금 이 순간…… 우린 울면 안돼. 지금 우린 웃어야 돼. 정말 기쁘게 웃어야 돼.

가민녀석 제 손을 이끌며 학교 밖으로 나가더군요. 한참을 학교에서 떨어져 공원까지 왔습니다.

"울지 마."

가민녀석 눈물이 고인 눈으로 웃으며 저에게 말하더군요. 전 가민녀석을 쳐다보며 눈물을 계속 흘렸습니다.

지금 이 눈물은 기뻐서 우는 걸 거야. 그 동안 우리 힘들었던 게 너무나 괴로워서, 그 힘든 것의 보답으로 눈물이 나오나 봐.

가민녀석 떨리는 손으로 주춤거리며 저를 안더군요.

"나…… 아직도 싫어? 지겹니? 나……."

전 울음을 삼키며 말했습니다.

"싫지도 않아. 지겹지도 않아. 보고 싶어 죽는 줄 알았어."

끅끅대며 울었습니다.

가민녀석……. 저를 더욱 더 힘껏 안더군요. 가민녀석의 교복은 제 눈물로 범벅이 되어버렸고 전 멈추지 않는 눈물 때문에 녀석의 품에 파묻혀 계속 울었습니다. 오렌지 향이다. 기분 좋은 오렌지 향……. 가민녀석 제 고개를 들더니 눈물을 닦아주며 말했습니다.

"키스…… 해도 되냐?"

전 고개를 끄덕였고 가민녀석 조심스럽게 저에게 다가오더군요. 전

두눈을 꽈악 감고 그저 가만히 서있었습니다. 너무…… 기뻐. 기뻐
서…… 눈물이 계속 나와…….

녀석의 차가운 입술이 제 입술에 맞닿았습니다.

"다시는…… 어디 가지 마."

전 가민녀석의 손을 꽈악 잡았습니다.

"오랜만의 모임이지?"

"응. 오늘은 저쪽 상고에서 축제 하니까 그쪽에서
모인다고 했는데 그 상고 김치부침개 진짜 맛있어!"

"난 졸려 죽겠어. 가고 싶지 않아."

오랜만의 모임입니다. 가연, 빨강, 저, 간판들의 모임입니다. (-_-;)

어떤 상고에서 축제를 하는데 거기서 간판모임이 있다고 했습니다.
저희들은 교복을 입고 가연이는 긴머리를 풀어 살짝 한쪽 옆으로 묶었
고 빨강이는 빨간 머리칼에 모자를 눌러쓰고 왔습니다. 전 양옆으로
얌전하게 머리를 두 갈래로 묶었습니다. 앞머리에 살짝 하얀색 키티
핀을 꽂기도 했습니다. -_-

"우리 김치부침개부터 먹자! 아자아자!"

"나두 나두!"

"가민 선배랑 화해하더니 살맛 났구나, 너."

빨갱이와 전 무작정 부침개 코너로 달려갔습니다. 그런데 부침개 코

너에는 벌써부터 열심히 먹고 있는 남자가 있더군요. 지훈놈이었습니다. 어? 그런데 빨갱이와 지훈놈, 똑같은 나이키 모자를 쓰고 있더군요. 수상해. 수상해……. -0-

"어? 지렁이!"

"빨갱이~"

두 사람 하이파이브를 하며 신나게 얘기하는군요.

뭐지. 이 화기애애한 분위기는. 전 두 사람을 미심쩍게 보았고 지훈놈은 유난히 밝은 표정으로 말했습니다.

"야야! 이 모자 진짜 이쁘다. 명동 매장에서 산 거냐?"

"어. 맘에 쏘옥 들어와서 말야." ^0^

지훈놈 귀엽게 웃으면서 빨갱이랑 얘기하고 있습니다. 그런데 왜 내 눈에는 니네 둘이 커플로 보이니. =_=

가연이는 저 멀리 혼자서 그네를 타고 있더군요.

"가연아."

"응……. 왔냐."

엽기 미스 깡녀. 왜 너답지 않게 가만히 있냐. =_= 전 가연이 옆 그네에 앉았습니다.

"지훈이랑 화해 안했어?"

갑자기 눈물을 똑똑 흘리는 엽기 미스 깡녀입니다! 전 가연이가 우는 모습을, 제가 후추가루 뿌렸을 때 빼고 처음 봅니다! (흥분 -_-;)

"날 피해."

"그…… 그래? 그게 슬펐어?" ㅇㅁㅇ;;

"에이 씨……. 눈물 자꾸 나오네."

눈물을 닦는 가연이를 보며 전 심각한 딜레마에 빠졌습니다.

지훈놈…… 니가 어떻게 했길래 엽기 미스 깡녀가 눈물까지 보이냐.

전 빨강이와 웃으면서 얘기하는 지훈놈이 왜 그렇게 얄밉게 보이는지 모르겠습니다. 가만히 빨개진 눈을 부비적거리는 가연이를 걱정스럽게 보고 있는데 제 눈에 불쑥 아이스크림이 들어왔습니다.

"야. 니가 좋아하는 초코다."

가민녀석이 웃으면서 절 쳐다보고 있더군요. 주위에는 여자애들이 저를 질투어린 시선으로 보더군요. (ㅡ_ㅡ;) 전 초코 아이스크림을 받아들며 환하게 웃었고 가민녀석 제 그네 뒤에 서서 그네를 삐걱삐걱 밀어주더군요.

"나 치마 입었단 말야! 교복이야!"

"니가 왜 치마를 입어……. 너 남자잖아."

"죽을래?"

투닥투닥거리며 가민녀석과 싸우고 있는데 쓸쓸한 눈으로 저와 가민녀석을 쳐다보는 가연이가 보였습니다. 헉. =_=; 이런 곳에서 애정행각을 보이면 안 되겠다.

"너……. 다…… 다른 데서 놀아."

"왜."

가연이 혼자 쓸쓸하니까, 놀면 안 된다고 어떻게 말하니. =_=; 전 아무 말도 못하고 허둥대고 있었습니다.

"괜찮아. 둘이 놀아도 돼. 후후후. 혼자 놀면 되지. 후후후."

섬짓. =_=; 저와 가민녀석, 입은 웃지만 눈은 차가운 가연이의 웃음을 보고 둘 다 굳어버렸습니다. 가민녀석 조용한 목소리로 묻습니다.

"쟤 왜 저래?"

"지훈이랑 싸웠어."

가민녀석 턱을 쓰다듬더니 주위를 둘러보더니 어떤 남자애를 휘휘 부르더군요. 그 남자애, 가민녀석이 부르자 놀라는 표정을 지으며 다가오더군요. 전 저도 모르게 읊조렸습니다. 이상형이다……. O_O.

가민녀석 인상을 파악 쓰며 저를 째려보더군요. =_=; 전 얌전히 아이스크림을 먹었습니다. (-_-;)

뭐랄까…… 방금 달려온 남자애는 차분한 미소년 타입이었습니다. 가민녀석은 그 남자애에게 가연이를 보여줬고 그 남자애는 끄덕끄덕 하더군요.

전 가민녀석이 이끄는 바람에 가연이 옆에 앉아있던 그네에서 나왔습니다. 그 남자애가 가연이 옆에 앉더군요.

"자. 이제 지켜보자."

"저 남자애 이름이 뭐야?"

가민녀석 인상을 씁니다.

"넌 관심 꺼." -_-^

"쳇." =_=^

그 남자애는 자연스럽게 가연이에게 말을 걸더군요. 가연이 그 남자애가 하는 말을 듣고 뭐라고 대답을 하긴 하는데 가연이 입가에 미소가 잔잔히 걸려 있습니다.

"상고 최대의 바람둥이다, 저 자식. 여자를 굉장히 잘 알고 있지."

헤에. 저 순진해 보이는 얼굴로 바람둥이라니.

가민녀석은 저에게 팔짱을 끼라고 말하곤 아직도 부침개를 먹고 있는 지훈놈에게 다가가더군요

"어? 형. 형도 왔네?"

"그래."

가민녀석은 제 옆구리를 쿡 찌르더군요. 뭘 어쩌라고……. =_=;

가민녀석은 계속 저를 째려보더군요. 아…… 지훈놈에게 질투를 유발하자고? (-_-;) 입 모양으로 뭐라뭐라 말하는 걸 알아들은 제가 막 말을 하려는데 빨갱이가 불쑥 끼어듭니다.

"어? 가연이 옆에 누구야?"

"아아~ 쟤? 여기 상고에서 제일 잘 나가는 남자애래! 잘 생겼지? 가연이한테 마음 있나 봐."

지훈놈 가연이가 앉아 있는 쪽을 보더군요. 헉. =_=; 어느새 가위바위보를 하며 서로 딱밤때리기까지 하는 두 사람입니다.

야~ 분위기 좋다. =_=

"박가연 땡 잡았네. 지훈아. 너 박가연이랑 깨졌냐?"

지훈놈 젓가락을 멈칫하고 가민녀석을 쳐다보다가 가연이가 앉아 있는 쪽을 쳐다보더군요. 그 남자애가 가연이의 손을 잡고 어디론가 데리고 가려 하더군요. 가연이 그냥 웃으면서 따라가고 있습니다.

저 남자애…… 정말 바람둥이구나. 벌써 손을 잡다니. 지훈놈, 나무 젓가락을 빠직 하고 부러뜨리더니 달려갑니다.

"그 손 안 놔?"

세상에서 제일 재미있는 게 사랑 싸움이라고 저와 가민녀석은 지훈놈의 뒤를 따라갔습니다. 가연이 지훈놈을 무표정하게 보고 있고 그 남자애는 가연이의 손을 더욱 더 꽈악 잡더군요. 지훈놈 인상 그럴수록 구겨집니다.

"박가연 이리 와."

가연이 아무 말도 안하고 그저 고개를 돌리고 있더군요. 그런데 가민녀석 웃으면서 그 남자애에게 손을 놓으라고 지시하는 듯했는데 그 남자애 가민녀석을 진지하게 쳐다보며 말했습니다.

"가민 선배 죄송해요. 저 이 여자 진짜 마음에 들었습니다."

"엄마야…… 지훈아, 어떡하니!" O_O;

제가 당황해서 지훈이에게 소리쳤습니다.

"남의 연애사에 끼어들지 마."

"야, 니 잘못도 있다는 걸 잊지 마."

"내가 뭘!"

그날 이후로 계속 냉전상태에 들어간 지훈놈이었습니다. =_= 알 수 없는 기분과 알 수 없는 행동으로 절 헷갈리게 만들기는 가연이도 마찬가지였습니다. 두 사람 사이에 깊은 골이 생겨버렸습니다.

전 가민녀석과 싸울 뻔하기도 했습니다. (-_-;)

"걱정 마. 그 자식 바람둥이라 금방 포기할 거다."

그래도 가민녀석, 반쯤 지가 저지른 일이라 미안하기는 한지 머리를 긁적이며 말하더군요.

그런데 말이야. 내가 보기엔 그 자식 진심인 것 같은데……. 학교가 끝날 때면 가연이를 기다리고 집까지 데려다주는 그 바람둥이. 위험한 놈이 분명합니다. =_=;

"그런데 그 바람둥이 이름이 뭐냐니깐?"

"니가 왜 그 자식한테 신경을 쓰는데!"

움찔. -_-; 가민녀석, 제가 그 바람둥이를 보고 이상형이라고 말한 다음부터 제가 그놈 말만 꺼내도 신경질적이 되어버렸습니다.

그 바람둥이 이름은 진석빈이라고 합니다.

전 학교가 끝나고 또 교문 앞에서 기다리고 있는 석빈이란 놈을 가만히 쳐다봤습니다. 잘 생기긴 잘 생겼구나.

"저기 가연아. 정말 저 자식이랑 사귈 거니?"

묵묵부답으로 그냥 석빈놈에게 가는 가연이입니다.

뭐냐. 아무나 상관없다는 그 눈빛은. 가연아……. =_=;;

저 멀리서 지훈놈이 친구들과 웃으면서 나오는 게 보였습니다.

두 사람……. 왜 이렇게 엇갈리고 꼬이는지 모르겠군요. 답답해 죽겠네. (넌 더했다. =_=;)

전 지훈놈에게 달려갔습니다.

"야! 가연이 잡아!"

지훈놈 흘깃 가연이가 그 석빈이란 놈에게 가는 것을 본 뒤 저에게 말합니다.

"내가 왜."

"뭐? 너 가연이 좋아하잖아!"

제가 주먹을 꽉 쥐고 방방 뛰면서 말하자 지훈놈 약간 흐트러진 머리칼을 흔들며 말합니다.

"기다려 봐. 이제 곧 다시 나한테 올 테니까."

지훈놈 자신만만한 미소를 지으며 가더군요. 지훈놈. 너도 가민녀석 닮아가니? 나 정말 네 정체성에 휘말린다. =_=^

지훈놈 친구들은 수근거리며 가연이를 쳐다보더군요. 뭐냐…… . 뭐냐고오~ !

한숨을 쉬며 발걸음을 옮기려는데 풀썩하고 제 등에 묻히는 얼굴이 있습니다.

"하…… 한가민?"

가민녀석 옆에 있던 친구들이 말하더군요

"오늘 청소 잔뜩 하고 왔어. 피곤할 거다."

"아…… . 그랬어요?"

피곤한 듯 두눈을 감고 제 어깨에 얼굴을 묻고 있는 녀석을 쳐다보며 살며시 웃었습니다.

그런데 제 어깨에 얼굴을 묻으며 녀석이 말하는군요.

"남들 앞에서 그렇게 웃지 마."

에? 가민녀석을 어리둥절하게 쳐다보니 가민녀석 친구들 얼굴이 빨개져 있더군요.

"데려다 줄게. 가자."

저에게 손을 내밀더군요. 전 덥썩 녀석의 손을 잡았고, 가민녀석 계속 눈을 부비적거리며 걸어갔습니다. 전 그런 녀석의 모습을 보며 실실 웃었습니다.

"눈꼽 꼈다."

"거짓말하지 마."

"진짠데! 으아~ 드러워!"

가민녀석 제 표정을 보더니 한대 쥐어박고 쇼윈도에 눈을 비춰보더니 눈꼽이 없다는 걸 확인합니다.

"너 혼난다?"

심통부리며 툴툴대는 녀석을 보니 웃음이 실실 나왔습니다. 유치원생 같아. 가민녀석 자상하게 웃어주며 말없이 머리통을 때리더군요.

그런데 갑자기 야무진 여자 목소리가 들리더군요.

"뭐야 뭐야! 저렇게 웃을 줄 알았단 말야?"

가민녀석 그 여자를 보더니. 인상을 파악 쓰더군요.

뭐…… 뭐야. = _ =^

#42

난 언제나 네 옆에 있어
넌 모르겠지만
난 네 주위에서 맴돌고 있어
단지…… 너의 눈에 안 보일 뿐
한숨을 쉬지 마. 슬퍼하지 마
난 그 순간 너에게서 멀어질 수밖에 없어

너의 입김에 저 멀리 사라질 수밖에 없어

난…… 네 주위를 맴도는 작은 바람이니까.

가민녀석 갑자기 나타난 여자를 보고 인상을 썼습니다.

"또 너냐?"

"하이, 가민."

무언가를 잘못한 듯, 이 여자 가민녀석을 쳐다보며 뒷머리를 긁습니다. 귓가에서 맴도는 단발머리가 매력적인 마스크로군요. 한 가지 흠이라면 행동하는 모습이 매우 남자 같다는 데 있습니다.

이 여자 뚜벅뚜벅 걸어오더니 저를 물끄러미 내려보더군요.

헉! -_-; 내 키가 작다.

전 까치발을 하면서 똑바로 쳐다보려고 노력했습니다.

"뭐야. 한가민 이런 분유냄새 풀풀 나는 애랑 사귀는 거야?"

분유냄새! ㅇㅁㅇ!! 말하는 모양 보십시오. +ㅇ+ 전 폭발하기 일보 직전이었습니다.

가민녀석 제 어깨를 쓰윽 끌어당겼습니다.

"너 그만 시비 걸고 가던 길이나 가라."

"뭐야. 한가민. =_= 우리 백마 타신 스노우 프린스."

스, 스노우…… 뭐? -_-;;

"장난치지 말고 가라고 했다."

가민녀석 몹시 귀찮다는 표정이더군요.

"그래. 이번엔 뭘 원하는 거야."

"한가민. 널 원해."

당돌하기 짝이 없습니다. +0+!! 더 이상 참질 못하겠더군요.

"이봐요!"

"무시해, 유서연."

가민녀석 머리카락을 쓸어올리며 잠시만 기다리라고 하곤 어디론 가 가더군요. 이 여자, 휘파람을 불며 가민녀석의 뒷모습을 쳐다보다 가 저를 향해 씽긋 웃더군요. 뭐…… 뭐야. =_=^;;

"가민이 멋있지?"

저는 할말을 잃었습니다.

"가민이랑 키스해 봤어? 느낌이 어때? 응? 우리 3학년 애들 한가민 이랑 입술 한번 맞대려고 용을 쓰는데. 진짜 입술 이쁘잖아~."

"저기요. 도대체 왜 저한테 그런 말씀하시는데요."

이 여자, 저를 빤히 내려다봅니다.

"한가민, 내가 찍었거든~ 분유 아가씨."

"하!"

전 잔뜩 비웃음을 만들어 날려 보냈습니다.

이래봬도 2학년 중에서 싸움 잘하기로 소문난 유서연이다. (사실은 그런 소문 없습니다. -_-;)

"그리고 뭐? 분유 아가씨?"

전 고개를 쳐들어 그 여자를 똑바로 바라보며 말했습니다.

"뺏으려면 뺏어 봐. 내가 가만히 뺏길 거 같아? 절대 안 뺏겨."

"얘가 어디서 반말이야! 이게 콱!"

전 그 여자가 쳐든 손을 터억 잡았습니다.

"너 같은 계집애한텐 죽어도 안 맞아."

전 그 여자를 밀며 씽긋 웃었습니다. 그리고 단호하게 말했습니다.

"넌 나 못 이겨."

피식 웃으며 뒤돌아섰더니 허둥지둥 뛰어오는 가민녀석이 보였습니다. 가민녀석 움찔하더군요. (-_-;) 그리곤 계속 뛰어오며 그 여자에게 추잉 검 하나를 터억 던지며 말하더군요.

"이거 먹고 빨랑 가라."

"고마워 가민씨~"

그 여자는 저를 쳐다보며 살기 띤 웃음을 지었습니다. 그리고 제 어깨를 퍽퍽 치며 말했습니다.

"잘. 가. 분. 유. 아. 가. 씨."

전 씽긋 웃으며 그 여자의 허리를 주먹으로 퍼억 쳤습니다. -_-

"선배님도 잘 가세요."

싸가지 여자가 간 뒤 -_- 전 가민녀석에게 물었습니다.

"쟤 이름 뭐야?"

"신경쓰지 마. 나 믿지?"

"못 믿어! -ㅁ-^ 말해줘! 누구야!!"

가민녀석 실실 웃음을 흘리며 말했습니다.

"오빠라고 불러주면……."

"뭐?"

"못하겠지? 자자. 그냥 갑시다."

아, 안돼! 그 싸가지 여자. −_−^;; 전 앞장서서 걸어가는 가민녀석의 등 뒤에 대고 소리쳤습니다.

"가민 오빠! 빨리 알려줘!"

가민녀석 갑자기 삐끗하며 뒤돌아섰습니다. 전 가민녀석의 팔에 매달리며 졸랐습니다.

"빨리 빨리! 가민 오빠! 웅?"

역시 애교에는 당할 자가 없습니다.

"아…… −_−*;; 진솔희라고……"

진솔희……. 넌 죽었다. =_=^;;

전 가민녀석의 얼굴을 두 손으로 감싸고 제 얼굴을 화악 들이대며 말했습니다.

"바람 피면 죽어!"

정보통은 역시 빨강이가 최고입니다. 학교에 오자마자 진솔희에 대한 정보를 캐물었습니다.

"진솔희? 아~ 너 몰라?"

빨간색 사탕을 우물거리던 빨갱이가 저를 쳐다보며 그 유명한 여자도 모르느냐고 핀잔을 주었습니다. 그리고 좔좔 읊습니다.

"지금까지 사귄 남자, 셀 수 없음. 그 성진아 선배랑 라이벌이었어. 두 사람 3학년 간판이잖아. 뭐, 진아 선배가 이기긴 했는데…… 그 여자 진아 선배라고 하면 진절머리를 치지. 그러고 보니 그 언니의 신조가 '찍은 남자 무조건 내 거로 만들기'였던가?"

"아하~"

찍은 남자 내 거로 만들기? 흠! 내가 그 신조를 깨뜨려 주지. =_=^

그런데 엽기 미쓰 깡녀, -_- 무언가 멍한 표정에 벌겋게 달아오른 얼굴로 칠판을 응시하고 있더군요. 뭐냐, 그 얼굴은. 저와 빨갱이는 알수 없다는 눈짓을 주고받았습니다.

빨갱이가 문득 무언가를 떠올린 듯 말했습니다.

"오늘 모임 있는데. 나이트에서 모임 한대! 3학년 선배들이 오랜만에 힘 좀 썼나 봐! 예예예!"

전 발광하는 빨갱이의 손을 꽈악 잡았습니다.

"야."

"왜."

"다들 미니스커트 같은 거 입고 오겠지?"

"당연하지! 나이트 하면 진솔희 선배인데! 그 선배 진짜 잘 놀······ 유서연. =_=;; 너 지금 가방을 왜 싸."

엽기 미스 깡녀에게도 말했습니다.

"박가연! 너 빨딱 일어나! 신빨강 너도 따라나와!"

"뭐? 어."

전 짜증을 내며 교문 밖에 빨강이와 가연이를 세워두었습니다. 그리곤 3학년 교실로 올라갔습니다. 진솔희······ 진솔희······.

"유서연. 너 가방 들고 뭐해."

지훈놈이 보였습니다.

"야! 진솔희 몇 반이야!"

"아, 솔희 누나? 5반일걸? 가민 형 바로 옆반."

전 5반 쪽으로 휘잉 하고 달려갔습니다. 가민녀석이 있는 4반을 지나쳐 5반의 문을 드르륵 열었습니다. 3학년 여자 선배들이 뭐야 하면서 일시에 저를 쳐다보더군요. 진솔희는 친구들과 떠들고 있다가 저를 보고선 피식 웃었습니다.

"뭐냐? 분유 아가씨."

전 진솔희를 이리저리 훑어보고는 피식 웃으며 말했습니다.

"의외로 상체가 작네?" (가슴이 작다는 의미입니다. =_=;;)

"뭐? 너 선배한테 웬 반말이야!"

"그럼 반말 안 쓰게 남의 남자 건드리지 말라고."

싸가지녀는 황당하단 듯이 저를 봤습니다. 3학년 선배들의 따가운 눈빛들이 우르르 저를 향해 쏠렸습니다. 이따 나이트에서 보자, 하고 말하고 나오니 저를 당황스럽게 쳐다보는 가민녀석이 보였습니다.

"너 지금 뭐했냐."

"시끄러! 진짜, 어떻게 행동했길래 여자가 그렇게 꼬여!"

"쟤 좀 봐! 가민이한테 반말하는 거. 가민이 화내겠다!"

웅성거리는 쪽을 쫙 째려보니 그 말을 한 여자, 고개를 푸욱 숙이며 아무 말도 못하더군요.

가민녀석을 한번 올려보고 뚜벅뚜벅 당당하게 나왔습니다. 가민녀석의 말이 뒤통수를 때렸습니다.

"너 학교 땡땡이 까는 거냐? 너 대학 안가?"

전 가민녀석을 보고 씽긋 웃으며 모임에서 보자고 말하고는 후다다 닥 내려왔습니다. 내 접대용 미소는 정확히 5초간만 효과가 있단 말 야. -_-;

가민녀석 얼굴이 빨개졌다가 정확히 5초 후에 답이 왔습니다.

"너 어디 가는 거야!"

교문 밖으로 달려가 저를 기다리고 있는 빨갱이와 엽기 미쓰 깡녀에 게 다가갔습니다.

"너 오늘 땡땡이치는 거 나이트 때문이지?"

"그래. 오늘 우리 진짜 진짜 이쁘게 하고 가는 거야! 알았어? 오늘 하루만 내 부탁 좀 들어줘."

여전히 멍해져 있는 가연이 귀에다 조용히 속삭였습니다.

"정지훈."

"어어어?" ㅇㅁㅇ*

더듬거리는 가연입니다. 지훈놈이랑 진짜 무슨 일이 있었군요. -_-

저흰 각자 집으로 가서 진짜 진짜 (-_-;) 이쁜 옷을 입고 오기로 했 습니다.

모이기로 한 시간이 8시지? 전 제 무릎 위까지 올라오는 워싱 진 스 커트를 입고 위에는 청재킷을 걸쳤습니다. 속에는 딱 달라붙는 가죽 반팔티를 입었습니다. 정신없이 꾸미다보니 7시 40분이군요. 겨울이 라 밖이 어둡습니다.

허둥지둥 약속장소인 학교 앞으로 달려갔습니다.

"애, 미쳤나봐."

"오늘 단단히 각오하고 왔나보다."

빨갱이는 짧은 가죽치마에 하얀색 허리까지 오는 털코트를 입었고 가연이는 분홍색 가죽점퍼에 하얀색 무릎 치마를 입고 토끼머리를 했더군요.

아무튼 저희는 각자의 인상을 쓰고 나이트에 당당하게 들어갔습니다. -_-; 들어가자마자 털썩 중앙 테이블에 앉았습니다.

"진솔희 어딨어? 진솔희!"

"저기 무대 위."

빨갱이가 가리키는 쪽을 보니 친구들과 춤을 추는 가민녀석에게 슬금슬금 다가가는 싸가지녀가 보였습니다.

전 벌떡 일어나 무대 쪽으로 성큼성큼 다가갔습니다. -_-^

"유서연. 너…… 옷이……."

지훈놈이 얼굴을 빨갛게 붉히며 쳐다보더군요.

치, 치마가 좀 짧긴 짧지. -0-;; 전 웃으면서 가연이가 뒤에 있다고 말했습니다. 지훈놈 금방 가연이에게 가더군요. 검은색 세미정장을 입었습니다.

시끄러운 음악소리가 웽웽 귀를 울렸습니다. 전 높은 하이힐 때문에 약간 삐걱거리며 (-_-;) 무대를 향해 갔습니다. 그리고 가민녀석 앞에서 춤을 추는 진솔희를 퍼억 밀치고 가민녀석 앞에 섰습니다.

"유서연. 너……."

전가민녀석 제 옷차림을 보더니 당장 무대에서 끌어내리더군요.

"뭐…… 뭐야! 왜 그래!"

"너, 누가 그런 옷 입고 오래!"

가민녀석 자기가 입고 있던 검은색 재킷을 저에게 풀썩 씌어주며 말하더군요. 전 가민녀석을 쳐다보며 당차게 말했습니다.

"진솔희한테 쫄기 싫단 말야!"

"서연아. 그냥 무시해. =_=; 쟤 원래 저런 애라고. 뭘 그리 흥분해."

전 울컥했습니다. 가민녀석 아무 말 없는 저를 달래는군요.

"삐졌냐?"

"안 삐졌어! 내가 그렇게 유치한 줄 알아?"

"삐졌네."

가민녀석 가만히 제 얼굴을 지 어깨에 기대게 하더군요. 전 놀란 덕분에 두 눈을 이마만하게 (◉_◉ -_-;) 뜨고 얌전히 앉아있었습니다.

"너 심장 뛴다."

"시…… 시끄러!"

지도 심장이 뛰고 있으면서. 전 가만히 녀석에게 기대 있었습니다. 그런데 갑자기 저를 툭툭 건들며 급기야 싸가지녀가 등장하더군요.

"이봐, 분유 아가씨."

"왜요."

가민녀석 제 어깨를 더욱 더 끌어당기며 말했습니다.

"방해하지 마."

"싫어. 방해하고 싶어."

가민녀석 못 말리겠다는 듯 고개를 좌우로 흔들더군요. 싸가지녀가 무대를 가리키며 말했습니다.

"어때? 지금 각 학교 간판들끼리 게임을 하려는 참인데."

"안돼 유서연. 나가지 마."

그러나 가민녀석의 말은 이미 제 귀에서 사라진 지 오래였습니다.

"좋아요! 해요!"

너의 그 건방진 미소를 일그러뜨려 주지. −_−^

내 마음 가득히 채우고 싶은 마음
알 수 없을 정도로 휘몰아치는
마음의 바람
당신을
사랑하고 있나 봅니다.

"아아. 이번 게임 지원자 10명이 다입니까?"

사회자는 지훈놈이었습니다. =_=;

지훈놈은 저를 보고 씨익 웃으며 '넌 오늘 죽었다' 라는 눈빛을 지었습니다. 각 학교 간판이라는 10명의 여자들이 다 나왔습니다. =_=; 유일하게 저희 학교 여자만 두 명이군요. 저와 싸가지녀.

"그럼 하나씩 시작해 볼까요? 우선 나이트니까 춤이 먼저 생각납니다. 춤부터 시작해 봅시다."

환호성이 들렸습니다. 오직 남자들만의 -_-; 환호성이.

싸가지녀는 9번이었고 전 10번이었습니다. 한 명씩 춤을 추는데 헉, 장난 아닙니다.

몇 명은 옷을 하나씩 벗어가면서 춤을 추더군요. 나 어떡해. -_-;;

"아…… 이런, 시간이 모자라니깐 9번이랑 10번은 같이 추죠."

정지훈……. =_=^;; 수작을 부리는구나!

제가 휙 지훈놈을 쳐다보자 지훈놈 재미있겠다는 듯 웃더군요.

"분유 아가씨. 나 작년에 이 나이트에서 댄싱퀸 먹은 적 있어."

"저도 옛날에 댄싱 머신이라는 말을 들었는데요?" (그런 말을 들은 적 절대 없습니다. -_-;)

내가 춤을 못 춰도 당신에겐 죽어도 안 져! -ㅁ-^

음악이 흘러나왔습니다. 부드럽게 싸가지녀가 몸을 움직이기 시작했습니다. 저도 역시 몸을 움직이기 시작했고 나이트장의 환호성은 엄청나게 커져갔습니다. 소리가 밖으로 울려나갈 정도였습니다. 한참을 움직였습니다.

"아…… 그만. 두 사람, 그만하세요."

춤을 멈추니 지훈놈 의외라는 눈치로 저를 쳐다보더군요.

이번에는 가민녀석을 쳐다봤습니다. 가민녀석 턱을 괴고 '당장 거기에서 내려와' 라고 입 모양으로 말하더군요. (-_-;) 전 고개를 도리도리하며 '못 내려가' 라고 전했습니다.

"자…… 그럼 춤 다음, 노래를 부를 순서죠. 다들 마이크 잡으세요."

아…… 아악! 노래! ㅇㅁㅇ(-_-;)

지훈놈 사악하게 웃고 있었습니다. 짜증납니다. ㅜ_ㅜ

나 어떡해~ 나 어떡해~

다들 쟁쟁했습니다. 가창력이 뛰어났습니다. 점점 순서는 제 앞으로 다가왔고 전 손이 덜덜 떨려왔습니다. 가민녀석 걱정된다는 눈빛으로 쳐다보더군요.

이 자식아. =_=;; 그 표정은, 음치인 내가 불쌍하다는 거냐. (ㅡ_ㅡ;)

"그럼, 9번 솔희 누나."

싸가지녀, 오현란의 〈나 때문이죠〉라는 노래를 멋들어지게 불렀습니다. 노래가 끝나자 박수와 환호성이 이어졌습니다.

"자, 기대됩니다. 우리의 유서연양!"

전 깜짝 놀라며 지훈놈을 쳐다봤습니다. 나좀 살려줘. ㅜ_ㅜ..

주위에 있던 남자들 모두 기대된다는 눈으로 쳐다보는 가운데 전 덜덜 떨리는 손으로 결국 노래번호를 눌렀습니다.

당당하게 부르자. ㅡ_ㅡ

"송아지~ 얼룩 송이지··♬"

순간 나이트에 있던 사람들은 침묵하다가 미친 듯이 웃어댔습니다. 가민녀석도 폭소를 터뜨리고 있더군요. 나중에 보자. 으잉? ㅡ_ㅡ^;;

가연이와 빨갱이는 숨넘어가기 일보직전이고 지훈놈은 마이크를 잡고 큭큭거리더군요.

노래가 끝나자 우와와와 하는 박수 소리가 터졌습니다. 어색하게나마 미소를 지었습니다. 무대 앞에 있던 남자애들이 저를 반짝이는 눈으로 쳐다보더군요. 추종자 10명 확보! (ㅡ_ㅡ;)

"네네. 유서연 양. 얼룩송아지…… 큭."

지훈놈은 한참을 큭큭거리다가 말을 이었습니다.

"다음 게임은 남자들이 선택하는 거죠? 이제 나이트 불이 꺼질 겁니다. 마음에 드는 여자에게 달려가세요~ 키스 타임입니다!"

뭐야! 이 변태적인 게임은!!! +0+;;

야릇한 음악이 흐르고 있습니다. =_=;; 지금 나이트 안에 있는 남자 여자들은 온통 키스타임이란 말을 듣곤 흥분의 도가니에 빠진 것 같습니다. 전 당황해서 가민녀석을 향해 발걸음을 옮기려 했습니다. 그런데 쓰윽 하고 제 손을 잡아끄는 손길에 그만 풀썩하고 무대 바로 앞 테이블에 앉게 되었습니다.

"이봐. 이름이 뭐냐?"

부드럽게 웃으며 저를 쳐다보는 남자놈이 있었습니다. =_=;

전 당황해서 잡힌 손을 빼려고 애쓰며 제 허리를 감싸는 손에 히에엑 놀라며 걷어내려고 했습니다. 그 순간 불이 탁 꺼졌습니다.

그리고 순식간에 닿은 입술. 전 주먹을 꽈악 쥐고 퍼억 펀치를 날렸습니다. 으윽…… ㅜ_ㅜ.. 가민녀석 얼굴을 이제 어떻게 보라고!

나이트 불이 금방 탁 하고 켜졌습니다.

"나쁜 자식! 너 죽…….."

제 눈앞에서 볼을 매만지며 저를 한심하게 쳐다보는 남자는 바로 가민녀석이었습니다. -_-;;;;;

"뭐…… 뭐야. 아까 그럼……."

가민녀석이 엄지로 가리키는 뒤를 보았습니다. 정확히 불 꺼지기 전 제 허리를 감싸고 있던 남자놈이 바닥에 쓰러져 있더군요.

"넌 남자친구를 그렇게 때리냐?"

"아, 난 아까 그 남자애인 줄 알고……."

당황하며 고개를 푹 숙이자 가민녀석 제 허리를 끌더니 얼굴을 들이밀더군요.

"용서할 테니까, 자."

제 목을 감싸며 저의 얼굴을 끌어당기는 가민녀석, 전 얼굴이 달아오르며 녀석의 입에 입을 맞대려고 했습니다. 그 순간이었습니다.

"한가민!"

날카로운 소리에 삐긋 어긋난 저와 가민녀석입니다. =_=;;

"뭐야?"

가민녀석은 저와 스킨십이나 중요한 일을 (-_-;) 할 때는 누군가가 건드리면 불같이 화를 냈습니다.

"뭐야! 왜 부른 건데!"

"맥주 먹을래?"

가민녀석 싸가지녀를 황당하단 듯 쳐다보며 제 머리를 손으로 툭툭 쳤습니다.

"싫다. 이 녀석 먹을 거야."

푸웃. =ㅠ=* 전 가민녀석을 빨간 얼굴로 쳐다봤고, 가민녀석 순식간에 입을 맞대더군요. 우웁…… =_=;; 이거 오늘 장난이 아닙니다.

입이 떨어지자 가민녀석 제 어깨를 감싸주더군요.

"침 묻었어."

전 가민녀석의 머리통을 퍼억 쳤습니다.

"진짜! 분위기는 다 망쳐!"

씩씩대며 녀석을 마구마구 때리고 있는데 가민녀석 제 두 손을 파악 잡아 압박하더군요.

"아파. 그만해."

움찔하고 녀석의 차가운 눈을 보고는 순간 쫄았습니다. =_=; 누누히 말했지만 녀석의 이런 눈빛에는 저도 모르게 침묵하게 됩니다. 제가 쫄아서 녀석을 쳐다보자 가민녀석 저에게 얼굴을 가까이 들이대며 말했습니다.

"한 번 더 할래?"

"됐어!"

이 녀석 은근히 변태끼가 있습니다. (-_-;)

고개를 돌려 싸가지녀를 찾아보니 싸가지녀 짜증난다는 눈으로 저를 쳐다보고 있더군요. 내가 너 이긴다고 했지? -v-*

나이트 내부를 둘러보니 아직도 키스를 하고 있는 커플이 있었습니다. 징하게도 엽기 미스 깡녀와 지훈놈이었습니다. 가연이는 그만하라고 퍽퍽 때리고 지훈놈은 미친 듯이 달려들고 있습니다. -_-;

"아우 씨."

빨갱이는 달려드는 남자들을 무시하고 나이트 밖으로 나가려고 했습니다. 휴대폰으로 뭔가를 열심히 말하고 있었습니다.

"야! 나 데리러 와, 안와? 나 그럼 다른 애들이랑 일 저지른다!"

아지놈에게 전화를 건 것 같습니다. 저도 맥주에 손을 대려고 하자

가민녀석이 제 손에 콜라를 쥐어주는군요.

"이거 먹어."

"에? 싫어!"

"안 먹으면 혼난다."

"내가 무슨 어린애야!"

전 그래도 말없이 콜라를 마셨습니다. (어린애로군요 -_-) 가민녀석, 말 잘 듣네 하며 머리를 쓰다듬더군요.

피식 웃으며 콜라를 마시고 있는데 진아 선배가 저를 흘깃 보고 나가는 것이 보였습니다.

"나…… 잠깐만 나갔다 올게."

"어디 가는데."

"내 남편 기쁘게 해주려고."

45

너를 위해 내가 할 수 있는 일이 뭘까
언제나 고민했어
넌 나를 위해 모든 걸 웃으면서 해주었잖아
난 너를 위해 해줄 수 있는 것이
아무것도 없다는 생각에 우울해졌어.
그런데 넌 나의 손을 잡으며 말했지
'그냥 내 곁에 있으면 돼.'

그게······

내가 너에게 해줄 수 있는 최고의 선물이었나 봐.

전 진아 선배의 뒤쪽을 허둥지둥 따라갔습니다.

"저기 잠깐만요. 진아 선배!"

울면서 뛰고 있다. 내가 울게 만들었다, 하는 생각에 마음이 욱씬거렸습니다. 달리기 하나는 자신 있는 전 진아 선배의 손을 터억 잡았습니다. 진아 선배는 끼이익 하고 멈추었습니다. 전 =_= 관성의 법칙에 (What?;;) 의해 주르르륵 땅에 미끄러졌습니다.

"아이고······."

제가 삐걱대며 일어나니 진아 선배가 물었습니다.

"왜 따라왔니?"

"미안하다고는 말 안하겠어요. 왜냐면 제가 원하지도 않았을 때 가민 선배가 저에게 왔으니까."

"유서연. 웃기지 마. 나랑 가민이 사이 망가뜨린 건 너야. 알잖아? 그리고······ 가민이 나한테 돌아와. 나한테 올 거니까 지금 이 순간 실컷 즐겨. 나중에 아파할 테니까. 지금의 나보다 몇 배는 더······ 니가 아파할 거야."

울면서 말하는 진아 선배를 보며 전 툭 한마디 던졌습니다.

"아파하는 건 진아 선배가 더해 보입니다."

조용한 침묵이 흘렀습니다. 전 조용히 말을 이어갔습니다.

"가민 선배가 왜 나를 선택하고 나를 좋아하게 됐는지는 나도 잘 몰라요. 한 가지 중요한 건 나도 지금 가민 선배가 무척이나 소중한 존재라는 거예요."

진아 선배는 제 말을 듣고 뚜벅뚜벅 그러나 약간 비틀대며 걸어갔습니다. 다시 나이트로 돌아가려고 다리를 돌리는 순간이었습니다.

"아, 너였어? 성진아 그 여우를 저 꼴로 만든 게?"

싸가지녀, 무시하고 지나가려는데 제 손을 터억 잡더군요.

"너 참 무섭다?"

"뭐라고?"

"한 여자 저 따위로 만들어 놓고 가민녀석 앞에서 실실거리는 너 보면 굉장히 무서운 여자야. 알아?"

전 움찔거리며 싸가지녀를 쳐다봤습니다.

"한가민은 성진아란 인물까지 버려가며 널 택했어. 넌 가민이에게 해준 게 뭐가 있니? 그리고 말야. 잊지 마 유서연. 너도 저기 성진아처럼 당할 수 있다는 거 말야. 니가 했던 거처럼."

"어디 갔다 왔길래 30분이나 걸렸냐?"

"어, 그냥……."

"뭐야. 무슨 일 있어?"

아이들은 모두 시끄럽게 춤을 추고 있습니다. 지훈놈은 얼굴이 빨개져서 방방 뛰고 있는 가연이랑 람바다를 추고 있습니다. =_=;;;

가민녀석의 말이 윙윙 울렸습니다.

"내가 너한테 해줄 수 있는 일이 뭐가 있을까?"

제가 빤히 쳐다보며 가민녀석에게 말하자 가민녀석 술 먹다가 사래 걸린 듯 켁켁거리며 (망가지는 순간이군요. -_-;) 저를 쳐다보더군요.

"너한테 해줄 수 있는 거, 아무것도 없겠지?"

가민녀석 제 머리를 토닥토닥거리더니 말했습니다.

"무슨 일 있는지 모르겠지만 너 나한테 뭐 해줄 필요 없다. 그냥, 내가 다 해줄게."

전 가민녀석을 파악 쳐다보며 흥분한 목소리로 말했습니다.

"그래도! 뭐…… 가지고 싶은 거 없어? 어?"

저를 빤히 쳐다보는 가민녀석, 갑자기 얼굴이 빨개지더군요. 이봐. =_=; 도대체 뭘 생각하는 거야.

"한 가지 있긴 한데…… 안돼. 나중에 가져야 돼, 그건."

"에에에~ 뭔데?"

가민녀석 말없이 벌떡 일어났습니다.

"가자. 데려다줄게."

재킷을 집어들며 제 손을 잡고 이끄는 녀석입니다.

도대체 뭐야. 생각하는 게. =_=^;;

#46

날 욕하고 짓밟아도 괜찮아
주위에서 나에게 뭐라고
말해도 난 괜찮아.

난, 내 손으로 사랑을 가졌는 걸.

너흰 그런 나를

부러워하는 것뿐.

"걍이야~ 매점 가자."

"그렇게 부르지 말라고 했잖아."

걍이…… =_= 지훈놈과 화해한 듯한 엽기 미스 깡녀는 얼굴이 홍당무가 됐습니다. 지훈놈의 해설은 이렇습니다. 가+연=걍. -_- 그래서 가연이를 걍아라고 닭살돋게 부르기 시작했습니다. 물론 가연이는 질색입니다.

"정지훈. 제발 그렇게 좀 부르지 마. 응?"

지훈놈과 가연이의 애정행각은 저희 학교의 공공연한 명물이 되었습니다. (-_-;)

"너 너~ 약속 깼어~ 나 정지훈이라고 부르지 말고 서방님이라고 부르라고 했잖아."

가연이 지훈놈에게 질질 끌리며 매점으로 가더군요.

"보기 좋아. 보기 좋다."

무표정의 차가운 포커 페이스 엽기 미스 깡녀의 얼굴에 여러 가지 표정 변화를 줄 수 있는 지훈놈이 신기할 따름입니다. -_-

고개를 돌렸더니 바로 가민녀석의 얼굴이 보이는군요.

"난 귀여운 여자가 좋아."

"그래서?"

가민녀석 저를 똑바로 쳐다봅니다.

"얼굴은 귀여워서 애교 잔뜩 떨 것 같이 생겼는데……."

나한테 애교란 걸 바라는 거냐? -_-;

전 왠지 모르게 아쉽다는 표정의 가민녀석에게 코웃음을 쳤습니다.

"하긴…… 니가 애교를 떨면 이상해 보일 것도 같다."

"당연하지."

가민녀석 손을 쓰윽 뻗어 제 눈을 만지더군요.

갑자기 왜 이래? -_-; 제가 놀라서 쳐다보자 가민녀석 눈을 동그랗게 뜨고 말했습니다.

"눈 튀어 나오겠다. 무서우니까 눈 다시 집어넣어."

"쳇."

무뚝뚝한 녀석. 이게 가민녀석의 매력이기도 합니다.

"난 귀여운 남자가 좋아."

가민녀석, 저와 똑같이 코웃음을 치더군요. =_=; 참으로 잘 어울리겠다. 니 성격에. -_-

"넌 니 앞에서 지훈이처럼 애교떠는 녀석 보면 집어던질걸."

전 울컥해서 말했습니다.

"생긴 게 귀여운 게 좋아! 너처럼, 너처럼……."

잘 생기고 멋진 타입이 아니라 (-_-;;) 라고 하면 이 녀석 꽤나 기뻐하겠지? 안돼 그건. =_=

"폼만 잡는 얼굴 별로야."

가민녀석 이마에 힘줄 하나 돋습니다.

"누군 너 좋대냐? 난 너처럼……."

가민녀석도 한 5초간 뜸을 들여 생각합니다.

"두리뭉실한 애 싫어."

"뭐! 아무리 내가 상체가 발달되지 않았다 해도 어떻게 그런 말을 할 수가 있어?"

"너야말로 뭐라고 그랬냐?"

순식간에 웅성대는 소리가 커집니다. 또 싸운다, 또 시작이다 하는 반 아이들의 목소리입니다. 저와 가민녀석이 씩씩대며 서로를 쳐다보자 옆 반에서까지 구경온 아이들이 내기를 걸고 있더군요. ㅡ_ㅡ^;;

빨갱이가 와서 말렸기 때문에 겨우 싸움이 멈췄지만 저와 가민녀석 아무 말도 하지 않고 있습니다. ㅡ_ㅡ

"아, 아아참참! 가민 선배~ 다음주 수요일 날 학교 축제잖아요. 선배, 요번에도 친구들이랑 무대 나가실 거예요?" ^ㅇ^ ;;

"어."

"쳇. 지가 또 무슨."

벌떡 일어나는 가민녀석을 말리려고 애쓰는 빨갱이입니다. =_=;; 가민녀석 결국 털썩 앉았고 빨갱이는 또 저를 쳐다보며 묻습니다.

"서, 서연이 이번 선녀제 안 나가?"

아, 맞다. 선녀제…… =_=

"나갈 거야."

"지가 무슨 선녀제야. 나가면 무조건 뽑히는 줄 아는 애들 때문
에……."

전 벌떡 일어났습니다. =_= 가민녀석도 벌떡 일어나더군요.

"두고 봅시다. 내가 선녀제에 뽑히나, 안 뽑히나? 당신 말처럼 두리
뭉실한 몸매인 내가 뽑힐지 누가 알아?" -_+

"누가 뭐래냐. 폼만 잡는 얼굴 무대 올라가서 얼마나 살 하는지 두
고 봐." -_-^

가민녀석 둘러싸고 있는 아이들을 뿌리치며 뚜벅뚜벅 나가더군요.

빨갱이 한숨을 쉬며 저를 쳐다보았습니다.

"도대체 두 사람은 왜 툭하면 싸우는 거냐? 내가 다 피가 말라!"

"선녀제 어디서 신청하나?"

전 이를 뿌드득 갈았습니다. 누가 이기나 해보자. -_-^

저와 가민녀석의 말을 들은 아이들이 돈을 걸면서 다시 내기를 걸고
있더군요.

"또 싸웠어?"

"그래. 지겹지도 않나 봐, 두 사람."

학교가 파했습니다. 전 교무실로 올라가 당장 선녀제를 신청하고 왔
습니다. 내 꼭 선녀제에서 선녀가 되리라. +_+

한참 동안 마음을 불태우며 가는데 가연이가 우뚝 멈추더군요.

"왜 그래?"

"어떡해. 교문 앞에 진석빈이 있어."

가연이가 교문 쪽을 바라보고 당황하더군요. 좀 늦게 나와서 애들이 별로 없는 교문 앞에 어떤 갈색머리 남자가 서있다는 걸 금방 알 수 있었습니다.

"그냥 가. 뭐 어때."

빨갱이가 말하는 사이 어느새 가연이 앞으로 헉헉대며 뛰어오는 진석빈이 보였습니다.

아따, o_o 잘 생겼구만. 가연이 당황해서 어쩔 줄 몰라했습니다.

"가자."

"저기, 석빈아. 나……."

진석빈. 아무 말도 없이 가연이의 손을 잡고 끌고 나가려 했습니다. 그 순간 터억 하고 그 손을 잡으며 진석빈을 쳐다보는 놈, 지훈놈이었습니다.

나이스 타이밍이다, 지훈아. ─O─

지훈놈 자신의 트레이드 마크인 모자를 똑바로 깊게 눌러쓰고 차가운 눈빛으로 진석빈을 응시했습니다.

"그 손 놔."

진석빈은 가연이의 손을 더욱 꽈악 잡았습니다. 지훈놈 엄청나게 빠르게 가연이의 손을 잡아채 지 뒤로 가연이를 숨기더군요. 가연이 얼굴이 빨개져서 지훈놈을 쳐다보고 있습니다. =_=

"가연이 나랑 갈 데 있어."

"내 여자야. 니 맘대로 어딜 데리고 가."

진석빈이라는 놈, 그 말이 나오기 무섭게 지훈이에게 주먹을 날리더군요. 하지만 지훈놈, 터억 하고 주먹을 막았습니다. =_=

"나 때릴 수 있는 사람은 이 녀석밖에 없어."

"그, 그때는…… 아우."

지훈놈이 가연이를 가리키자 지훈놈 뒤에 있던 가연이가 나오며 허둥대더군요.

아, 그때 싸대기 날렸을 때를 말한 거구나. -_-;

진석빈이란 애 엽기 미스 깡녀를 쳐다보더군요. 지훈놈 가연이를 자신의 뒤로 다시 숨기더군요.

"닳아. 보지 마."

우엑. =_=;; 속이 메스껍습니다.

지훈놈 가연이의 손을 잡더니 진석빈을 스쳐가버립니다.

"걍이야. 우리 데이트하기로 했잖아. 어디로 갈까?"

아까 차갑게 쏘아보던 지훈놈은 어디 가고 싱글싱글 웃으며 가연이의 손을 잡고 어디론가 가는 주접놈만 보일 뿐입니다. =_=;;

진석빈은 아무 말 없이 뒤돌아 가더군요. 불쌍해라. O_O (이러다 가민한테 혼나지 -_-;)

"하지만 오늘 따라 저 엽기 미스 깡녀가 부럽다."

"어?"

"부럽다고. 저렇게 해줄 수 있는 남자 몇 명이나 있냐."

한숨을 쉬며 말하는데 빨갱이가 저를 의아한 눈빛으로 쳐다보더군요.

"가민 선배도 너한테 잘해주잖아."

"그것과는 차원이 다르잖아."

"가민 선배는 너한테 잘해주는 거야. 3학년 사이에서 너 굉장히 유명해. 가민 선배 네 앞에서 실실대잖아? 가민 선배 웃는 거 보려고 얼마나 많은 여자들이 옆에서 설설 기었는데."

전 빨갱이 손에 들려있는 도시락 가방을 보며 물었습니다.

"아지가 맛있게 먹어주니?"

"응? 아니. 맨날 투덜대. 그래도 내가 어디 갔다가 오면 다 먹고 있더라."

다들 행복해 보입니다. -_-. 빨갱이가 수줍은 듯 웃습니다. 사랑을 하는 여자만이 지을 수 있는 웃음이라는 생각이 듭니다.

"야. 빨갱아."

"빨갱이라고 부르지 말라고 했지."

"애교 잘 떨려면 어떻게 해야 하냐?"

빨갱이 갑자기 제 머리에 손을 대며 인상을 씁니다.

"열은 없는데, 상한 김치 먹었냐?"

"장난치지 마. 나 심각해."

"너 가민 선배가 너보고 애교 없다고 하니까 그런 거지. 두 사람 다 왜 감정에 솔직하지 못한 거야?"

"아니야! 그냥 애교 하나 배워두면 좋겠다 싶어서 그러는 거야."

빨갱이는 피식 웃습니다.

"애교라는 거 배워서 되는 거 아니야. 사랑하는 사람한테 잘 보이고 싶으면 저절로 생겨. 그리고 니가 애교 떨면…… 성격으로 봐서 니 자신이 미워질걸."

빨갱이 그 말을 해놓고는 도망치듯 집으로 갑니다.

전 혼자서 터덜터덜 집쪽으로 걸어갔습니다. 가민녀석 오늘은 데려다 주지도 않고. -_-^

모퉁이를 돌아서자 누군가 뒤에서 킥킥 대는 웃음소리가 들렸습니다.

고개를 돌려보니 지훈놈이 따라오고 있더군요.

"뭐야. 깜짝 놀랐잖아."

"아니, 뭐. 그냥 웃음이 나와서. 쿡……."

"뭐가 그렇게 우스워?"

지훈놈 저를 빤히 보더니 푸하하하 폭소를 터뜨립니다.

"어 말야, 도대체 가민 형한테 무슨 소리 한 거야? 풋……."

"어?"

지훈놈 손을 휘휘 내 저으며 호들갑을 떨 듯이 말합니다.

"가민형이 나보고 어떡하면 귀엽게 보일 수 있느냐고 진짜 진지하게 물어보는데 나 웃겨 죽을 뻔했다. 나 오늘밤에 잠 못자. 웃겨서 밤새 못잘 거 같다. ㅜ_ㅜ 푸하하하! 그 형이 얼굴 빨개지는 모습을 나 처음 봤다고. 어떡해. 나 미치겠어."

어라……? -_-;; 이건 또 어떻게 해석해야 되는 거야.

#48

"내가 왜 이딴 옷을 입어야 되는데!"

"제…… 제발 서연학생. ㅜ_ㅜ"

"싫어! 절대 못 입어! 악악악! 학교 회장새끼 데리고 와! >ㅁ<!"

치렁치렁 레이스가 달린, 알프스 소녀 같은 차림. 학교에서 이쁘다는 애들이 꼭 걸쳐야 한다는 변태회장의 말이었습니다. ㅜ_ㅜ

오늘은 즐거운 축제날입니다.

"이거 뭐야."

"아, 가연학생. 학생이 입어야 할 옷이야. 이쁘지? ^ㅇ^ 중국풍 옷이…… 가연학생!! ㅇㅁㅇ!"

엽기 미스 깡녀 -_- 말없이 가위를 들고 와 옷을 자르려고 하더군요. (-_-;)

전 레이스 치렁치렁 달린 옷에, 머리 위에는 리본을 매달고 뚱하게 서있었습니다. 가연이는 무시무시한 표정으로 허벅지가 다 보이는 -_-; 푸른색 중국풍 옷을 입고 있습니다. 빨갱이 -_- 덜덜 떨고 있습니다. 왜냐구요? -_-; 가죽 탑에 짧은 청치마를 입고 있으니 추워서 떨고 있는 겁니다. =_= 이른 봄, 아직 쌀쌀한 날씨입니다.

저희 셋에게 쏠리는 시선들이 매우 많습니다.

"젠장."

가연이 자신의 다리를 쳐다보는 남자놈들을 야려보며 걷고 있습니다. 빨갱이 추워서 오들오들 떨면서 걷고 있습니다. 전 짜증나서 팔자걸음으로 걷고 있습니다. -_-;;

저희 셋이 이런 옷을 입게 된 것은 축제기간 동안 학교 간판들에게 어울리는 옷차림을 입히라는, 남학생들의 간곡한 부탁 때문이었다고 합니다. =_=^ 안 입으면 학교 축제고 뭐고 없이 무조건 공부라고 해서 어쩔 수 없이 입게 된 옷입니다.

"저기…… 사…… 사진, 같이 찍어주시면 안 될까요?"

제 손을 잡으며 말하는 남자놈, =_=^ 성질 같아서는 그냥 콱! 이지만 이미지 관리…… 이미지 관리가 필요합니다. −_−..

전 씽긋 웃으며 그 남자놈의 옆에서 찰칵 하고 사진을 같이 찍어주었습니다.

걸을 때마다 사진을 같이 찍자는 남자놈들의 부탁에 젠장이라고 읊조리게 되지만, 그래도 같이 찍는 저희 셋이었습니다. −_−;;

"가민아, 니 여자친구 아니냐?"

"와! 죽인다, 졸라 귀엽다." ㅇ_ㅇ

검은색 세미정장을 입고 저를 쳐다보는 가민녀석, 웃긴다는 표정이 역력합니다. =_=

으윽…… 쪽팔려. 고개를 휙 돌리고 다른 쪽으로 가려는데 큰소리가 들립니다.

"야야, 유서연. 감동인데?"

전 가민녀석을 물끄러미 쳐다봤습니다. 한마디만 더해 봐라. 그 입을 바늘로 꿰매버릴 줄 알아. −_−^

"뭐야. 선녀제는 포기하고 이런 치렁치렁 알프스 아가씨를 하기로 마음먹은 거야?"

"누, 누가 포길 해! 지금 이건……"

가민녀석에게 급히 말을 하려는데 누군가 손을 이끌며 사진을 찰칵하고 찍더군요. 깜짝 놀라서 쳐다보았는데 처음 보는 남자놈이었습니다. -_-^

"사진 같이 찍어주실래요?" O_O

"아…… 그, 그러죠."

오늘 하루, 유서연 학교에 봉사활동하는 거다. =_=^ 전 씽긋 웃으면서 그 남자와 사진을 찍으려고 했습니다. 그런데 순식간에 제 손을 이끌어 자기 옆에 세우는 가민녀석이었습니다.

"자,~ 치즈……"

"뭐야! 나 이 사람이랑 찍을……"

"이봐. 사진 안 찍어?"

제 말은 듣지도 않고 제 어깨에 손을 올리고 카메라를 들고 있는 남자애에게 협박하는 가민녀석이었습니다. 그 남자애는 마지못해 사진을 찍었고 가민녀석 찰칵 하는 순간 씨익 웃었습니다.

"사진 나오면 나한테 보내라."

"무슨 짓이야!"

가민녀석 제 손을 잡고 제 어깨를 이끌며 제 옆에 서더군요. 그리곤 어디론가 걸어가더군요. 전 막무가내로 저를 끌고 가는 녀석에게 소리 쳤습니다. =_=

"그렇게 귀엽게 보이고 싶었어?"

가민녀석 우뚝 멈춰서더니 빨개진 얼굴로 저를 쳐다보더군요.

전 씽긋 웃으며 의미심장한 목소리로 말했습니다.

"귀엽네. 아이구 참~ 귀여워! 귀여워 죽겠어!"

"너 지금 나 놀리는 거지."

전 고개를 숙이며 쿡쿡 웃었고 가민녀석 웃지 말라며 얼굴 빨개지더군요. -_- 그런데, 지금 진짜 귀여워.

"나 아이스크림 사줘! 아이스크림."

"알았으니까 방방뛰지 마."

가민녀석 피식 웃으면서 아이스크림 가게로 갔고 전 멀뚱히 녀석을 기다리고 있었습니다.

왜 이리 안와. -_-^ 아이스크림을 만들려고 갔나.

전 아이스크림 가게로 다가갔습니다. 그런데 어색하게 웃으며 아이스크림 하나를 들고 어떤 여자애와 사진을 찍고 있는 가민녀석이 보였습니다. -_-;;

가민녀석. 제 눈엔 보였습니다. 0.5초 동안 지나간 가민녀석의 이미지만 아니면 죽여버렸다라는 눈빛을. =_=;;

"귀찮아."

전 아이스크림을 뺏앗아 냉큼 먹었습니다. 가민녀석 맘에 안든다는 듯 저를 쳐다보며 말하더군요.

"넌 질투 안 나냐?"

"뭐가."

"아무것도 아니야."

가민녀석 표정이 뚱해지더군요. 내가 그렇게 유치한 애인줄 아나.

쳇. (솔직히 질투났지? -_-;)

"야! 한가민 빨리 와! 농땡이 치면 너 죽어."

가민녀석 친구 한놈이 저희쪽으로 오더군요. 그놈, 아이스크림을 먹고 있는 저를 보더니 말하더군요.

"여동생이냐? 야, 나 소개 좀 시켜주라."

"여자 친구다. 너 조금 이따가 보자. 그리고 유서연, 너 다른 남자들 한테 실실 웃으며 꼬리치면 죽는다."

"내가 무슨 꼬리를 쳐!"

가민녀석 친구놈이랑 어디론가 총총 사라지더군요. 아따 -_- 내 남 자친구지만 잘 생기고 멋있구만. -_-* 저는 사라지는 가민녀석의 뒷 모습을 바라보고 있었습니다. 가민녀석 걸어가면서 친구놈 머리통을 콰악 쥐어박더군요. 조금 전에 소개시켜 달라 한 말 때문인 듯합니다.

"유서연! 너 어디 있었어!"

가연이 화난 듯이 묻습니다.

"당장 그 옷 벗으라고!"

절 찾아 헤맨 듯한 가연이와 가연이의 옷을 보며 불같이 화내는 지 훈이입니다. 빨갱이가 말했습니다.

"아지야. 나도 이 옷 벗을까? 응? 다른 옷 입을까?"

"어, 다른 사람들 눈 버리겠다. 당장 갈아입고 와."

이야~ 하고 빨갱이 신나 합니다. 아지놈에게 애교떠는 빨갱이와 무 심한 아지놈. 가관입니다. -_-;;

하지만 아지놈, 입고 있던 푸른색 남방셔츠를 빨갱이에게 덮어주면서 그걸 입으라고 하더군요. 신경쓰였나 봅니다. -_-.

"이 옷 안 입으면 축제 망해! 못 벗어. 아, 이게 아니지. 서연아. 당장 우리 무대로 올라가야 돼. 올라가서 무슨 쇼를 하나 봐."

가연이 말에 지훈이 목소리를 높입니다.

"축제 망해도 돼! 누가 너 쳐다보는 거 싫다고. 나도 안본 니 다리를 남이 왜 보냐고!"

"진짜 저질적인 소리 좀 하지 마라!"

지훈놈 그런 가연이를 보며 할 수 없다는 듯 말했습니다.

"그거 내가 입을 테니까 니가 내 옷을 입어."

"너 미쳤냐?"

가연이는 삐져 있는 빨갱이와 멀뚱히 서있는 저를 끌고 후다닥 무대 뒤로 가더군요.

따라오려다 무대 관계자에게 막힌 지훈이 씩씩대며 무대 맨 앞자리에 털썩 앉았습니다. 가연이를 야려보더군요. -_-

무대 뒤입니다.

"가연학생은 이 옷으로 입어. 중국풍이 정말 잘 어울리단 말야. 빨강 학생은 이 옷 입어. 서연 학생, 이 옷 입구."

"아줌마. 나 또 이 옷 가위로 자르는 꼴 보고 싶어?"

"싫어요! 추워 죽겠어요! ㅠ_ㅠ 또 이렇게 얇고 짧은 거 입으라고요?"

"싫어! 왜 또 레이스 달린 건데!"

#49

"잠깐만요, 순서가 변경됐어요! 춤으로 바뀌었으니까 한 30분 뒤에 나와 주세요."

무대 관계자의 말이었습니다. -_-

겨우겨우 옷을 입은 저와 빨갱이 엽기 미스 깡녀는 춤이라는 말에 갸우뚱거리며 무대 앞쪽으로 나갔습니다. 춤추는 거 보면 재미있잖아. -v-*

무대 앞쪽으로 가니 익숙한 얼굴들이 보이더군요. 가민녀석과 가민녀석 친구들 몇 명, 혼자 귀엽게 모자를 눌러쓰고서 가민녀석이랑 얘기하고 있는 지훈놈. -_-; 까악까악거리는 여학생들. O_O;;

전 무대 앞쪽에서 멍하니 가민녀석을 쳐다봤습니다. 가민녀석 저를 보더니 피식 웃으며 제 앞으로 오더군요. 그리고 제 머리에 손을 터억 올리며 말했습니다.

"니 남편 잘 봐. 두리뭉실."

"뭐?" -_-^;;

피식 웃으며 돌아가는 가민녀석을 향해 까악거리는 여자애들, 가관입니다. 이렇게 인기가 많았었나. =_=;;

무대 앞 의자에 털썩 앉았습니다. 가연이가 인상 한번 쓰니까 세 명이 좌악 비켜주더군요. -_-;;

음악이 나왔습니다. BOK의 〈Funky Jockey〉라는 노래였습니다.

녀석들, 춤을 추기 시작했습니다. 가민녀석 친구들도 꽤 괜찮은 외모의 소유자들이라 대략 5명이 똑같은 행동 똑같은 춤을 추는데, 왜 가민녀석만 멋있어 보이는지요. -_-;;;;

왜 저 자식만 컬러풀로 보이는 거냐. (-_-;)

"가민 선배 죽인다. 진짜 멋있어."

"말했잖아. 가민선배 축제 때 장난 아니라고."

"저 모자 쓴 애 (지훈놈-_-;) 귀엽지? 그리고 쟤 옆에 있는 애가 그 유명한 한가민 맞지? 죽인다. 진짜."

"그래서 내가 이 학교 오려고 했단 말야. 저 두 사람 때문에. ㅜ_ㅜ"

주위에서 여자애들이 장난 아니게 소리를 질러댔고 저도 멍하니 가민녀석을 쳐다봤습니다.

무대 위에서 춤추면서 몸을 움직이던 가민녀석은 제가 그 동안 생각했던 가민녀석과는 차원이 달라보였습니다. 허배허배.

"멋있다."

저도 모르게 중얼중얼 말이 나왔습니다. 빨갱이가 피식 웃으면서 절 쳐다보더군요. 나중에 들은 말이지만 그때 저는 혼이 빠져나간 사람 같았다고 하더군요. (-_-;)

녀석이 춤추던 20분 동안 별나라에 온 듯했습니다.

녀석 헉헉거리며 저를 보고 피식 웃었는데, 푸욱 하고 고개가 숙여질 때의 얼굴이 새빨갰습니다.

"야 =_=; 서연아, 가연아. 니네 둘 얼굴 진짜 빨개."

전 도리도리 얼굴을 흔들었습니다.

무대 진행자가 슬금슬금 그 다섯 명에게 갔습니다.

가민녀석 매고 있던 검은색 넥타이를 살짝 풀며 숨을 들이키더군요.

한 명씩 돌아가며 질문을 하는데 제 귀에는 아무런 이름도 들리지 않고 -_-; 진행자가 "한가민씨" 하고 부르는 소리에만 번쩍 눈이 커졌습니다.

"나 정말 미쳤나 봐." "여자 친구 있느냐고 물어봐요!" "쓰리 사이즈 알려줘요!" 여자 애들이 수첩과 볼펜을 들고 마구마구 외치더군요.

좋겠다, 가민녀석. 인기 많아서. -_- (질투 중입니다 -_-;)

"그럼 하나씩 물어봅시다. 여자 친구 있나요?"

가민녀석 고개를 끄덕였습니다. =_= 여자 애 여러 명이 울상이 되더군요.

하긴 없으면 말이 안 되지……. -_-;; 안 이쁘면 협박편지 보낼 거야…… 등등등 여자 애들이 소리치더군요. (-_-;) 가민녀석 그 소리 중에서 뭔 소리를 들었나 봅니다.

"니네들보단 이뻐."

어휴, 팬 관리 좀 해라. =_=;;

가민녀석 그렇게 말하고 뚜벅뚜벅 내려오더군요. 땀을 닦으며 내려가는 가민녀석을 쳐다보고 있는데 빨갱이가 저를 질질 끌어당겼습니다.

"이제 우리 차례야. 두 사람 다 제발 정신차려."

빨강이는 그리고 또 혼자 중얼거렸습니다.

"우리 아지보다 그리 멋지지도 않던데, 뭐."

 **#50**

"화장 같은 거 안해. 꼭 해야 돼?"

"할 수 없잖아. 얼굴 대."

"그 얼굴에 화장 안 하면 어떻게 살려고?"

솔희년입니다. 전 파캉 하고 째려봤습니다.

솔희년 아주 떡칠을 했더군요. 전 빨강이가 해주는 대로 약간의 볼터치와 분홍색 립글로스를 바르고 빨간색 큰 리본을 머리에 달았습니다.

옆에 서있던 변태 학생회장이 흡족한 듯 미소를 짓더군요.

진짜…… 축제 안해 버린다는 말만 안 했으면……. ㅡ_ㅡ^

치렁치렁 연분홍색 레이스 치마를 입고 멀뚱히 의자에 앉아 있는데 빨갱이가 말했습니다.

"그 뚱한 표정만 아니면 너 진짜 귀여워, 서연아."

빨갱이는 일본풍 교복에 머리를 양쪽으로 묶고 코코아를 마시고 있습니다. 가연이는 빨간색 차이나 의상을 입고 댕기머리를 하고 인상을 팍팍 쓰고 있습니다. =_=

"두 사람 다 옷이 섹시하고 이쁜데 난 왜 이런 옷이야."

"남자들이 좋아하잖아. =_= 어리게 생겨가지고, 레이스 옷까지 입고."

"미친 로리콤 놈들."

한숨을 쉬며 하나씩 올라가는 여자애들을 쳐다봤습니다. 무대 관계자가 컨셉트를 다 잡아주더군요. ㅡ_ㅡ

가연이보고는 무표정으로 나가라고 하고 (이미 표정이 굳어 있는데도 -_-;) 빨강이보곤 발랄하게 웃으면서 나가라 하고 (덜덜 떨고 있습니다. -_-) 저보곤 수줍게 웃으면서 나가라고 하더군요.

학생회장이 저를 쳐다봤습니다. 젠장…… ㅜ_ㅜ

"아…… 알았어요. 수줍게 웃으라구요?"

남자들의 환호성을 들으며 저희는 무대 위로 올라갔습니다.

그 순간이었습니다.

"휘익! ~ 얼룩송아지!"

젠장. -_-;; 무시하자. 전 저를 째려보는 학생회장의 눈빛을 보고 최대한 부끄러운 듯이 웃었습니다.

가연이랑 빨갱이가 너 어디 아프냐? (-_-;) 하는 눈으로 쳐다보는데 전 고개를 푸욱 숙이며 젠장젠장젠장을 -_-; 계속 읊조렸습니다.

주위를 보니 진아 선배도 있었습니다. 진아 선배는 부드러운 하얀색 투피스를 입고 있었고 솔희년은 깔끔한 회색 정장을 입고 있었습니다. 으윽! 나만 이게 뭐냐고요. ㅜ_ㅜ

주위에서 찰칵찰칵 하고 사진을 찍는 소리가 들렸습니다.

"거기~ 귀여운 빨간 리본 아가씨 고개 좀 들어봐요~ ^O^ 그렇게 쑥스러워요?"

"네?"

진행자의 말에 놀라는 척하며 고개를 들었습니다. 가연이가 웃음을 참고 있고 빨갱이가 꼭 쥔 제 주먹을 봤는지 참으라고 입모양으로 말하더군요.

그래. 참자, 참아. (-_-^)

전 부끄러운 척하려고 용을 썼고 무대 앞에 앉아 있는 학생회장은 마음에 든다는 듯 웃음을 실실 흘리더군요.

"그럼 자기 소개를 해볼까요?"

다들 이름을 말하고나자 전 졸려서 꾸벅꾸벅 졸았습니다. =_=

"쟤 자나 봐!"

"저기, 빨간 리본 아가씨?"

"에? 아……." -_-;;

어색해서 눈을 부비적거리며 씨익 웃었더니 진행자 얼굴이 새빨개졌습니다.

"이름을 말해야죠." O_O*

"아, 유서연이요."

별걸 다 물어보더군요. -_- 남자 친구 있냐, 이런 옷을 입게 된 느낌이 어떤가. -_-. (가연이는 짜증난다고 했고 빨갱이는 춥다고 대답했습니다. -_-) 전 그냥 아무 말 없이 웃었고 남자 친구 있느냐는 말에만 그냥 고개를 끄덕였습니다.

"자, 그럼 이 코너 희대의 라스트죠! 고백 라스트 라스트! 자 여러분께 기회를 드리겠습니다. 이 여성분들을 원하시는 남자들, 무대로 올라오세요. 선착순입니다. 지금 무대에 올라와 있는 다섯 분이 파트너를 선택하고 오늘 하루 이 5분을 마음대로 사용하실 수 있습니다. 단, 선은 넘지 마세요."

뭐야 이거. =_=; 무슨 경매장도 아니고……. +O+;;

전 당황해서 가연이와 빨갱이를 쳐다보니 두 사람 다 몰랐다는 표정으로 식은땀을 흘리더군요.

"마음에 드시는 분 뒤에 서세요!"

우르르 몰려오는 남자들, 당황해서 어쩔 줄을 모르겠습니다.

그래도 기분은 좋네. -v-* (-_-;)

전 가민녀석을 찾느라고 낑낑댔습니다. 그런데 어…… 없잖아.

어디 간 거야!! 이 자식!! @0@ (폭팔 -_-;)

"빨간 리본 아가씨, 남자를 택하지 못하고 있네요."

가연이 옆에 지훈놈 -_- 빨강이 옆에 아지놈.

전 계속 주위를 둘러보았습니다. 진아 선배 줄에 서있는 녀석…….

"리본 아가씨. 빨리 택하세요."

눈물이 글썽 고였습니다. 쳇…….

"저, 전……."

왜 울어. 가민녀석이 일부러 저기 갔을 거라고 생각하는 거야? 무슨
일이 있었겠지. 웅성대는 제 줄에 서있는 남자들을 훑어보았습니다.
이미 레이스 치마에는 눈물이 뚝뚝 떨어졌습니다.

이 자식들아……. 왜 우는 모습 사진을 찍는데. ㅜ_ㅜ.(-_-;)

가민녀석이 저를 봤는지 허둥지둥 이쪽으로 오려고 하더군요.

됐어. 변명은 나중에 들을래.

"아무나……. 아무나 좋아요."

"네?"

전 고개를 숙이고 있다가 활짝 웃으며 말했습니다.

"진행자 아저씨랑 저랑 할래요?"

가민녀석 멈칫하더니 아무 말도 안 하더군요.

나중에 들을게. 왜 그랬는지.

어쨌든 제가 한 말에 축제장은 순식간에 웃음바다가 됐습니다.

"아, 저야 좋지만 게임 룰상 안 됩니다." ^o^

전 그냥 제 맨앞에 서있던 남자를 택했고 그 남자랑 무대에서 내려 왔습니다.

"저…… 정말 죄송합니다. 이러면 안 되는 거 알지만 몸이 안 좋아 서요. 정말 죄송해요."

그 남자는 괜찮다고 하면서 대신 사진 한 장만 찍어 달라고 하더군 요. =_= 전 그 남자와 웃으면서 사진을 찍었고 레이스 치마를 들어올 리며 그러려고 했습니다. 지훈놈 그때 제 손을 잡더군요.

"뭐, 뭐야. 왜 그래."

"가연이가 보고 있잖아. 가."

"아까 울었지."

"내가 뭘 울어."

"말해. 울었잖아."

지훈놈 뭘 그리 사납게 쳐다보냐.

전 피식 웃으며 꽈악 잡고 있는 지훈놈의 손에서 제 손을 빼냈습니 다. 그리고 놀란 듯이 말했습니다.

"어! 가연이한테 누구 달라붙었다!"

지훈놈 바로 홱 돌아보더군요. 전 후다다닥 뛰어갔습니다. 젠장. 레 이스 치마 때문에 잘 뛰지도 못하겠네.

막 뛰어가 학교 뒤에 숨었습니다. 숨을 돌리며 그 자리에 철푸덕 주저앉았습니다.

"끈질기게도 따라오네. 어휴."

머리에 있는 빨간색 리본을 바로 빼내버렸습니다.

"왜 빼. 잘 어울리는데."

저에게 성큼성큼 다가오고 있는 가민녀석입니다.

제 옆에 털썩 앉더군요. 전 빨간색 리본을 만지작거렸습니다.

왜 아무 말도 없어. 무슨 변명이라도 해야 내가 화를 내든가, 화를 풀든가 할 거 아냐.

괜히 눈물이 고이려고 하는데 가민녀석 저를 풀썩 안아버리더군요.

"서운했지?"

전 울음이 담긴 목소리로 웅얼거렸습니다.

"그래. 엄청나게."

가민녀석, 안은 상태로 저를 쳐다보더군요.

내가 너 때문에 이렇게 유치한 일에도 눈물을 흘리게 되잖아. 눈물을 쓰윽쓰윽 닦으며 말했습니다.

"나 다시는 이런 옷 안 입을 거야. 이런 옷 입으니까 다들 웃고 그러잖아. 그리고……."

가민녀석 너도 나한테 오지 않았잖아. 아우 씨. ㅜ_ㅜ 내가 왜 이런 거에 유치하게 삐지는 거야.

눈물을 삼키려고 애쓰며 말했더니, 가민녀석 제 손에 꽈악 쥐어져 있는 빨간색 리본을 제 머리에 달아주며 말했습니다.

"야…… 진짜 이쁘다."

가민녀석 제 머리카락을 부비적거리며 말했습니다.

"내가 좀 늦게 와서 니 무대 나오는 걸 못 봤어. 미안해, 허둥지둥 줄을 섰는데 어쩌다 보니…… 으음, 성진아 쪽 줄인 줄 몰랐어. 진짜야. 선택되고 나니까 정반대에 니가 서있더라."

가민녀석 어색한 듯 웃었습니다.

"그래. 믿어 주지."

"진짜라니까. 아…… 그리고……."

가민녀석 주머니를 뒤적거리더니 제 손에 은색의 이쁜 팔찌를 주더군요. ○_○.. 그리고 지 팔목을 보이며 똑같은 팔찌라는 걸 강조하더군요.

"이거 신청했었는데 집으로 왔지 뭐냐. 이거 생각나서 집까지 달려갔다 왔어. -_-; 그래서 늦은 거야. 이제 믿을 거지?"

전 제 손목에서 반짝이고 있는 팔찌를 쳐다봤습니다.

가민녀석 제 모습을 보고 피식 웃으며 말했습니다.

"오늘이 투투인가? 사귄 지 22일 되면 투투라고 한다매? 친구들이 그러더라고. 200원씩 걷으면서 선물해 주는 거라고."

허억~ ○ㅁ○;;;(-_-;) 잊고 있었다. 잊고 있었어. 투투에 빨간색 표시까지 해두었었는데 축제 덕분에 까맣게 잊고 있었다. 전 가민녀석을 쳐다보며 당황해했습니다.

"어, 어떡하지. 솔직히 나 아무것도 준비 안 했는데……."

"뭐가. 잘 준비되어 있구만."

전 어리둥절해하며 가민녀석을 쳐다보았습니다.

"어두컴컴하지. 우리 둘밖에 없고. 잘 됐네. 딱 좋네."

"무슨 소리 하는…….. 읍! 싫어! 저리 가! 너 죽었어!"

그 다음 상황은 다 아실 거라고 생각됩니다. –_–;; (늑대놈 –_–;)

51

깨끗한 소리를 내며

떨어지는 빗방울

검은색 도화지 같은 하늘

흠뻑 젖으려고 하는 나의 옷

하지만 나에게 웃음이 나오는 건

빗속에서 하얀 우산을 들고

날 기다리는 너를 보았기 때문이야.

"으윽. 이 옷들은 다 뭐야."

"뭐긴 뭐야. 선녀 복장이지."

"우리가 널 선녀로 만들어 줄게~"

교무실로 올라가자 가연이와 빨갱이가 선녀 옷을 터억 내주었습니다. 오늘 하루 선녀복장을 하고 돌아다니라는군요.

그래 그래. 레이스보다 낫다. (–_–)

저희 셋밖에 없는 여자 탈의실에서 옷을 갈아입으려고 합니다. 몇 겹을 입는 건지…… 갑갑해 죽겠습니다.

빨갱이는 박수를 치며 말합니다.

"야~ 옷이 날개라더니 -_- 이쁘네~"

탈의실에 걸려 있는 거울로 보니 우와, 한복이 진짜 이쁘다 싶은 감탄이 절로 나옵니다. 색깔도 곱고~ 레이스보다 허배 낫네. +0+

선녀 특유의 머리를 올리고 하얀색 면사포로 얼굴을 가렸습니다.

"얼굴은 왜 가리는 거야?"

"너 몰랐어? 선녀제는 그 무대에 올라가는 순간에 사람들이 투표하는 거야. 얼굴을 미리 보여주면 신비감이 떨어지잖아."

"그러니까 너 한 시간 동안 여기 콕 박혀 있어야 돼. 알았지?"

뭐? @0@!!

"아…… 심심해. ㅜ_ㅜ.. 탈의실 불까지 꺼놓고 있어서 -_-; 무섭기도 하고 심심하기도 하고. 멀뚱히 구석에 처박혀 앉아있는데 벌컥 문이 열렸습니다.

깜짝 놀라서 고개를 들었더니 흐릿하게 보이는 게 남자가 분명했습니다.

"누, 누구세요?"

억. =_=; 목소리가 새나갔다. 그런데 생각해보니 제 목소리보다 훨씬 가늘게 나갔습니다.

그래. =_= 이 목소리로 얘기하자. 새나가니까 목소리가 훨씬 이쁘네. -v-*

"아, 죄송합니다. 지금 여자 애들을 피하느라고……."

뛰어온 듯 헐레벌떡 다가와 털썩 탈의실에 주저앉는 사람입니다.

"저, 잠깐 이곳에 있으면 안 될까요?"

"아, 괘…… 괜찮아요."

숨을 돌리며 탈의실 의자에 앉아 있는 저를 쳐다보는 남자. 어두워서 얼굴이 잘 안 보입니다. 저쪽도 마찬가지일 겁니다.

전 고개를 숙이며 가만히 앉아있었습니다.

"선녀제……. 나가나 봐요?"

"아…… 네."

목소리가 −_− 많이 익숙한 듯. 아닌가. 어색한 듯……. (−_−) 약간 상황이 어색합니다.

"선녀제 나가는 게, 그렇게 좋은 걸까요."

"아, 선녀제에서 뽑히면 글쎄요……. 뭐 뽑힌다는 건 그 자체로도 특별하단 의미를 가지니까요. 그것 때문에 나가는 거 아닐까요?"

그 남자 피식 웃습니다.

"남자 친구 있으세요?"

"아, 네."

"저도 여자 친구 한 명 있는데 그 녀석 키우기가 여간 어려워야죠. 언제 이리 뛸까 저리 갈까 걱정돼서 어떻게 할 수가 없어요."

전 살짝 웃으며 말했습니다.

"그 여잘 진짜 좋아하시나 봐요."

가만히 있던 남자, 웃는 소리가 상쾌합니다.

"네. 진짜 좋아해요."

"으음. 저도 남자 친구 하나 있는데 바람기도 있고 여자관계가 은근히 복잡해요. 제가 많이 힘들기도 했지만 뭐…… 괜찮아요. 내가 좋아하니까."

"그 남자가 그렇게 좋으세요?"

전 조용히 웃으면서 대답했습니다.

"네."

"이름이 뭐예요?"

제가 막 이름을 말하려는 순간 문이 벌컥 열리며 빛이 쏟아져 들어왔습니다.

"서연아, 나가자! 어? 가민 선배. 여기서 뭐하세요?"

서로를 멍하니 쳐다봤습니다. =_=;; 그러니까 이 남자가 가민녀석이었어?

가민녀석도 놀랬는지 저를 빤히 쳐다보더군요.

전 씽긋 미소를 지으며 빨갱이 손에 이끌려 나가면서 말했습니다.

"그 여자가 이런 남자 만나서 참 좋다고 전해달래요."

스쳐지나가는데 가민녀석의 살짝 웃는 미소가 보였습니다.

무대 위로 조심스럽게 올라갔습니다.

진아 선배도 보이더군요. (이미 선녀로 뽑힌 사람도 또 할 수 있습니다. -_-)

와아…… 진짜 이쁘네. O_O

선녀 후보가 4명이었는데 제가 왠지 쫄리는 듯했습니다.

웅성웅성거리며 지켜보는 사람들 앞에서 한 20분 동안 얘기를 하고 투표에 대한 설명을 하면서 끝이 났습니다.

무대에서 한숨을 쉬며 내려오는데 가민녀석이 저를 빤히 쳐다보더군요.

전 씨익 웃으면서 가민녀석에게 갔습니다.

"이봐, 난폭 선녀씨."

"뭐?" -ㅁ-^

가민녀석 제 어깨를 토닥토닥거리며 말했습니다.

"그 남자도 이런 여자 만나서 참 기쁘댄다."

전 싱긋 웃었습니다. 녀석과 얘기를 하고 있는데 10분도 채 안돼 발표가 나더군요.

"와아, 몰표입니다. 3번 유서연 학생! 올라와주세요!"

전 가민녀석을 쳐다보며 말했습니다.

"우리 내기 무승부야."

가민녀석 말없이 무대위로 올라가려는 제 손을 잡으며 말했습니다.

"다른 남자들 앞에서 그렇게 웃지 마라."

전 가민녀석의 손을 꽈악 잡았다가 놓았습니다.

"니 앞에서만 웃을게."

녀석을 향해 환하게 웃으며 무대 위로 올라갔습니다.

 # 52

쉽게 얻은 것은 쉽게 떠나고
노력하여 얻은 것은
떠나가도 당신 곁을 맴돌 것이다.

"맞지? 맞지? 56대 선녀!"

"그래. 2학년에서 나왔잖아. 맞아. 그 빨간 리본 달던 애였잖아."

헤벌쭉…….)_(*

다들 제가 걸어갈 때마다 저에 대해서 말하고 수근대더군요. 유명인
사가 된 것 같아서 기분좋습니다. 빨갱이와 엽기 미스 깡녀도 저와 만
만치 않게 유명인사가 되었습니다. 하지만 두 사람은 그렇게 된 것을
좋아하지 않더군요. 전 좋아 죽겠는데. -_-;;

"얼굴 팔리면 귀찮은 일 많아."

"맞아. 귀찮은 일 많아."

"어? 어째서?"

가연이는 한숨을 쉬며 말없이 당근주스를 집어들었습니다. 그러자
남자애들이 웅성거리기 시작했습니다.

"당근 주스를 좋아하는구나!"

"봤지? 사생활 완전 침해."

"순대 같은 거 먹으려고 해도 눈치 보여서 못 먹지. -_-^;; 족발도
먹을라치면 꼭 어디선가 나타나서 추한 모습 찍어가지고 팔지. 아무튼
귀찮아."

빨갱이도 인상을 찌푸렸습니다.

전 이해가 안 간다는 듯 말했습니다.

"왜~ 좋잖아!"

"뭐?"

"사람들이 좀 신경 쓰여도 멋있고 이쁜 이미지 심어지면 좋은 거 아니겠어?"

가연이 당근주스를 쭈욱 마시면서 저를 보았습니다.

"너처럼 낙천적인 녀석도 별로 없을 거야."

그리곤 휙 빈병을 던졌는데 쨍강 하고 병 깨지는 소리가 났습니다. 저희 셋 다 놀라서 그쪽으로 고개가 돌아갔습니다. 귀엽게 생긴 남자애가 풀썩 쓰러져 있습니다.

이마에 피가……!

"박가연! 너 지금 무슨 짓 한 줄…….."

헉. 이것들이 어디로 간 거야! 이미 후다다닥 도망가고 있는 엽기 미스 깡녀와 빨갱이입니다. 나한테 죄를 뒤집어 씌우려고! ㅠㅁㅠ!!!

진 딩황했지만 어쨌든 그 남자 애를 끙끙대며 들어올렸습니다 1학년인 것 같았는데, 전 5층까지 헉헉대며 그 녀석을 부축해 올라갔습니다. 그런데 갑자기…….

"너 뭐야."

"아! 정신이 들었구나! ㅠ_ㅠ 자, 이제 너 혼자 올라가."

그런데 이 인간, 갑자기 고개를 풀썩 숙이며 제 어깨에 얼굴을 기대는군요. =ㅁ=^

수업은 이미 한참 전에 시작됐는데 전 다시 기절한 듯한 그 녀석을 헉헉대며 양호실 침대까지 끌어다 눕혔습니다.

아…… 땀나는군요. -0-

숨을 돌리고 다시 나가려더 때입니다.

"이봐. 옮겼으니까 치료는 해줘야 될 거 아냐."

뭐? 으윽! 뭐 저 따위로 뻔뻔스러운 새끼가 있습니까!

전 그래도 제 성질을 꾸욱 누르며 최대한 웃으며 말했습니다.

"양호선생님 오시면 알아서 해주실 거란다." ^-^ + (웃으며 째리기입니다. -_-;)

"그건 나랑 상관없고 옮긴 건 너니까 빨랑 치료나 하라고. 웃기는 년이네."

우…… 웃기는 년! @0@!!

전 결국 발악을 하며 소리쳤습니다. 휴지를 그 녀석 이마에 던져 터엉 맞췄습니다.

"짜증나! 너 같은 새끼가 세상에서 제일 싫어! 니가 알아서 치료하든지 약을 처먹든지 니가 알아서 하라고! 내가 왜 너 따위 애한테 이렇게 신경질을 내야 하냐!!!"

"오케이. 거기까지."

귀엽게 생긴 얼굴에 살짝 차가운 미소가 걸리더니 주머니에서 녹음기가 나오더군요.

어억. =ㅁ=;;

"56대 선녀께서 이딴 상스러운 말을 지껄였다면 사람들 반응이 어떨까?"

"이런 젠장, 내놔!"

제가 풀썩 뛰어들자 이 인간, 제 머리통을 터억 막으며 말했습니다.

"이봐. 너 나한테 약점 잡힌 거야. 내가 원하는 거 다 해줘야 돼."

"뭐? 내가 왜!"

녹음기의 버튼을 누르자 제가 아까 녀석에게 했던 말이 고스란히 들려오더군요. -_-;;

젠장……. 몸이 부들부들 떨렸습니다. (착하게 살지 그랬어. -_-;;)

전 머리카락을 쓸어올리며 물었습니다.

"그래. 원하는 게 뭐야."

"슬슬 생각 좀 해보고."

저 선하고 귀여운 얼굴에 이런 더러운 끼가 숨어 있었다니. -_-^ 전 열 받아서 한 소리를 또 던지려 했습니다. 그 순간 양호실 문이 드르륵 열리며 가민녀석이 팔에 피를 뚝뚝 흘리며 들어오더군요.

어어? 그런데 갑자기 더러운 놈이 제 손을 끌더니 침대로 끌고 가 눕히는 것이었습니다. 그리고 귀에 입을 바짝대고 속삭였습니다.

"자, 이 장면을 한가민이 보면 어떻게 될까?"

점점 다가오는 더러운 놈에게 짜증이 더해져 이마에 힘줄 하나 돋구어졌습니다. 가민녀석 말소리가 들렸습니다.

"젠장, 양호선생 또 어디로 튄 거야?"

가민녀석. 제발 침대 쪽을 한 번만 봐줘! ㅜ_ㅜ 더러운 놈, 손으로 제 입을 막고 아둥바둥대는 저에게 다가오더군요. 퍽퍽퍽 소리를 들었는지 가민녀석이 다가오는 소리가 들렸습니다.

"야! 잠꼬대 좀 작작 해라. 누군지 몰라도 참."

으악! 저 자식이!! ㅜ0ㅜ!!

전 제 입을 막고 있는 더러운 놈의 손을 꽈악 물었습니다. 그리고 그 놈이 손을 매만지고 있을 동안 전 침대에 처있는 커튼을 홱 걷으며 나왔습니다.

"어? 유서연. 그 극심한 잠꼬대의 주인공이 너였냐?"

"아, 그게……."

갑자기 제 목을 휘감싸는 손, 그리곤 제 어깨에 얼굴을 올려놓는 놈이 있었습니다.

"서연아, 누구야?"

순간 전 몸이 굳었고 가민녀석은 무표정으로 저와 그 더러운 놈을 쳐다봤습니다. 어떡해. ㅜ_ㅜ..

으윽……. =_= 어색한 이 순간. 전 당황해서 그 더러운 놈의 손을 화악 빼고 가민녀석 옆에 섰습니다. 그런데 가민녀석, 양호실 의자에 앉더니 하는 말.

"유서연. 약 발라줘."

"어? 어어." ㅇ_ㅇ

전 까진 가민녀석의 팔에 묻어 있는 피를 거즈로 쓰윽쓰윽 닦고 있습니다.

가민녀석 다친 손은 저에게 치료받고 있고 다른쪽 손으로 턱을 괴고 저의 목을 휘감았던 그 더러운 놈을 쳐다보며 말합니다.

"채호진. 끝까지 내 일에 태클을 걸 거냐?"

에? ㅡ_ㅡ; 가민녀석이 아는 사람? 그럼 3학년이네. 3학년에 이렇게 귀엽게 생긴 사람이 있었나. ㅡ_ㅡ 전 그 더러운 놈을 쳐다봤습니다.

채호진이란 더러운 놈은 저를 보고 씽긋 웃더군요.

"서연아, 뭘 그렇게 놀라. 서로 아는 사이에?"

뒤로 녹음기를 슬쩍 보이며 웃는 더러운 놈입니다. (ㅡ_ㅡ;)

전 이를 뿌드득 갈며 무시했습니다. 붕대를 쓰윽 다 감고 가민녀석을 쳐다보니 가민녀석 저를 보며 물었습니다.

"저 자식이랑 어떻게 아는 사이냐?"

"아……."

엽기 미스 깡녀가 던진 병에 저 자식이 맞고 피흘려서 데리고 왔어, 라고 말하려는데 그놈이 먼저 말을 끊었습니다.

"나? 우리 서연이랑 굉장히 친한 사인데?"

"뭐…… 뭐라고?"

황당해서 고개를 드니 더러운 놈, 녹음기로 제 어깨를 꾸욱 찌르며 제 머리카락을 부비적거리더군요.

어떻게 할 수도 없고, 가만히 있는데 가민녀석이 붕대 감은 손으로 더러운 놈의 손을 타악 쳐냈습니다. 그리고 차가운 표정으로 제 머리를 끌어당겼습니다.

"만지지 마."

전 얼굴이 화악 달아올랐습니다. 가민녀석의 오렌지 향이 제 코끝을 자극했습니다.

가민녀석 벌떡 일어나더니 저를 품속에 가둔 채 양호실에서 데리고 나왔습니다.

"저, 저기! 나 좀 놔줘."

좋긴 하지만. -_-*

가민녀석 걷다가 우뚝 멈추며 저를 빤히 쳐다보더군요. 무언가 할말이 있는지 입을 달싹거리다가 아무 말도 없이 그냥 저를 끌어당겨 안았습니다.

"왜…… 왜 그래."

가민녀석 더욱 더 세게 저를 안더군요.

전 가민녀석의 어깨에 손을 올려놓고 가만히 있었습니다. 서운했었구나. 하긴, 자기 여자친구가 다른 남자 손길 뿌리치지도 않고 가만히 있었으니.

전 가민녀석에게 안긴 채 말했습니다.

"기분좋은 오렌지 향이다. 나도 이 향수 살까?"

가민녀석 계속 저를 안고 있었습니다. 전 가민녀석의 등을 토닥거려 주었습니다.

"걱정하지 마. 나 계속 이렇게 니 품에 안겨 있을게. 나 믿지?"

가민녀석 피식 웃는 소리가 들렸습니다.

"당연하지."

"구라치지 마. 지금 나 못 믿어서 안고 있는 거잖아. 그건 그렇고 팔뚝은 왜 상처난 거야?"

"굴렀어."

"잘한다, 잘해."

전 괜히 녀석의 등을 퍽퍽 때렸습니다. (-_-) 가민녀석 그럴수록 저를 껴안더군요. 그리고 계속 웃더군요. 맞는 게 즐겁냐? -_-;;

가민녀석 지 반으로 돌아가고 저도 곧 다가올 쉬는 시간에 제 반으로 들어가려고 하는데 제 손을 잡는 손이 있었습니다.

"뭐야."

"이봐. 나 원하는 거 생겼어."

이 더러운 놈. -_-^

"그래, 뭐야. 들어줄 수 있는 건 들어주고 안 되는 건 못 들어 줘."

가만히 제 손을 끌어당기며 귀엽게 웃으며 말하는 얼굴이 가증스럽기 짝이 없습니다.

"유서연. 널 갖고 싶어졌어."

전 웃긴다는 듯 호진놈을 쳐다보며 말했습니다.

"못들어 줘. 나 한가민꺼거든."

그렇게 말하는, 제가 말하고도 부끄리워 -_- ; 히둥지둥 계단을 내려왔습니다.

#53

"옆에서 쫑알대지 좀 마! 왜 자꾸 따라다니는 건데!"

"니가 내 부탁 들어주면 꺼져 줄게."

"못들어 준다고 했잖아!"

"너 자꾸 이러면 이 녹음기에 있는 목소리 방송실에 가져다준다? 나 방송부야."

전 저절로 주먹이 쥐어지고 발밑이 푹푹 빠지는 듯한 느낌을 처음으로 가져보았습니다. 이 더러운 놈 일 주일째 저를 달달 볶으며 자기가 얘기한 조건을 허락하지 않으면 녹음한 것을 뿌려버리겠다고 협박했습니다.

그래도 어떡해. 그래, 가민녀석이 내 옆에 떠억 하니 지키고 있는데 어떻게 버리라고. 나도 가민녀석 옆에 있는 게 좋은데! (-_-;)

"난, 사귀는 건 안돼. 그러니 다른 걸 말해!"

호진놈, 으음 하고 턱을 매만지더군요.

정말 착하고 귀엽게 생긴 얼굴에 저딴 더러운 -_-; 성격이 숨어있었다니. 다시는 사람을 외모로 판단하지 말자. =_=^;;

전 얼룩무늬 목도리를 하고 있는 더러운 놈을 티껍다는 눈빛으로 쳐다보았습니다.

"야~ 그림 된다. 쟤, 채호진 맞지? 간판들이 모임 들어오라고 했는데 그딴 더러운 데 안 간다고 한 애."

"둘 다 귀엽게 생겨 가지고 괜찮네."

"이제 한가민 어떡하나. 큭큭……."

저 놈들이……. (흥분 -_-;) 제가 홱 쳐다보자 남자 애들이 움찔하더니 고개를 푸욱 숙이고 가더군요.

아, 미쳐. 성격 감추고 살지 말걸. 그냥 내놓고 살걸. -_-^;;

"이봐! 빨리 말해. 정했어?"

더러운 놈, 손바닥을 쫘악 펴며 제 앞에서 씨익 웃었습니다.

"앞으로 5일간 한가민이랑 만나지 마."

"뭐? 5일?"

"딱 5일만 그렇게 해주면 녹음기를 그냥 돌려줄게. 진짜라니깐~ 대신 한가민 전화도 받지 마. 한가민이랑 눈 마주치면 하루씩 늘어갈 줄 알아. 내가 애들 풀어 감시할 거다."

도대체 뭐 저딴 자식이 다 있냐. -_-^

전 한숨을 쉬며 고개를 끄덕였습니다.

"좋아. 5일이야. 5일만이야! 정말 5일!!!"

전 피식 피식 웃는 더러운 놈 앞에 5일을 강조하고 씩씩대며 교실로 내려갔습니다.

열반에서 책상에 기대 더러운 놈을 마구마구 씹고 있는데 교실문이 드르륵 열리고 빨갱이가 뛰어왔습니다. 얼굴이 빨개져 있습니다. (완전 홍낭무로군. -_-;)

"유서연……. 너…… 헉…… 어떻게 된 거야. 헉."

"왜."

빨갱이가 한참을 헉헉거리고 숨을 고르더니 엄청나게 큰소리로 말했습니다.

"채호진 그 자식이 왜 가민 선배한테……. 5일 안에 널 자기 걸로 만들겠다고 지껄이고 간 거야?!!"

전 벌떡 일어났습니다.

당장 가민녀석에게 가야……. ㅡㅡ.. 아, 5일간. 지금부터지……. 못 만나는구나. 아우 씨. 이 자식 계획적이었던 거야.

전 다시 자리에 털썩 앉았습니다.

"뭐야. 너 왜 가민 선배 반에 안 가. 무슨 말이라도 해야 되는 거잖아!"

빨갱이 재촉하며 안절부절 못합니다.

"못가."

"왜!"

"가고 싶어도 못 간다고!"

제가 버럭 소리를 지르자 빨갱이 놀라서 쳐다보더군요.

그래. 이렇게 머리에 열 뻗치기는 처음이다. 정말. =_=^

전 풀썩 책상에 엎드려 버렸습니다. 그리고 입술을 깨물었습니다. 지금 아무것도 못하는 저 자신이 굉장히 미울 뿐입니다.

가만히 저를 쳐다보던 빨갱이가 말했습니다.

"니가 이렇게 가만히 있으면 가민 선배 많이 힘들 거야. 널 믿겠지만 그래도 많이 힘들 거라고."

교실 애들도 웅성웅성 대며 저에 대해 말하더군요.

미안. 미안해 한가민. 나란 여자, 진짜…….

"뭐해?"

더러운 놈의 목소리가 들렸습니다. 전 벌떡 일어나 그 자식을 무섭게 쳐다봤습니다. 주위 애들도 죽은 듯이 조용해져 저와 더러운 놈을 쳐다보더군요.

"너, 도대체 무슨 짓을 꾸미는 거야."

"약속은 꼭 지키겠지?"

"넌 진짜 더러운 놈이야. 이렇게 치사하게 살 거냐?"

"그 말, 애들 다 듣게 큰소리로 해보지?"

호진 녀석 조심스럽게 제 어깨에 쿡 하고 녹음기를 찌르며 속삭였습니다.

"내가 드럽다면 넌 뭐냐? 이렇게 가식적으로 살아가는 넌 뭔데? 한가민도 불쌍하지. 너 같은 더러운 애를 좋아하니까. 넌 니가 사랑한다는 한가민보다 니 자신의 이미지를 더 소중하게 생각하는, 쓰레기 같은 년이야."

"너 말 다했어?"

피식 웃던 호진놈, 이번에는 교실 애들이 다 듣게끔 크게 웃으며 말했습니다.

"서연아. 내일 우리 데이트하자? 알았지?"

전 아무 말도 못한 채 가만히 주먹을 쥐고 자리에 털썩 앉았습니다.

바보, 병신, 말미잘, 해삼, 멍게…….

…….

…….

난…… 정말 가민녀석보다 나 자신이 더 중요하다고 생각하고 있는 걸까…….

너란 사람 참 이상해
내 품에 안겨서도
왜 다른 생각을 하고 있니.
그걸
왜 나한테 감추고 있니.

하루가 지나고 4일이란 기간이 남았습니다.

하루 동안 전 가민녀석을 만나지도 목소리를 듣지도 않았습니다.

보고 싶어도 못 만나는 그런 마음. 바보 같은…… 생각.

"정말 이해 안 가네. 왜 만나지 못한다는 거야. 무슨 일 있어?"

엽기 미스 깡녀가 닥달해도 전 아무 말 없이 묵묵히 입을 다물고 있었습니다.

어제 집에 가는 길이었습니다. 저를 잡고 더러운 놈이 말하길, 아무에게도 말을 해선 안 된다더군요. 자기와 5일 계약한 것을. 전 또 바보같이 고개를 끄덕였습니다.

"답답해 죽겠네!"

난 무서운 거야. 그 동안 내가 쌓아놓았던 나 자신만의 자신감, 내가 가지고 싶은 사람들의 눈빛……. 난…… 용기가 없어. 날 언제나 동경해하던 시선들이, 욕지꺼리일삼는 그런 여자로 바꿔 인식할 시선에 맞서 싸울 자신이 없어. 정말 바보 같은 말이지만. 두렵다고.

가연이는 말없이 벌떡 일어나더니 어디론가 가더군요.

"걍이야, 서방님 오셨……. ㅇ_ㅇ.. 어? 걍이 어디 갔어? 걍이!"

지훈놈 제 앞에서 엽기 미스 깡녀를 찾더군요. -_-

전 모르겠다고 말하고 가만히 앉아있는데 지훈놈 저를 쳐다보며 물었습니다.

"또 뭐야. 그런 얼굴 만들게 한 일이."

"아무것도 아니야."

지훈놈 제 말에 가만히 있더니 발걸음을 옮기면서 넌지시 말했습니다.

"말할 마음 생기면 언제든지 찾아와라."

전 그저 입가에 미소만 띄우고 다시 고개를 숙였습니다.

나란 아인, 정말 무능력하구나. 그리고…… 나밖에 생각을 안 하는구나.

"유서연. 나랑 얘기 좀 하자."

교실문이 드르륵 열리며 들어오는 건 가민녀석입니다.

하루밖에 안 됐는데 왜 니 모습이 새롭게 보이니. 전 웃으면서 다가서려다 가민녀석 뒤에서 피식 웃고 있는 더러운 놈을 보았습니다.

전……. 문앞에 서있는 가민녀석을 스쳐지나갔습니다. 입술을 깨물고 지나갔습니다.

"너 뭐야."

전 가민녀석을 쳐다봤습니다. 나……. 어떡하면 좋니.

전 가민녀석의 손을 매몰차게 떼어버리곤 뚜벅뚜벅 걸어갔습니다.

4일만, 이런 생활 참으면 된다.

"너 왜 그러냐고 물었다. 왜, 나를 피하는지 물었어."

등 뒤에 가민녀석의 메마른 목소리가 달라붙었습니다.

4일 뒤에 녀석에게 말하는 거야.

그 자식 때문에 그랬다고. 이해해 줄 수 있니. 그래 줄 수 있겠지?

가민녀석 또 소리쳤습니다.

"왜 아무 말도 안해."

주먹을 꽈악 쥐고 앞만 보고 걸었습니다.

전 결국 못 참고 가민녀석에게 돌아가려고 했습니다. 그 순간, 제 손을 붙잡으며 웃고 있는 더러운 놈. 으으……

전 흔들리는 눈으로 가민녀석을 돌아다보면서 더러운 놈을 따라갔습니다.

가민녀석 아무 말 없이 거기에 못박힌 듯 서있더군요.

"아주 잘했어."

"나 못해. 나 더 이상 못해!"

가만히 저를 쳐다보는 더러운 놈에게 또 말했습니다.

"맘대로 해. 그래. 방송부에 뿌리든지 뭘 하든지 마음대로 해."

안 되겠어. 나 가민녀석 없으면 안돼.

더러운 놈 씨익 웃더니, 제 손을 끌어 입을 맞추더군요.

전 놀래서 녀석을 밀어내려고 용을 쓰고 있는데 찰칵 하는 소리가 들려왔습니다. 소리가 들린 쪽을 쳐다보니, 재미있다는 듯 솔희년이 웃고 있었습니다.

 # 55

사랑받고 싶었어.

아무나 좋아

진심이 아니라도 좋아.

그저 날 사랑해주는 척만 해주어도 좋아.

난……

사랑받고 싶었어.

　

땅밑으로 발이 푹푹 꺼지는 느낌, 절망 속으로 빠져들어가는 느낌입니다.

"그거 내놔."

피식 웃으며 솔희년은 카메라를 위로 들어올렸습니다.

"호진아. 이리와."

전 더러운 놈을 쳐다봤습니다. 더러운 놈은 재미있다는 듯 웃으며 솔희년에게 걸어가더군요. 전 주먹을 꽈악 쥐며 말했습니다.

"니네 둘. 왜 날 못 잡아먹어서 안달이냐."

더러운 놈은 피식 웃으며 말했습니다.

"이제 니가 알아서 해라."

전 더러운 놈을 쳐다봤습니다. 더러운 놈은 저를 보면서 웃으며 말했습니다.

"하루."

조용히 잔인하게 말했습니다.

"하루 만에…… 끝난 거야. 단 하루. 넌 하루 만에 한가민을 버린 거야. 겨우 하루 만에."

털썩 주저앉았습니다.

그래……. 내가 시작는데, 모든 것은…… 얄량한 내 자존심 탓. 남은
건…… 더러울 정도로 사람을 믿지 못하는 내 몸뚱아리밖에 없어.

솔희년은 저에게 저벅저벅 다가왔습니다. 멍한 표정으로 주저앉아
있는 저의 배를 퍼억 하고 발로 찼습니다.

"흡."

"지금이라도 가민이 포기하겠다고 말하면 이 사진 그냥 태우겠어."

나의 단점은 떠난 뒤 후회하는 바보 같은 짓. 그런 단점이 난 싫
어…….

"싫어."

"싫어? 하……. 싫어? 싫다고? 넌 이미 가민이한테 상처를 줄대로
줬어! 가민이를 가지고 노는 너 같은 애! 난 너란 여자 잘 알아."

난…… 가지……고 놀……지 않았어."

제가 배를 움켜잡고 쳐다보자 솔희년은 냉혹하게 말했습니다.

"넌 니가 필요할 땐 거침없이 수용하지. 하지만 쓸모없게 되었을 땐
바로 버려 버리는 그런 여자야. 넌 모르겠지. 너 자신을 모르겠지. 니
눈엔 내가 나쁜 년으로 보이겠지. 하지만 내가 나쁜 년이면…… 넌 도
대체 뭔데. 가민이 가지고 노는…… 넌 뭔데!"

"그만 해."

가민녀석이었습니다. 고개를 숙이며 싸가지년을 말리는 가민녀석
이었습니다.

전 쓰린 아픔에 배를 더욱 강하게 움켜잡았습니다.

가민녀석 저를 들어올리더군요. 싸가지년이 말했습니다.

"한가민. 너 그만해. 그만하라고. 너만 힘들어."

"너 교실로 가."

솔희년은 버럭 하고 울음을 터뜨리며 말했습니다.

"한가민, 너 같은 놈 진짜 싫어! 왜 바보같이 사는 건데! 이년보다 니가 뭐가 모자라. 유서연은 너 가지고 노는 거야! 봤지? 유서연. 지 자신밖에 몰라. 한가민……. 그만해, 그만두라고!!!"

"괜찮으니까 그만해. 그만 말하라고!"

전 소리를 지르는 가민녀석을 힘겹게 쳐다봤습니다. 솔희년은 움찔거리며 가민녀석을 쳐다보더군요. 전 흐트러지려는 이성의 줄을 잡으려 애썼습니다.

가민녀석 조용히 저를 힘있게 부축하며 말했습니다.

"나중에…… 이 녀석, 날 떠날 거야. 그때…… 그땐…… 이 녀석 잊을 수 있겠지."

#56

물거품이 되어버린 내 마음
차가워진 눈빛
나를 스쳐가는 싸늘한 바람
말없이 떨어지는 눈물.

"참나, 요즘 애들은 툭하면 싸우기만 하고. 한가민, 넌 또 왜 수업에 안 들어가는데?"

양호실을 울려대는 양호선생의 말입니다.

침대에 이불을 덮고 벽을 쳐다보고 있는 저와 의자에 앉아 땅을 쳐다보고 있는 가민녀석입니다.

양호선생은 잠깐 나갔다 오겠다며 나갔고 (과자 사먹으러 간 것이다, 분명. -_-) 저와 가민녀석은 아무런 말도 하지 않고 앉아 있을 뿐입니다.

벽을 뚫어져라 쳐다보고 있는 저에게 가민녀석이 조용하게 그리고 눈물이 묻어나는 목소리로 말했습니다.

"우린 왜 이럴까. 뭐가 이렇게……."

가민녀석 한숨을 쉬고 말을 이어갔습니다.

"우린, 서로를 좋아했던 시간보다 서로를 의심하고 싫어한 시간이…… 더 많구나."

전 이불을 더욱 더 얼굴 가까이 끌어올렸습니다.

흐르는 눈물 보이기 싫어. 저도 조용히 말을 열었습니다.

"나란 여자는 언제나 너에게 상처만 주는구나."

눈물을 삼키며 말했습니다.

"난 원래 그런가 봐. 악을 쓰면서 강해 보이려고 애쓰지만……. 이렇게…… 약하잖아. 안되나 봐."

가민녀석 말없이 제 머리카락을 쓰다듬으며 말했습니다.

"너무 힘들다."

그래. 우린 처음부터 힘든 시작을 했어. 이렇게 엇갈리는 걸 알면서도 시작했어. 바보 같은 짓이었지.

전 몸을 돌려 가민녀석을 쳐다봤습니다.

피식 웃으며 한쪽 눈에 눈물을 담고 절 쳐다보고 있습니다. 저도 눈물을 흘리며 웃었습니다.

"그만 두자. 이렇게 서로를 지치게 하지 말자. 우리 이렇게…… 아프잖아."

전 가민녀석의 손을 잡으며 더 이상 웃지 못하고 인상을 쓰며 울음을 터뜨렸습니다.

"왜 울어."

너를 잊을 생각하니까. 몰라……. 갑자기 눈물이 쏟아져. 한가민. 너를 만나고 눈물이 많아졌어. 나를 만나고, 너도 눈물이 많아졌겠지……. 마음 속으로 삼키겠지.

"몸…… 괜찮아지면 교실로 내려가라."

서로에게 무덤덤하게……. 속으로 슬픔을 삼키는 가민녀석과 저의 이별이었습니다.

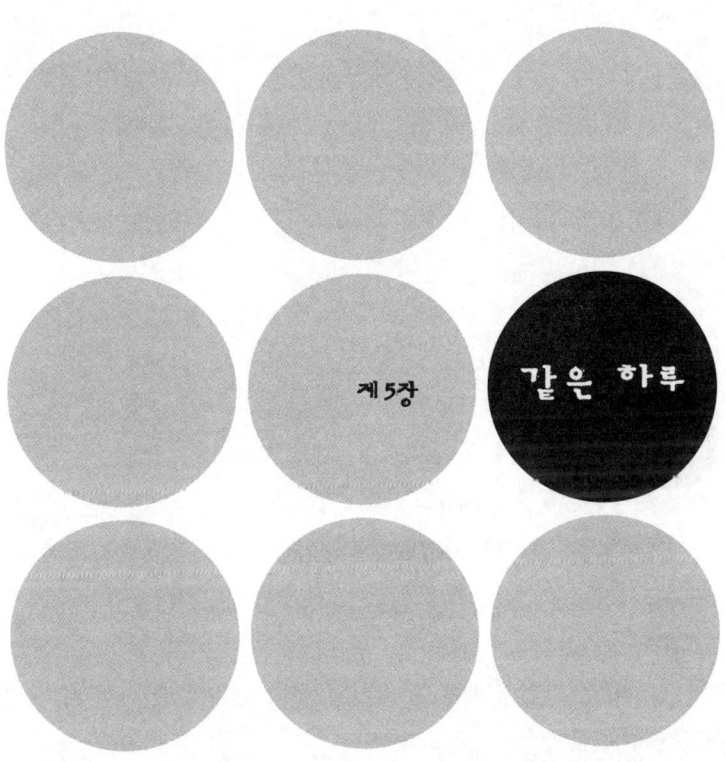

제 5장 같은 하루

 # 57

슬프면서도 웃었어.
눈물이 나오려는데도 웃었어.
그게
너와 나의 이별 공식.

"뭐?"

"뭐긴 뭐야. 가민 선배랑 끝난 거지. 왜 노래방에 왔겠냐. 쟤, 슬프
면 노래방 오잖아."

미친 듯이 노래를 불렀습니다.

가연이와 빨갱이 수근거리며 광기어린 듯이 (-_-) 노래를 부르는 저
를 빤히 쳐다보더군요.

한참을 부르는데 가연이가 정지 버튼을 꾸욱 누르더군요.

"뭐야. 왜 그래."

"헤어졌다매."

"헤어졌다."

입술을 깨물며 힙겹게 다시 노래 버튼을 누르려 했습니다.

"후회 안해?"

전 엽기 미스 깡녀를 쳐다봤습니다. 빨갱이가 그만하라고 하지만 저를 무섭게 쳐다보고 말하는 가연이에게 전 피식 웃으며 말했습니다.

"후회…… 할지도 몰라. 하지만……."

전 마이크를 떨어뜨렸습니다. 시끄러운 소리를 내며 떨어지는 마이크. 전 머리카락을 쓸어올리며 노래방 의자에 털썩 앉아버렸습니다.

"나…… 그만 울면 안 되니? 나 겨우, 지금 겨우…… 지탱하고 있는데 그만……. 그만 좀…… 해."

"서연아."

고개를 숙이고 눈물을 흘렸습니다. 엽기 미스 깡녀가 말했습니다.

"믿겨지지 않아. 헤어지는 그 순간에 왜 너와 나는 웃을 수 있었을까. 네 얼굴에 인상이 써지는 게 싫어. 나 같은 여자애 신경쓰게 만들기 싫어서 난 웃어버렸어. 너도 나와 같은 생각으로 웃었던 거니? 유서연. 가민 선배 옆에 있을 때 넌 언제나 웃었어. 넌 언제나 울었다고 생각했겠지만…… 넌 가민 선배 옆에서 언제나 웃었어. 슬픈 일 우울한 일 있어도 넌 가민 선배 앞에선 너 자신도 모르게 웃고 있었어."

빨갱이가 울고 있는 저를 쳐다보며 다독였습니다.

"운다고 해결되는 일이 아니잖아. 서연아. 넌 언제나 다른 사람의 도움을 받아 가민 선배와의 싸움을 해결해 왔어. 넌 이제 스스로 해결해야만 돼."

"아……. 목 아프다."

노래방에 갔다 온 뒤, 아무도 없는 집에 들어와 물을 몇 컵이나 거푸 마셨습니다.

"돌이킬 수 없는 짓을 한 거야. 헤어진 건 헤어진 거잖아. 이젠…… 아무것도, 서로를 아는 사람도 아닌 거야."

유서연! 괜찮아! 그래, 넌 혼자서도 잘하잖아. 그래, 난 괜찮아!

집에서 누워 있다가 자신에게 다짐하듯이 소리를 질러댔습니다.

"그래. 난 멀쩡해! 그런 남자, 한가민이란 남자……."

털썩 침대에 누워버렸습니다.

한가민.

한가민.

입에서 이름을 말하고 싶어도 왠지 말하면 눈물이 나올 것 같아 말할 수도 없는 이름. 괜찮아. 예전처럼, 예전처럼 나 혼자서도 잘할 수 있어.

한가민이란 이름, 잠시 내 곁을 스쳐지나갔던 작은 바람이라고 생각하면 돼. 생각…… 해야만…… 돼. 작은 바람일 뿐이었다고. 내 몸을 흔들 만큼…… 큰 바람이 아니었다고.

#58

"유서연. 너 요즘 공부한다?"

"그러게. 애가 안 어울리게 말야."

제가 문제집을 열심히 풀자 들리는 소리들이 별나게 많습니다. ㅡ_ㅡ^;; 전 이 여자들의 말을 무시하고 샤프펜을 집어들었습니다.

"다음 시간 수학이야. 미리 예습해 놔야지."

벙한 표정으로 날 쳐다보는 엽기 미스 깡녀와 걱정스런 (ㅡ_ㅡ;) 눈으로 쳐다보는 빨갱이였습니다.

"유서연. 너 미쳤구나?"

"서연아 왜 그래! 뭐 잘못 먹었니?"

"미쳤나벼! 애가 공부를 안 하던 아인데!"

저를 쳐다보며 호들갑을 떠는 엽기 미스 깡녀를 전 재수없다는 듯이 야려본 뒤 휙 문제집 쪽으로 시선들 돌렸습니다.

수학시간에 전 당당히 나가 문제를 풀었고, 못 푼 엽기 미스 깡녀는 '엎드려뻗쳐'를 하고 있습니다.

푸히히히~)_(쌤통이다. 제가 웃으면서 들어가니 엽기 미스 깡녀, 쉬는시간에 보자는 듯 야립니다.

전 끝나는 종소리가 들리자마자 소리쳤습니다.

"엇! 체육시간이다! 나 빨리 체육복 갈아입어야 돼."

"너 거기 안서?"

전 깔깔거리면서 탈의실로 들어갔습니다.

여전히 웃으면서 생활하는 일상이 계속되었습니다.

탈의실에서 체육복을 갈아입은 저와 엽기 미스 깡녀는 운동장으로 나왔습니다. 가연이는 화가 안 풀렸는지 양옆으로 쫑끗 묶은 제 토끼 머리를 두 손으로 잡고 꽈악꽈악 잡아당기곤 했습니다. -_-^

"아악! 나 이 머리 20분 동안 공들여서 한 거란 말야!"

"그래? 내가 5분 안에 망쳐주지."

전 까아까아~ 소리치며 도망갔고 엽기 미스 깡녀는 엽기적인 십자 눈을 만들어 보이며 저를 좇아왔습니다. 그리고 제 머리를 마구 부비 적거렸습니다. 전 하지 말라고 소리치며 도망가다가 누군가와 투웅하 고 부딪쳤습니다.

"하지 말라고! 아, 아 죄송합…… 야!"

"오랜만이네."

부드럽게 웃으면서 제 귀를 자극하는 목소리. 그렇게 듣고 싶었던 목소리. 녀석과 헤어진 지 두 달 만에 듣는 목소리입니다. 가연이는 제 머리를 헝크려놓다가 말없이 돌아가더군요.

"여전하구나."

"너도 여……. 아 참참……. 선배도 여전하시네요."

가슴에 비수가 꽂혔습니다.

우리 이렇게 서로를 쳐다보며 웃고 있는 거 잘하는 거지? 우리 이렇 게 하는 거, 서로를 위해 잘하는 거지?

"가민아, 빨리 와! 선생님이 부르셔."

진아…… 선배구나.

"어. 갈게."

"사귀나 봐요?"

가민녀석 무표정으로 말했습니다.

"아니."

"아…… 그렇구나. 하하."

바보같이 왜 안심이 되는 거니. 나, 아직 가민녀석 못 잊은 거. 머리론 잊었다고 하지만 마음으론 아직 못 잊었나 봐. 하지만 마음대로 움직이는 내 바보 같은 입…….

"잘 어울리는데 왜 안 사겨요."

가민녀석 말이 없습니다.

이렇게 같이 있는 시간, 더욱 더 많았으면 좋겠습니다.

"한가민! 너 왜 이렇게 안 오냐?"

"아, 선생님 지금 가겠습니다"

가민녀석 저를 쳐다보며 웃으며 돌아섭니다.

"나 간다."

뒤돌아 뛰어가는 가민녀석의 뒷모습을 바라봅니다. 녀석의 뒷모습은 처음 보는군요. 제가 언제나 먼저 갔으니까요. 제가 언제나 녀석을 뒤에 놔두고 갔으니까요.

"니네 두 사람 웃고 있는데…… 서로 웃으면서 쳐다보는데…….."

어느새 제 옆에 와 있는 엽기 미스 깡녀입니다.

"서로 웃으면서 말하는데, 왜일까. 난 왜 두 사람이 슬퍼보이지?"

"이젠 좋은 선후배 사이야. 그런 말 하지 마."

가연이는 애처롭다는 듯이 말합니다.

"적어도 유서연. 넌 아니잖아. 못 잊었잖아."

전 가연이의 말을 못 들은 척했습니다.

난 멀쩡해. 60일이란 시간이 지나니까 괜찮아진 것 같아. 이제 가민 녀석을 잊을 수도 있을 것 같아. 그래. 노력해 볼게.

콰앙 !

"으윽!"

"유서연! 무슨 생각 했길래 뜀틀 바로 앞에서 멈추냐? -_-^ 그러니까 뜀틀에 박지. 다시 뛰어!"

"네. ㅜ_ㅜ"

뛰던 중이었군요. 엽기 미스 깡녀 한심하단 듯 저를 쳐다보는군요.

전 다시 열심히 뛰어 뜀틀을 가뿐히 넘었습니다. 그러다가 땅에 얼굴을 박았습니다. -_-;;

"으윽."

"너 뒤로 가!"

"서, 선생님. 코피나는데요. 돌맹이에 코 찧었나 봐요. 어떡해."

"유서연. 정말 대단하구나. 대단해. 양호실 가!"

코를 뒤로 잡으며 계단으로 올라가는데 가민녀석이 나타났습니다.

"너 코는 왜 그러냐?"

"그러는 선배야말로 이마가 왜 그래요."

가민녀석 이마에 피가 나더군요.

"높이뛰기하다가 굴렀어."

"전 뜀틀하다가 코를 박았어요."

피식 웃음이 나왔습니다.

우리 둘 정말 웃기게도 이런 시간을 같이 겪게 되는구나. =_=;;

양호실에서 코피를 닦고, 녀석은 이마에 반창고를 붙이고 내려오는 길이었습니다. 녀석이 갑자기 저를 불렀습니다.

"유서연."

"예?"

저를 빤히 쳐다보며 말했습니다.

"내가 성진아랑 사귀기를 바라는 거냐."

내 옆에 있던 니가
사라져 버렸지만.
내 마음 속엔 아직도
니가 자리잡고 있는걸.

부드럽게 바람이 불었습니다.

전 어색하게 웃으며 말했습니다.

"그, 그런 거 왜……. 나한테 물어볼 필요 없잖아요."

제 말을 듣더니 가민녀석 한숨을 쉬더군요.

"그래."

저를 지나쳐 발걸음을 옮겨가는 가민녀석이 왜 이렇게 멀게 느껴지는지 그리고 심장은 왜 이렇게 뛰는 건지, 머리가 어지러울 정도였습니다.

탈의실로 갔습니다. 교복으로 다시 갈아입고 거울을 봤습니다.

바보. 거울에 보이는 바보 같은 저의 모습에 피식 하고 실소를 흘렸습니다. 실소를 터뜨리는 순간, 눈물도 같이 흘렀습니다.

잊을 만도 됐잖아. 이제 지울 시간도 됐잖아. 왜 이렇게 힘들어하는 거니. 유서연.

거울 속에 보이는 저를 매만지다가 고개를 돌려 나가려는데 저를 쳐다보는 어떤 남자 애가 보였습니다.

전 한숨을 내쉬고 눈물을 닦으며 그 남자애를 스쳐지나갔습니다.

"저, 저기……"

말없이 쳐다보니 붉어진 얼굴로 더듬거리더군요.

"이…… 이름이, 뭔지 알 수 있을까요."

애원하듯 쳐다보는 모습에 전 그저 중얼거렸습니다.

"유서연. 유서연이야."

"아, 그…… 그렇구나."

멋지게 생긴 얼굴에 붉어진 낯빛을 보니 문득 가민녀석의 얼굴이 떠올라 쓸쓸해졌습니다.

괴롭다는 건가. 이런 게.

그 남자 애가 저를 쳐다보며 말했습니다.

"전, 정시진이라고 합니다. 초면에 이런 말씀드리기 그렇지만……
첫눈에 반했습니다, 저."

전 그 남자 애를 쳐다보며 피식 미소를 지었습니다.

"난 좋아하는 사람이 있어."

당황하는 표정이 언뜻 스쳐지나갔습니다.

"사, 상관없습니다."

왜 가민녀석과 내가 사귀게 됐던 계기와 비슷하게 나가는지……. 전 조금 당황하였습니다. 사귀게 되면 이 남자도 나처럼 상처받을 거다.

"미안해. 진짜 못 받아줄 거 같아."

그 남자애는 저에게 고개를 꾸벅 숙이며 말했습니다.

"부탁입니다! 18년 평생 이런 마음 처음 느껴봅니다. 치, 친구라도 같이 해주시면 안 될까요."

"저…… 저기." (-_-;)

"우는 모습을 보았습니다! 그…… 그 모습 제가 달래주고 싶습니다."

저를 똑바로 쳐나보며 말하는 시진이란 놈을 보며 왠지 모를 편안함이 느껴졌습니다. 예전에 내가 가민녀석에게 가졌던 모든 것과 비슷해서 느끼는 동질감일까.

"그래. 친구라면 괜찮아. 잘 부탁해."

시진이란 아이, 저 때문에 많이 아프고 힘들 것이라는 생각이 듭니다. 웃으면서 좋은 사이 되자고 말하는 그 아이를 보며 쓴웃음을 지었습니다.

내 마음속엔 아직도 크게 남아있는 가민녀석의 발자국이 있어. 잊지 못하겠어.

 # 60

"여기는 왜 온 거야." −_−

"오늘 여기서 모임이잖아."

여기는 롯데월드입니다. =_=; 빨갱이가 데리고 왔습니다. 도대체 여기 모임을 추진하는 사람이 누구인지 만나고 싶습니다. 학교가는 날 이렇게 놀이공원으로 모이라고 하다니. 멋진 사람. −v−* (−_−;)

전 하늘색 투피스를 입고 챙이 달린 하얀색 모자를 들고 있습니다. 빨갱이와 가연이는 원래 이런 데 교복을 입고 오면 더 '뽀대' 나 보인다고 교복을 입고 왔습니다. =_=;;

바이킹 줄에 모든 간판들이 서있는데 우르르 몰려가니 바이킹안이 꽉 차더군요. =_=; 도대체 몇 명이 모인 거야.

저의 패밀리는 (−_−) 뒤에 탔습니다.

"우오오오오." +0+

올라갈 때마다 빨갱이와 가연이는 열광했고 전 질식하기 일보직전이었습니다.

난…… 고소 공포증이 있었던 거야. =_=;;

"유서연 뭐해? 손 올려!"

"싫어! 무서워!"

"안 올려?!"

빨갱이와 엽기 미스 깡녀는 저에게 팔짱을 끼었습니다. 높이 올라가는 순간 전 심장이 콩알만해진다는 느낌을 확실히 받았습니다. −_−;;

"뭐야~ 유서연, 행동하는 거랑 다르게 이런 거 못 타네?"

"은근히 겁대가리만 많아 가지고~"

전 후들거리며 바이킹을 내려왔고 빨갱이와 엽기 미스 깡녀는 신밧드의 모험인가 뭐신가, 후룸 라이든가 뭐신가 등등을 타며 저의 얼굴을 새파랗게 만들었습니다.

"자자! 프렌치 레볼루션!"

"나 진짜 이건 못타." =_=;

"뭐야아아~ 지금까지 잘 탔으면서." (−_−)

"싫어. 니네 두 사람만 타." =_=;

빨갱이와 엽기 미스 깡녀는 샐쭉해 있다가 우와와와 하며 달려나갔고 전 털썩 벤치에 앉아 팔다리를 두들겼습니다.

보기 좋구만. 젊은 것들이란. −0−.. (−_−;) 전 하얀색 챙이 달린 모자를 쓰윽 벗으며 모자를 손에 들고 숨을 돌렸습니다.

"야! 걍이 어딨어?"

지훈놈이 니다났습니나.

"어? 어어. 후렌치 뭐신가 타러 갔어."

"아씨~ 같이 놀자고 했는데!"

지훈놈 후다닥 프렌치 어쩌구를 향해 달려갔습니다. 지훈놈을 보다가 고개를 돌리니 짠 하고 보이는 초코아이스크림입니다.

고개를 들어보니 시진놈이 와있습니다.

"아, 놀러왔어."

"너, 학교는?" ㅇ_ㅇ

시진놈 머리를 긁적이며 말했습니다.

"너 몰랐어? 나 저쪽 상고 간판인데. 그때 너 봤을 땐 친구 찾아온 거였구."

"아, 그랬구나."

피식 웃으며 제 옆자리에 앉더군요. 전 아이스크림을 할짝할짝 먹고 있었습니다.

"놀이기구 안 타?"

"별로 타고 싶지 않아." =_=;

시진놈은 무언가 곰곰이 생각하더니 제 손을 이끌더군요.

"어, 어디 가?"

"재미있는 거 태워 줄게."

롯데월드 밖으로 저를 데리고 가더군요. 그리고 들어간 곳은 무슨 과자들을 전시해 놓은 듯한 곳을 구경하는 기구였습니다.

"이게 뭐니?"

"재미있지? 와아~ 사탕들이 웃고 있네!"

못 산다, 진짜. 그래도 나를 배려해주는 건가. 그 기구를 타고 나오는데 낯익은 목소리가 들렸습니다.

"가민아~ 이거 타자? 응?"

"난 이런 거 안 탄다니깐."

"왜에! 유아틱한 게 난 좋단 말야!"

전 손에 들고 있던 하얀색 챙 모자를 쓰윽 머리에 썼습니다. 앞이 안 보이도록 앞으로 더욱 더 깊게 눌러썼습니다.

시진이가 제 손을 잡고 저를 이끌었습니다.

"서연아. 이번에 뭐 탈까? 으음 저거 탈래? 모노레일인가? 저게?"

제 손을 이끄는 시진이 때문에 꾸욱 눌러놓았던 하얀색 챙 모자가 휙 하고 날라갔습니다. 하필 가민녀석 앞을 지날 때. 가민녀석 말없이 저를 쳐다보고 솔희년은 저를 웃긴다는 듯 쳐다보더군요.

"시, 시진아. 잠깐만. 나 모자 떨어졌어."

시진놈 가만히 멈추더니 가민녀석 앞에 떨어져 있는 모자를 향해 가더군요.

가민녀석 모자를 쓰윽 하고 집어들더니 툭툭 털더군요.

"그거 서연이꺼거든요? 이리 주세요."

가민녀석 시진이를 지나쳐 저에게 오더군요. 그리고 푸욱 하고 모자를 제 머리에 씌우며 말했습니다.

"칠칠맞긴."

황당한 눈빛으로 녀석을 쳐다봤습니다. (ㅡ_ㅡ;) 시진이는 아는 사람이냐고 쳐다보고 솔희년은 아주 눈이 쫘악 찢어져서 쳐다보더군요. 그리고 아직도 팔에 껴있는…… 예전에 녀석과 함께 맞추었던 팔찌를 쳐다보더군요.

전 당황해서 말했습니다.

"그, 금방 빼낼게요. 이뻐서……그냥 이뻐서 낀 거예요."

손을 뒤로 감추며 허둥지둥 말하자 가민녀석 피식 웃으며 지 팔을 들어올렸습니다.

"나도 이뻐서 했어."

장난스럽게 말하는 녀석을 보고 저는 큭 하고 웃어버렸습니다. 이렇게 웃으면서 서로를 쳐다보는 시간이 얼마만인지 몰라.

"서연아. 누구야?"

저에게 다가오며 말하는 시진이를 쳐다보며 살짝 웃었습니다.

"우리 학교 선……."

가민녀석 제 입을 손으로 막더니 귓가에 중얼거렸습니다.

"나 못 참겠어."

"뭐?"

제가 쳐다보자 가민녀석 그때, 헤어질 때 짓던 미소를 지으며 말했습니다.

"못 잊겠어 유서연. 나 정말 미쳤나 봐. 그치?"

안녕.

오늘도 똑같은 하루야.

똑같은 것 중에 특별한 것이 있다면.

나 너를 알게 됐다는 것.

"한가민! 도대체 무슨 소리하는 거야!"

방방 뛰는 솔희년의 소리가 귓가에 맴돌았습니다. 멍하니 저를 쳐다보며 잔잔하게 미소짓고 있는 가민녀석을 쳐다봤습니다.

그, 그러니까…….

"서연아. 가자."

"어?"

저에게 다가오며 제 손을 잡으려고 하는 시진이를 쳐다봤습니다.

어떡하라는 거야, 도대체.

우물쭈물하고 있는데, 시진이보다 더 빠르게 가민녀석이 제 손을 잡아채고 막 뛰어갔습니다.

"도대체 이게 무슨 짓이에요."

"갑자기 웬 존댓말이냐. 너 진짜 어색해."

"그리고, 갑자기 못 잊겠다니. 그건 또 무슨 말이에요?"

가민녀석 저를 쳐다보며 씨익 웃었습니다.

"그건 말이야."

"자. 출발합니다. 손잡이를 꽈악 잡으세요! 이렇게 된 거지."

그게 무슨 말이야! +0+

제가 가민녀석과 앉아서 얘기를 나누던 곳은 프렌치 레볼루션이었습니다. 가민녀석이 말하는 순간에 마악 출발해서 끝나자, 알겠느냐고 물어보는 가민녀석을 보니 참 황당하기 그지없습니다. =_=^

전 하얀색 챙 모자를 손으로 꾸욱 쥐고 녀석에게 말했습니다.

"나 지금 장난하는 거 아니야. 진지하게 물어보는 거야."

그제야 뒤돌아서 저를 물끄러미 쳐다보던 가민녀석, 제 손을 이끌며 돌아가는 컵데기에 저를 태우더군요. =_=^ 전 죽일 듯이 가민녀석을 쨰려보았습니다.

"뭐야! 갑자기 이렇게 하는 이유가 뭔데?"

씩씩대며 가민녀석을 쳐다보았습니다. 가민녀석 여유로운 미소를 머금고 있더군요.

윙윙 돌아가는 컵데기 때문에 (−_−^) 전 가슴이 울렁거렸습니다. 토하려는 느낌 때문에 고개를 푸욱 숙이고 있었습니다.

"웨엑."

"이봐."

"뭐."

전 올라오는 구역질을 참으려고 애쓰며 가민녀석을 쳐다봤습니다. 돌아가는 컵 때문에 바람이 불어왔습니다. 가민녀석의 결 좋은 검은색 머리카락이 눈앞을 살짝 가렸습니다. 웃고 있는 가민녀석을 보니 왠지 얼굴이 뜨거워졌습니다.

내가 그리워했던 모습이구나…….

"왜 갑자기 이러느냐고 물었지?"

"그래."

"못 잊겠다고, 못 참겠다고 했잖아."

제가 빤히 쳐다보자 가민녀석 피식 웃다가 진지한 눈으로 바뀌었습니다.

"난 갖고 싶은 거 가져야 돼."

순간 얼굴이 확 달아올랐습니다. 그러다가 더듬거리며 말했습니다.

"내, 내가 물건이냐?"

가민녀석 손을 뻗어서 휘날리는 제 머리카락을 쓰다듬으며 웃었습니다.

컵에서 내린 뒤 어지러운 몸과 혼란스러운 생각을 가다듬기 힘들어 무표정으로 걷고 있습니다. 가민녀석 제 어깨에 가만히 팔을 올리더군요.

"내가 미안해. 바보같이 피해버렸어."

"왜, 더 피하지 그랬어."

눈물을 꾸욱 참으며 모자를 쓰고 눈물을 참으려고 애썼습니다. 가민녀석 제 고개를 들어올리더군요.

"피하려고 하는데 어떡하냐. 자꾸 눈이 너한테 가는데."

"느끼해. 저리 가."

"넌 왜 분위기 잡으면 다 깨버리냐."

"느끼하잖아." ㅡ_ㅡ.

가민녀석 쌜쭉한 표정이 되더군요.

나, 이렇게 기분 좋아도 돼? 이렇게 행복해도 되냐고.

"우리, 또 힘들게 되면 어떡해야 돼?"

제가 중얼거리듯 말하자 가민녀석 저에게 아이스크림을 불쑥 내밀었습니다.

"힘들면 이제부터 피하지 말고 같이 해결해야지. 간단하잖아."

가민녀석도 저도 피식 함께 웃었습니다.

그래. 이제부터 서로를 의지하지만 말고 피하지도 말자. 서로를 믿고 맞서자. 누가 뭐라고 그래도, 우리 서로를 소중하게 생각하잖아. 만약 가민녀석 니가 힘들다면, 내가 옆에서 도와줄게. 옆에 서있을게.

#62

"재수없어."

"뭐?"

"두 사람 진짜 재수없다고. 깨진다고 방방 뛸 때는 언제고 참나! 다시는 두 사람 연애전선에 끼어들지 않을 거다. 초조하고 신경쓰이는 건 언제나 두 사람이 아닌 주위 사람들이라니깐."

가연이의 심사가 몹시 안 좋습니다.

"너 왜 이렇게 신경질인데!"

쳇, 하고 고개를 돌려버리는 엽기 미스 깡녀입니다. 무슨 일이 있나 봅니다. 가민녀석과 제가 다시 사이가 좋아졌다는 말을 들은 가연이는 탐탁지 않은 표정으로 고개를 돌려 창밖을 보더군요. 가시나, -v-*. 부러운가 보구나. (-_-;)

바로 옆반인 빨갱이 반으로 놀러갔습니다.

"빠빠빠빠~ 빨갱아~"

오도방정을 떨며 빨갱이를 불렀습니다. 빨갱이 책상에 엎드려 있더군요.

"야아아~ 자냐?"

쿡 찔렀더니 부스스 고개를 드는 빨갱이 얼굴에 눈물이 범벅되어 있었습니다.

전 순간 표정이 굳었지만 엉엉 울음을 터뜨리며 다시 책상에 엎드리는 빨갱이 때문에 정신을 차려야 했습니다.

"야야! 무슨 일이야? 어? 왜 울어!"

계속해서 통곡하는 빨갱이 때문에 아이들의 시선이 집중됐습니다.

－_－; 전 빨갱이를 끌고 밖으로 나갔습니다. 빨갱이는 끌려나가면서도 엉엉 울음을 그치지 않더군요. ㅇ_ㅇ;;

"무슨 일이야."

"아지, 어엉! 아지, 으으엉…… 허으으응! 나, 끄끄, 어어어엉……."

전 결국 성질을 참지 못하고 뻐억 하고 빨갱이 머리통을 후려갈겼습니다. －_－

"좀 제대로 말해 새꺄!"

"왜 때려!"

빨갱이는 끄윽끄윽거리며 렌즈를 안 꼈는데도 새빨간 눈을 부비적거렸습니다.

"아지가, 끅. 나, 내가…… 싫대에. 으어엉!"

"뭐?"

"내가 지겹다고 헤어지재! 나, 내가…… 나……."

전 주먹을 우득 쥐고 휘잉 강아시놈의 반을 향해 바람처럼 달려갔습니다. ＝_＝.

문을 콰앙! 하고 열었습니다.

"강아지. 아지 어딨어!"

문에 가까이 있던 여자아이가 제 표정을 보고 쫄았는지 손가락으로 구석을 가리키더군요. 전 씩씩대며 턱을 괴고 두 눈을 감고 있는 아지놈에게 다가갔습니다."

"야! 강아지!!!"

두 눈을 게슴츠레 뜨고 아지놈이 저를 올려다봤습니다. 눈에 어둠이 짙게 깔린 아지놈이 차갑게 내뱉는 말이 뜨악했습니다.

"신빨강에 관련된 이야기라면 그만 가."

"뭐?"

"가라고!"

소리를 내지르는 아지놈 때문에 저는 깜짝 놀랐습니다.

"이봐. 왜 소리를 질러. 조용히 말하면 되잖아."

가민녀석이 나타났습니다. 가민녀석, 한숨을 내쉬며 다시 자리에 털썩 앉는 아지놈에게 말하더군요.

"강아지. 넌 정말 이름처럼, 강아지처럼 피할래 아니면 강하게 부딪힐래?"

"니, 니가 빨강이 지겹다고 했다매."

제 물음에 아지놈 빤히 저를 올려다보더군요.

"울디?"

"어, 엄청. -_-;; 여기 내 어깨에 묻은 얼룩, 다 빨강이가 묻힌 거야. 대박으로 울던걸."

아지놈 한숨을 쉬며 그냥 책상에 엎어져버리더군요.

후으…… . 전 빨갱이에게 갔습니다. 빨갱이 여전히 꺽꺽대며 울고 있더군요.

"빨강아. 그만 울어."

가민녀석 엄청나게 울어대는 빨갱이를 쳐다보며 대단하다는 듯 쳐다보더군요. 빨갱이는 엄청나게 부은 눈을 보이며 덥석 가민녀석을 안더군요.

"야!" +ㅁ+^

"안 될까요. 가민 선배. 저, 저 아지 없으면 안 돼요."

빨갱이 눈물을 꾸욱 삼켰습니다.

"가, 간판 그만 둘래요. 아니요. 이젠 하기 싫어요."

"에에? ㅇ_ㅇ;; 그걸 뭐 내가 결정하냐?"

"가민 선배가 좀 설득해주세요. 제발요!"

가민녀석 당황한 듯 빨갱이를 다독이더군요.

"어쭈?" ㅡ_ㅡ^;;

제가 힐끔 쳐다보자 다독거리던 손을 슬그머니 빼며 빨갱이를 떼어
냈습니다.

"난 못해. 내가 결정하는 것도 아니고."

"가민 선배. 제발요!"

또 다시 가민녀석을 안고 통곡하려는 빨갱이를 제가 저지했습니다.

"스토오옵. 그만 안어. 차라리 책상을 안고 울어."

빨갱이 저를 덥석 안고 말했습니다.

"나 간판 같은 거 안 할래. 서연아, 나 너무 힘들어. 간판끼리 사귀
어야 된다는 거 누가 정했어. 누가 정했길래. 아지가 날 스스로 버리는
데. 왜, 응? 나, 여기가 너무 아퍼. 너무 아퍼. 어떡하지?"

빨갱이는 쿡쿡 지 가슴을 찌르더니 슬픈 미소를 보이며 눈물을 뚝뚝
흘리더군요. 정말 예쁘고 슬퍼보였습니다.

빨갱이 반에서 나와 가민녀석에게 말했습니다.

"빨강이 마음 나 알어."

전 인상을 살짝 쓰며 말했습니다.

"빨강이도 많이 아플 거야. 누가 아무리 위로해 줘도 아무것도 귀에 들어오지 않아. 마음이 아프니까 누구도 내 마음 알아줄 사람은 없어. 나밖에 없어."

"너 갑자기 분위기 탄다. 그날이냐? 여자들은 그날이면 감성적이고 신경질적이 된다고 하더……."

확 굳어버린 제 인상을 보며 가민녀석 손으로 제 입을 막았습니다. -_- 넌 끝났어, 이 새끼야. -_-^;;

"그딴 거만 많이 알아 다녀! 변태! 꺼져!"

전 가민녀석의 머리통을 퍼억 때리고 교실로 컴백했습니다.

쓸데없는 짓은 그만둬.
발버둥 쳐봤자 소용없어.
넌 이미
내 마음에 빠졌으니까.
더 이상 넌 못 빠져나가.

"뭐? 빨강이가?"

"응. 심각해."

다음 날. 엽기 미스 깡녀에게 빨강이 얘기를 해줬습니다. 물론 간판

을 그만두겠다는 말도 빼놓지 않았습니다. (-_-)

가연이는 심각한 표정을 지었습니다.

"그럴 줄 알았어. 말했지? 간판끼리 사귀어야 한다고. 강아지란 녀석 알고 있었을 거야. 그거, 만약 간판이 아닌 다른 사람이랑 사귀면 선배들 장난 아닐걸. 그래, 강아지녀석, 꽤 괜찮은 놈인 거야."

"너도 지훈이 버리지 마라."

"내가 뭘!"

전 미심쩍게 가연이를 쳐다봤습니다. 지훈놈이 요즘 들어 왜 우리 교실에 안 놀러와? 너네 둘 이상해 -_- 하는 눈빛을 마구마구 쏘아댔습니다.

"뭐야? 그 시답잖은 눈은? 구석에 처박아두시지."

"쳇."

전 엽기 미스 깡녀와 함께 빨갱이 반으로 놀러갔습니다. 빨갱이 아직도 울고 있는데 어떤 매력 있게 생긴 남정네가 빨갱이를 달래고 있더군요.

"아 작작 울어!"

"몰라! 저리 가!"

헉. -_-; 층을 많이 준 머리를 노랑색으로 탈색한 머리카락, 훌쩍 커버린듯한 키. o_o.. 지훈놈이었습니다.

"야아아. 정지훈."

"어. 왔냐? 얘, 진짜 오라지게도 운다." -_-^

지훈놈 저보다 한 뼘 정도 커보였는데 지금은 머리통 하나가 왔다리

갔다리 (－_－;) 할 정도로 컸습니다. 그리고 노랗게 탈색된 머리카락이 녀석의 하얀 피부와 대조되어서 귀여웠던 이미지에서 벗어나 멋있다는 이미지를 팍팍 풍겼습니다. O_O..

지훈놈은 힐끔 가연이를 쳐다보더니 피식 웃더군요. 뭐냐. (－_－;)

엽기 미스 깡녀가 먼저 말을 꺼냈습니다.

"너 머리가 그게 뭐야."

"뭐긴 뭐야. 노란 머리지."

에? 지훈놈, 걍아~ 하고 부르던 모습은 어디다 내버리고 툭툭 차갑게 말을 던지는군요. 왜 그러냐?

"너 반항 중이냐?"

"박가연씨. 나 당신이 원하는 대로 이제부터 행동할 테니까 두고 보라고."

차갑게 조소를 흘리는 녀석을 보니 소름이 돋았습니다.

이 자식 왜 이래? －_－;

"야. 너 왜 그래."

"뭐가."

지훈놈은 계속해서 울고 있는 빨갱이를 퍼억 하고 동댕이치더군요.

징하다 징해~ －_－^;;

"너 갑자기 왜 폼을 잡고 난린데."

지훈놈 빤히 저를 쳐다보다가 제 손을 잡고 밖으로 이끌더군요.

그리곤 벤치에 털썩 앉더니 옆에 앉은 제 어깨에 머리를 기대더군요. O_O

"야아. 왜 그래?"

"나 박가연이랑 사귈 때 굉장히 바보 같았어."

뭐? 저는 영문을 모르겠다는 표정을 지었습니다..

"나만 일방적으로 좋아한 거 같아. 그래, 귀찮았을 거야. 나 같은 남자애 엄청 귀찮았겠지. 남자같이 굴지도 않고 촐랑대기만 하니까. 돌이켜보니 짝사랑 같은 거였어."

"야. 너 왜 그래 정말."

지훈놈 제 어깨에 더욱 더 고개를 파묻었습니다.

"이럴 때 10년 친구가 좋은 거구나. 하하."

전 말없이 지훈놈에게 어깨를 빌려주었습니다. 그리고 조용히 말했습니다.

"가연이 좋아하지? 지금도."

지훈놈 아무 말 없이 한숨을 내쉬었습니다.

"이젠 잊을 거야."

요즘 애들 대체 왜 이래. ㅇ_ㅇ;;

전 당황해서 놈을 쳐다보았고 지훈놈 말없이 노란색 머리카락을 쓸어올리며 말하더군요.

"가민 선배 달려오니까 난 그만 갈련다."

"어?"

제 어깨에서 고개를 뗀 지훈놈 피식 웃으며 뚜벅뚜벅 걸어가더군요. 지훈놈, 힘들구나. 나중에 나랑 노래방이나 가자꾸나. (ㅡ_ㅡ;)

뒤돌아가는 지훈놈을 쳐다보고 있는데 얼굴을 살짝 스쳐 엄청난 농구공이 지나갔습니다. 놀라서 앞을 쳐다보니 농구공 한 개를 더 들고 나를 쳐다보는 가민녀석이 서있었습니다. -_-;

"조금 아까 그 자식 누구야!"

어쭈? -_-; 이게 날 맞히려고 한 거였어?

전 가민녀석에게 말했습니다.

"비밀이야!"

메롱 하고 걸어가는데 가민녀석 씩씩대면서 따라오더군요. 벌써 등 뒤에 바짝 다가와 있더군요. 전 으악 하고 마구마구 뛰었습니다. 그런데 이상합니다.

난 지금 미친 듯이 뛰고 있는데 왜 발이 허공에 떠있지? -_-..

"난쟁아, 어디 가니?"

"너 죽어! 내려놔!"

"그 자식 이름 말해주면."

"말하면 어쩔 건데?"

"죽어라 패줘야지. 누구 어깨에 기대."

전 씨익 웃으며 가민녀석을 쳐다보았습니다.

"그 남자애는 내 어깨에 기대도 된다고 내가 10년 전에 말했어."

가민녀석 순간 표정이 굳더군요.

"10년 동안 서로에게 기댔는데, 뭐 어때."

가민녀석 저를 투욱 땅에 내려놓더군요.

"누구……."

헉. -_-; 표정이 완전히 살인마처럼 변했습니다. 전 당황해서 말을 더듬었습니다..

"비…… 비밀이야."

젠장. 비밀이야. 내 전용 말버릇으로 등극하다. (ㅡ_ㅡ;)

가민녀석 제 머리통을 꾸욱 누르며 다시 물었습니다.

"누구."

"아우 씨! 그래, 정지훈. 지훈이 말이야! 머리가 바뀌어서 못 알아봤
나 보지."

"아, 지훈이였어. 그 자식이 왜 그렇게 변했지?"

그렇게 말하곤 피식 웃으며 돌아가는 가민녀석이었습니다. 싱거운
놈이라니깐. ㅡ_ㅡ; 근데 아깐 진짜 무서웠어. (ㅡ_ㅡ;)

"아, 졸려 죽겠다."

아침. ㅡ_ㅡ 졸려 죽을 것 같은 아침입니다. 회색빛
교복을 입고 눈을 부비적거리며 집을 나섰습니다.

일 주일이 지난 요즘. 지훈놈은 5시만 되면 밖으로 나가곤 합니다.
누굴 만나러 가나.

하암~ 기지개를 쭈욱 펴며 집 앞을 나서 걷는데 지훈놈 집 앞에 어
떤 여자가 서있습니다. ㅇ_ㅇ..

우와, 눈이 진짜 예쁘다. 찰랑거리는 머리카락을 단정하게 묶고 분
홍색 치마를 입고 있는데 너무 잘 어울렸습니다. 제가 빤히 쳐다보는

걸 느꼈는지 그 여자도 저를 쳐다보더군요.

씽긋 웃었습니다.

ㅇ_ㅇ* 우, 웃는데 왜 내가 얼굴이 달아오르냐. (-_-;)

웃는 게 환상적입니다. 전 그 여자에게 다가가며 물었습니다.

"저, 지훈이 집에 무슨 일이세요?"

이 여자 그냥 방긋방긋 웃기만 합니다.

뭐야. 설마 정신병원에서 탈출한 사람은 아니겠지. (-_-;) 이렇게 선하고 예쁘게 웃는데.

그때 지훈놈 집의 문이 딸각 하고 열렸습니다.

"세은아, 기다렸……. 뭐야, 유서연."

이름이 세은인가? 이름도 예쁘네~ -0- 멋쩍게 웃으며 말했습니다.

"이름이 세은인가 보구나. 우리랑 동갑이야?"

지훈놈 저를 쳐다보며 차갑게 말했습니다.

"신경 꺼."

에에에? 전 처음 보는 지훈놈의 표정에 당황해서 놀란 토끼가 되었습니다. 그 여자 지훈놈 팔에 매달리며 손을 흔들더군요. 고개를 좌우로 흔들며.

전 그 여자가 하는 행동 하나만을 갖고도 금세 잠잠해진 멈춘 지훈놈에게 서운함이 밀려 왔습니다.

쳇. 그래! 너 그렇게 살아 봐! 10년 친구보다 여자가 중요한 건 알지만, 그렇게 티내지 마. 바보 멍청이 해삼 말미잘 야이 할아범아! >ㅁ<!!

제가 악을 쓰듯이 눈을 부라리자 제 눈앞에 딸기맛 작은 사탕이 나타났습니다. 그 여자가 씽긋 웃으며 사탕을 내밀고 있더군요. 전 얼떨결에 말했습니다.

"고, 고맙습니다."

지훈놈, 그 여자가 하는 행동을 보더니 저를 말없이 끌고 조용히 말하더군요.

"세은이한테 쓸데없는 짓 하면 넌 그날로 죽어."

"뭐?"

믿을 수 없는 일이 벌어지고 있습니다. o_o 어리벙벙하게 세은이란 여자 손을 잡고 가는 지훈놈을 쳐다보며 전 멍하게 서있었습니다.

정지훈. (으득 -_-^;) 이 자식! 너 도끼로 머리통 쳐버릴 줄 알아!

헉헉 -_-^;; 흥분했다. 아침부터 이게 웬 성질이야. 짜증나 죽겠네!

우리 반에 들어왔습니다. 가연이 놀란 눈으로 저를 봅니다.

"왜 아침부터 저기압이야."

"너, 정지훈이랑 시귀지. 그 세은인가 뭔가 하는 여자 누구야!"

가연이 순간 표정이 굳더니 그냥 고개를 돌리더군요.

"누구냐고 물었어!"

"상관하지 마. 그래. 나 정지훈이랑 깨졌으니까, 그만해. 유서연. 이제부터 그 정지훈이란 이름 꺼내지 마."

하, 하고 헛웃음이 나왔습니다.

자리에 털썩 앉아 되씹고 있는데 창문 밖에 가민녀석이 보였습니다. 그리고 그 옆에 서있는 세은이라는 여자.

전 주머니 속에 있는 딸기맛 사탕을 꺼냈습니다. 이딴 거 받고 싶지 않아.

전 밖으로 나갔습니다.

"세은인가 뭐신가 하는 여자분. 저 좀 봐주시죠?"

가민녀석 옆에서 말없이 웃고 있는 세은이란 여자애를 제가 터억 세웠습니다.

가민녀석 누구냐고 인상 쓰다가 저를 보더니 살짝 웃더군요.

"이거 가지고 가세요. 저 이런 거 먹고 싶지 않네요."

그 여자는 왜 그러느냐는 듯 궁금한 표정을 짓더니 다시 사탕을 내밀더군요. 전 짜증이 나서 그 사탕을 여자의 주머니에 집어넣어 버렸습니다.

"필요없다구요. 내 친구 남자 뺏어간 여자가 준 거 먹고 싶지도 않아요."

"유서연. 너 무슨 말을 그렇게 해."

전 가민녀석을 쳐다보며 말했습니다.

"이 여자가 가연이한테서 지훈이 뺏어 갔어! 난 용서 못해. 가연이 울려고 했어. 내 친구 울린 여자야."

제가 주먹을 꽈악 쥐고 말하자 가민녀석 저에게 차가운 목소리로 말했습니다.

"한 번만 더 세은이한테 그런 소리 하면 너 그땐 안 봐준다."

뭐? 전 당황해서 가민녀석을 쳐다보고 소리쳤습니다.

"지훈이랑 너 왜 그래? 두 사람 다 왜 그러는데."

그 여자, 저와 가민녀석이 싸우는 것을 알았는지 저에게 애달픈 눈으로 매달리더군요..

"세은아. 너 뭐하고 있어."

저에게 매달리는 그 여자를 봤는지 지훈놈이 저를 무섭게 쳐다보고 있더군요. 가민녀석은 한숨을 쉬며 지훈놈을 쳐다보더니 어깨를 툭툭 치고 가더군요. 가민녀석 교실로 들어가고 전 아무 말도 안하고 저에게 매달리는 여자를 보며 물었습니다.

"이봐요. 당신 말 못해요?"

순간 지훈놈, 손에 들고 있던 우유팩을 손으로 터뜨리더군요. 그리고 줄줄 흐르는 우유를 떨어뜨리며 말했습니다.

"유서연. 너넌 내 친구만 아니었으면 반 죽었어."

뭐? 전 고개를 숙이고 머리카락으로 얼굴을 가리는 그 여자를 흔들리는 눈으로 쳐다봤습니다.

진짜, 말을 못하는 거야? 전 놀래서 아무 말도 못하고 멍하니 서있었습니다.

"정지훈. 너……. 이 여자 때문에 가연이 버린 거야?"

지훈놈 말없이 고개 숙이고 서있는 여자를 쳐다보며 한숨을 길게 내쉬더군요.

"못 듣고 말도 못해. 그리고……."

지훈놈 머리카락을 쓸어올리고 말했습니다.

"이 여자애, 박가연 동생이야."

뭐?

전 심장이 쿵 내려앉았습니다. 당황해서 얼굴이 후끈거리기도 했습니다.

박가연, 동생이라고? 가연이한테 동생이 있다는 말은 들었지만 자세하게는…… 그랬군. 그래서 집안 얘기를 제대로 못 들었나 보군.

지훈놈 주먹을 꽈악 쥐고 말했습니다.

"이 여자애, 곧 죽어. 금방 죽는다고. 박가연, 병신같이 지 혼자 울고 자빠지고 살았던 거야. 이 여자애가 나 좋아한다는 거 알았어. 지 동생이 좋아하는 사람을 사귄다는 거 힘들겠지. 박가연, 짐을 좀 나누어 지는 짓은 이 짓밖에 없어."

전 지훈놈을 쳐다보고 물었습니다.

"가연이는, 가연이는 알고 있니?"

지훈놈 피식 웃으며 고개를 좌우로 흔들었습니다. 전 지훈놈을 어리둥절하게 쳐다보는 세은이란 여자애에게 다가가서 그 여자애 주머니에 들어간 사탕을 다시 꺼냈습니다.

"잘 먹을게요."

그 여자는 말없이 씽긋 웃더군요. 그러고 보니 웃는 게 가연이랑 많이 닮았군요. 이 여자도 멋모르고 웃는 거지요.

박가연, 왜 너 혼자 힘들어 해. 왜 나한테 말도 안했어. 전 사탕을 입에 물고 가연이에게 다가갔습니다.

"박가연."

저를 쳐다보는 가연이 두 눈이 커집니다. 그리고 눈물을 뚝뚝 흘리고 있는 저를 쳐다봅니다.

"왜 울어!"

이 병신 또라이. 지는 더 많이 울었으면서. 빨갱이가 아지놈 때문에 울 때도 지는 더 많이 울고 힘들었을 텐데.

"니 동생 많이 아프니?"

제가 울면서 물어보자 가연이 눈이 커지더니 이내 고개를 숙여 버리더군요.

"우는 거니. 울어? 차라리 빨갱이처럼 엉엉 울어버리지! 사람들에게 말이라도 하고서 한탄이라도 하지!"

"그래봤자 뭐……."

울음이 잠긴 목소리로 말하는 엽기 미스 깡녀를 껴안고 전 엉엉 울음을 터뜨렸습니다. 빨갱이도 저와 가연이가 우는 것을 보고 덩달아 크게 울더군요.

전 마음속으로 생각했습니다. 니네 두 사람 왜 이렇게 힘들어 하냐고. 하지만 저 자신에게도 힘든 일이 곧 찾아올 거라는 걸 전 그때 전혀 생각하고 있지 않았습니다.